奇跡の人

The Miracle Worker

原田マハ

双葉文庫

目次

昭和二十九年（一九五四）二月　青森県北津軽郡金木町　9
明治二十年（一八八七）四月　青森県東津軽郡青森町　31
明治二十年（一八八七）六月　青森県北津軽郡金木村　261
昭和三十年（一九五五）十月　東京都日比谷公園　403
解説　大矢博子　424

奇跡の人　The Miracle Worker

その顔を、いつも、太陽のほうに向けていなさい。
あなたは、影を見る必要などない人なのだから。

——ヘレン・ケラー

昭和二十九年（一九五四）二月

青森《あおもり》県北津軽《きたつがる》郡金木《かなぎ》町

その町のいっさいの色を奪って、雪が降っていた。

一両きりのディーゼルカーの箱から降り立った場所は、駅のホームに違いなかっただろう。けれど、革靴の底が踏んだのは、コンクリートではなく、経験したこともない深い雪だった。ホームはすっかり雪に覆い尽くされて、周囲には雪の壁ができている。小さな駅舎にたどり着くまでのわずか数メートルの間、柴田雅晴《しばたまさはる》は、何度も転びそうになって足を踏ん張るはめになった。

「だめだなあ、柴田さん。長靴を履いてきたほうがいいって、あれほど言ったじゃないですか。格好をつけて、革靴で来るんだもの。霞《かすみ》ケ関《せき》への通勤とは、わけが違うんですよ」

慣れた足取りで一足先に金木駅舎に入った小野村寿夫《おのむらとしお》は、得意そうに足踏みをし、ゴム長靴のかかとをきゅっきゅっといわせた。柴田は、参った参った、と苦笑しながら、英国製のウールのコートに降り積もった雪をはたいて落とした。

「いやあ、これは小野村先生に一本取られましたねえ。こっちへ来るまえに、あんまり豪雪だドカ雪だとおっしゃるから、なにそんなもの、シベリアよりはましだろう、とむきになったんですよ。意地を張らずに、やはり長靴を履いてくるべきだったな」

「そんなことを言って、シベリアなんぞに行ったことないんでしょう。これだから、お役人は困りますなあ」小野村は、からかい口調で言った。

「青森といえば、あの『八甲田《はっこうだ》雪中行軍』の遭難事件もあったところなんですよ。なめていたら、本当に、雪に命を持っていかれますよ」

八甲田雪中行軍といえば、かつて日本陸軍が対ロシア戦を視野に入れて八甲田山で冬季軍訓練をし、二百人近い死者を出したという、魔の進軍のことである。この話題を東《とう》京《きょう》の料亭などで聞けば、まったく先生は大袈裟《おおげさ》だなあ、と笑い飛ばすところだろうが、目前に吹き荒れる雪の様子を見れば、急に人ごとには感じられなくなってくる。

「すみません。川倉《かわくら》の地蔵尊へ行きたいんですが、タクシーを呼んでいただけますかね」

柴田は雪を払い終えると、改札口に立っている駅員に聞いてみた。「はえ?」と駅員が、素《す》っ頓狂《とんきょう》な声を出した。

「まんず、タグシーたら、そしたもの走ってねよ。お地蔵さまさ行ぎだかったら、歩いでいぐしがないいんずや」

柴田は、目を瞬かせた。方言がきつくて、何を言っているのかさっぱり聞き取れない。

「歩いていくしかないそうです」、脇から小野村が通訳をしてくれた。

「普通に歩けば三十分そこそこ、でもまあ、今日は吹雪《ふぶ》いてるから、小一時間ってとこでしょうかね」

「歩くったって……」柴田は、雪がこびりついた革靴の先に視線を落とした。こんな軽装では、地蔵尊にたどり着くまでに、冗談でなく、遭難しかねない。

やはり、町長に自分たちの訪問について一報を入れて、出迎えはなくともいい、せめて車を回してもらうべきだったな、と後悔した。非公式な訪問ではあるものの、中央官庁の役人がこんな田舎へわざわざ足を運ぶのだ、そのくらいのことはしてもらって然《しか》るべきだ、と思っていたのだが、それだけは絶対にしてはいけない、と小野村に止められたのだ。

まだどうなるのか、誰にもまったくわからない、海のものとも山のものともつかないことを、我々はしようとしているのです。あなたは都会育ちでご存じないだろうが、地方の人々は恐ろしいほどの伝達力を持っています。どんなささいなことでも、あっと言う間に広まってしまう。

今回の私たちの訪問に関して、町長に一報など入れてごらんなさい。文部省のお役人が来るとなれば、町長以下役場の者はもちろん、町の有力者も皆、雁首《がんくび》揃えて駅まで出迎えにきますよ。新聞記者も来るかもしれない。町としては、そりゃあ大変なニュースになりますからね。

この辺鄙《へんぴ》な町から、国の重要文化財が……しかも、「生きた人間の文化財」の日本第一号が出た、なんてことになったら、大騒ぎですよ。

しかしね、柴田さん。実際のところ、私を含めて、文化財保護委員会の委員、誰ひとり、よくわかっていないんだ。来年制定されることが確実になった、「重要無形文化財」というものが、どれほど定めにくいものなのか――いや、どれほど価値があるものなのかを。

今回の訪問は、文部省の予算を使ってはいるものの、あくまでも非公式な事前調査です。それを、町の人たちが誤解して、役人と大学教授が「生きた人間の文化財」を探しにきた、なんてことが広まってしまったら、大変ですよ。もしも、調査の結果、あの人が「生きた人間の文化財」に認定されなかったら――いちばん傷つくのは、他でもない、あの人でしょうから。

吹雪を前にして尻込みをしている都会者を気の毒に思ったのか、駅員が、自分の長靴を貸そうと申し出た。その上、柴田と小野村、両人が履《は》いたゴム長靴に、竹と縄でできた「カンジキ」をくくりつけてくれた。「まんず、これで、わんつか《少し》、ましだべ」と駅員は、縄でしっかりとカンジキを固定して、笑顔を見せた。

さらには、リンゴの木箱ほどもあろうかという大きな黒い箱を、小野村が駅員に細縄で体にくくりつけてもらっているのを見て、柴田はなお不安を覚えていた。箱の中には、最新型の録音機、ゼンマイ式ショルダー型テープレコーダー「デンスケ」が入っている。持ち運び可能な録音機とはいえ、相当な重量だ。それを、小野村は、後生大事に東京からずっと携えてきたのだ。

「先生、大丈夫ですか。足下はとにかく、そんな大きな荷物を持って、こんな雪の中を歩くんじゃ大変だ。この駅員さんに、多少お金を払ってでも、手伝ってもらいましょうよ」

「なあに、心配無用です」小野村は、平然としている。

「いつの日か、この『デンスケ』で、あの音を録音したいものだと思っていたんだ。文部省の予算で、こうしてまんまと借りることができて、実は僕、有頂天なんです。雪、吹雪、何するものぞ、ってね。さあ、準備は万端。行きましょうか」

駅舎を一歩出ると、すさまじい地吹雪に容赦なく叩きつけられた。たちまち柴田はバランスを崩しかけたが、不思議なことに、カンジキをつけた足はしっかりと踏ん張りが利《き》いた。前を行く小野村は、青森の弘前《ひろさき》出身だけあって、まったく動じていないように見える。腰にデンスケをくくりつけ、前屈《まえかが》みになって、吹雪を切り裂くように前進している。その姿を真似て、柴田も前傾姿勢になった。

大変なところへ来てしまったな、こりゃあ。

歩き出してものの五分も経たぬうちに、柴田は悲鳴を上げたくなった。東京生まれ東京育ちの柴田は、空襲は体験しても吹雪を体験したことは人生で一度もなかった。しかもこれは、ふつうの吹雪ではない。地吹雪だ。

「雪が上から降ってくるんじゃない。下から吹き上げてくるんですよ」と小野村がしきりに言っていたが、ほんとうだった。激しい風にあおられて、雪が立ちこめる。ざらめのように細かい氷の結晶が、小さなつぶてとなって頬を打つ。痛くて目も開けていられないほどだ。

この年度内に、せっかく予算がついた調査費を使ってしまわないともったいないから、是が非でも三月が終わるまでに現地調査に行きたいと、文化財保護委員会の副委員長を務める民俗学者・小野村寿夫は譲らなかった。行き先はあまりにも雪深い東北だ。せめて三月になってからにしたかったのだが、いかんせん、その三月は来年度の準備に翻弄されて、役人はめまぐるしく忙しい。仕方なく、二月中の訪問を決めた。

上野《うえの》発の夜行列車「急行きたかみ」に乗り、青森、川部《かわべ》、五所川原《ごしょがわら》と乗り継いで、ようやく津軽鉄道の小さな駅、金木にたどり着いた。家を出てから、ほぼ二十四時間が経過していた。まるで外国へやってきたような気分だった。

祖父も父も官僚だった柴田雅晴は、三代続いて東京以外で生活したことはなかった。

そのために、戦時中は子供たちの疎開先を探すのに苦労をしたのだが……世田谷《せたがや》の自宅は都心から外れていたためか、かろうじて戦火にさらされることなく、どうにか終戦を迎えた。戦前から文部省勤務だった柴田は、戦後は社会教育局に所属し、主に国宝や重要文化財の指定に関する業務の一端を担ってきた。現在は文化財保護委員会の事務局に勤めている。

戦後、あわただしく整備された憲法や、教育基本法や文化財保護法などは、なるほどアメリカの息がかかっているものの、柴田にはあまり抵抗なく受け入れられるものだった。こと教育や文化財に対する欧米の思想や取り組みは、従来の日本のそれに比べ段違いに先進的だ。軍国主義に洗脳され戦争で心身ともに疲れ果てた日本国民に、この十年間で、欧米式取り組みが完全に浸透したと感じているわけではなかったが、わが国のすなおな国民性を考えれば、お上のお達しはなんであれ、徐々に受け入れられていくことだろう。

不思議なもので、戦後も十年近くを数えれば、戦争中の光景がまぼろしだったんじゃないかと思えてくる。あれほどすべてを奪い尽くしながら燃え上がった東京の町は、またたくまに復興を遂げ、建物がひしめき、駅前にはタクシーが列を成している。会社勤めの人々で通勤電車は満員、映画館もデパートも見事に人でいっぱいだ。

我々は生き延びたのだという陶酔にも似た感情が、人々を活気づかせているのかもしれない。戦前から文化財保護ひとすじだった自分にしてみれば、戦火が国じゅうの宝を焼き尽くしてしまう悪夢を見なくてすんだだけで、じゅうぶんな気もしていた。

去年、戦後十年の節目を視野に入れ、文部省は「重要無形文化財」なるものを指定するという方針を内々に打ち出した。日本には「国宝」や「重要文化財」など、国として保護すべき文化財が数多くあり、毎年新たな調査の上、文部大臣が文化財保護委員会に諮問して、文化財の指定をしていたのだが、戦後、この国の何もかもが欧米化されていくのを懸念した一部の国会議員や有識者のあいだで、日本特有の伝統文化を守り伝えるという観点から、日本各地に伝承される「かたちなき」芸術も保護するべきではないかという議論が高まった。

「重要無形文化財」とは、歌舞伎や能、神楽《かぐら》、太鼓や笛の演奏などの芸能、染色や機織り、糸紡ぎ、陶芸、木工、金工、漆工などの工芸技術、これらの「作品」ではなく、「作り手の技」を指す。伝統文化の継承者として、その技術の保持者または団体を、文化財に認定し、保護する——というのが、このまったく新しい「文化財」に対する国の姿勢になっていた。

日本屈指の民俗学者である小野村寿夫は、早くからこの「重要無形文化財」を制定することを提唱し、国立東都大学で教鞭を執るかたわら、文教族議員に接触し、文部省に働きかけてきた。柴田とは五年ほどまえから交流をあたため、「早くしないと何もかもすべてアメリカに乗っ取られる」と発破をかけた。戦後、すべてがアメリカ式になっていく日本の状況を見るに、この国の民俗的な伝承文化がいずれ廃れゆくことを、小野村は深く懸念していたのだ。

次の十年、二十年で、日本は驚くべき変容を遂げるだろう。それは、決して悪いことではない。しかし、急速な欧米化が進んだ結果、若者たちは古くさい日本的なものを忘れさるに違いない。

実際、あなたはどうです？　と小野村は柴田に尋ねた。歌舞伎や能はまだしも、お神楽なんぞに興味はありますか？　沖縄の芭蕉布《ばしょうふ》に価値を見出しますか？　それよりも、マリリン・モンローが次にどんな映画に出るか、そっちのほうがずっと気になるでしょう？

モンローに興味がないといえば嘘《うそ》になるが、文化財の保護にかかわってきた身としては、かたちがあってもなくても、日本の伝統的な文化が失われゆくのを見るのは堪え難い、と柴田には思われた。

柴田は局長や文部省事務次官に近い人間に、「文化財保護法」の制定を、事務方として働きかけた。文教族の迅速な動きもあって——なんであれ、自分たちが新しい法律の制定にかかわったとなれば得点になるからだ——昭和二十五年に文化財保護法は制定された。その中に「無形文化財」なるものが初めて法的に位置づけられたが、当時の制度では「国が保護しなければ衰亡のおそれのあるもの」を「選定無形文化財」として指定するという、消極的なものだった。これでは不十分ということで、さらに検討が進められ、四月からの来年度、つまり昭和二十九年度に文化財保護法が改正されるのを機に、衰亡のおそれがあるか否かではなく、芸術的・文化的観点から保護されるべき「かたちなき」作り手の技を、文化財として指定する、という積極的な文言に書き換えられることとなった。

決して短くない道程を経てきたからこそ、こうして、自分はいま、吹きすさぶ雪の中を歩いているのだ。

そう思えば、小一時間の雪中行軍など、たやすいことだ。そう思い直して、柴田は小野村のカンジキの足跡を追った。

これから、自分が会うはずのその人は——いったい、どんな人なのだろうか。どんな音を、聴かせてくれる人なのだろうか。

どんなって、柴田さん、それは、とても言葉では表せませんよ——と、小野村は、その人の音色を思い出すように、しみじみと言った。

このさき、あの音を失うとしたら、それは、僕らの国のもっとも佳《よ》き芸術のひとつを失うことになる。

けれど、残念なことに、あの音は、確実に失われていく音なんだ。

あの人には、後継者がいない。あの人のように、あんな音を出せる人は、日本どころか、世界じゅう、もうどこにもいない。

あの人が生み出す音を――つまりあの人をこそ、僕は、この国初の「生きた人間の文化財」にしてやりたい。

ええ、そうですとも。まちがいなく、あの人の存在は、国の宝です。そうだな、いってみれば――〈人間国宝〉とでも呼びたいような。


ふたり連れの雪中行軍を出迎えてくれたのは、七体のお地蔵さまだった。

先を歩いていた小野村が、地蔵尊の入り口に並んで立つ生真面目な石像の一群を認めて、「やあ、まるで『笠地蔵』だな。ご覧なさい、柴田さん」と後ろを振り向いた。

小野村に遅れること数メートル、ようやく彼の横に並んだ柴田は、凍りついた黒縁の眼鏡を外すと、革手袋の手で顔をこすった。膝まで雪に埋もれたお地蔵さまは、ちんまりと目を伏せて、旅人たちの訪問を静かに迎えてくれているようだった。頭の上に綿帽子を載せているさまは、お伽噺《とぎばなし》の「笠地蔵」そのもので、微笑《ほほえ》ましい。

風はいつしか鳴り止んで、あたりいちめん、綿のような雪が降りしきっていた。再び先を行き、こっちですよ、と誘導する小野村の声が、ずいぶん遠くから聞こえるようだ。

雪景のただ中に、木造の本堂が建っている。周囲には大小いくつかのお堂があり、小屋のような堂の中には、色とりどりの前掛けをつけた人形のように小さなお地蔵さまがひしめき合っている。柴田が足を止めてお堂の中を覗《のぞ》き見ていると、

「亡くなった子供を悼んで、親がお地蔵さまをおまつりするんですよ」

やはり遠くから、小野村の声が運ばれてきた。

「雪に埋もれて見えないけど、このあたり一帯の地面に、風車なんかも手向けられていてね。花嫁人形も、別のお堂にですが、たくさん奉納されてるんです」

「花嫁人形?」柴田は、小野村のほうを振り向いた。小野村は、本堂の入り口に立って、隣の堂を指差し、「ええ、こっちのほうに」と答えた。

「『冥婚《めいこん》』といってね。嫁ももらわずに早逝した息子をかわいそうに思うんでしょう、せめてあの世で結婚してほしいと、花嫁人形を送るんだそうです。それ以外にも、故人が身につけていた眼鏡や服や靴、身の回りのものを奉納する習慣も、この地域にはあるんです。あの世で不便をしないようにって」

東京では見たことも聞いたこともない風習だった。東京のみならず、全国で夥《おびただ》しい数の人々が、あの戦争によって命を失ったことを思えば、故人を細やかに悼む風習がこの地に脈々と受け継がれている事実は、何か奇跡的なことのようにすら感じられた。

「ああ、小野村先生。まんず、こったら雪の中ば、よぐ来てけだなあ」

本堂の奥から、分厚い丹前を着込んだ僧侶が出てきた。小野村は、「ああ、ご住職。どうも……」と頭を下げようとして、バランスを崩し、前につんのめってしまった。やはり、腰にくくりつけていたデンスケが相当重かったのだろう。柴田があわてて体を支え、かじかんだ指先でどうにか細縄を解いてやった。

「あんれまあ、そったら大きの荷物、どしたんじゃか」

「いや、こいはね、録音機でさ……」

もう何度もこの寺を訪ねたと小野村は言っていた。住職との津軽弁のやりとりが始まって、柴田はすっかり蚊帳《かや》の外に追いやられてしまった。

とてつもない人が、津軽の寒村にいる。

柴田が小野村からそう聞かされたのは、ちょうど一年まえのことだ。文化財保護法の改正、そして重要無形文化財の制定に向けて、国が大きく動き出した時期のことだった。

重要無形文化財とはいったい何を指すのか、どういう人のどういう技術をいうのか、その定義について、文化財保護委員会は連日議論を闘わせていた。話がどんどん膨らみ、ほとんど収拾がつかなくなりつつあった。事務局を務めていた柴田の疲労の色が濃いと気づいたのか、ある夜、小野村は酒の席に柴田を誘ってくれた。そして言ったのだ。

ここだけの話ですよ、柴田さん。私は、あるたったひとりの芸人のために、重要無形文化財の制定を、なんとしても成し遂げなければならないと思い至ったのです——と。

私は、ある人の紹介でその人を知った。その人の奏でる三味線を聴いた。そして、決めたのです。あの人の芸を、このさき守り抜こうと。

あの人は、とてつもない人です。津軽の寒村、金木というところにある、川倉の地蔵尊に、ひっそりと暮らしている。あの人の人生は、打ち捨てられたぼろ雑巾《ぞうきん》のようだった。ええ、そうです。極めて高度な三味線の技術……いや、技術ばかりではない、あの三味線には血が通い、魂が宿っています。聴いていると、自然と涙があふれてくるのです。もう、止められないほどに。

それなのに、あの三味線は、誰にも見出されることがなかった。旅の三味線弾きを蔑《さげす》む津軽の風土が、軽んじたのかもしれない。どんなに心に響く音を奏でても、気づかれることがなかったのでしょう。長らく誰の目にも留まることなく、あの人と、あの三味線とは、ひっそりと生き延びてきたのです。

そうして、旅の最後に、川倉の地蔵尊にやってきた。幾度となく旅芸人を泊めてやり、食べ物を与え、庇護してきた寺の住職が、もはや三味線を弾くこともない、この地で死なせてほしい、というあの人の願いを聞き入れて、今日に至っているのです。

もう十回以上も寺を訪ねたでしょうか。しかし、私があの人の奏でる三味線を聴いたのは、一度きり。それで、すっかり心を持っていかれてしまったのです。

おらはもう、三味線さ、やめました。——あの人は、そう言いました。

戦争さ終わって、どごもかしごも、銭《じえに》コさねえ。そしたどぎに、人さまの家の前さ立って、三味線弾いで、銭コさもらうんだば、申し訳ねえです。

おらには、家族もいね、子供もいね。弟子なんか、いんや、まさが、まさが。ひとりつぎりで、誰にも知られねで、朽ちでいぐのが似合ってでゃ。

おらは、しがない盲人《めぐ》の旅芸人でござります。乞食《ほいと》同然にござります。このまんまで、一生終わるのが、本望でござります――。

住職に導かれて、小野村と柴田は、薄暗い廊下を渡っていった。廊下は歩くたびにみしりみしりと音を立てた。室内ではあるものの、外同然に空気は凍《い》てついていた。とても人間の住むようなところではないな、と思いながら、柴田はコートの襟を立てた。それでも、その盲目の女旅芸人は、戦後まもなくからここに暮らしているという。

「キワさ。小野村先生がおいでなすっだし」

廊下の突き当たり、粗末な引き戸をがたがたいわせながら開けて、住職が、部屋の中へ――正確には、小さな堂の中へ声をかけた。小野村に続いて堂の中へと足を踏み入れた柴田は、一瞬、ぎょっとして、体をこわばらせた。

その堂の中には、ところ狭しと人形が飾られてあった。どれもが白無垢の花嫁衣装を着ている。ガラスケースに入っているもの、むき出しのまま埃を被っているもの。小さな白い顔が、いっせいにこちらを向いている。物言わぬ無数の花嫁人形にみつめられて、思いがけず、柴田の背中を寒いものが走った。

堂の中央でうずくまっていた小さな岩のようなかたまりが、蠢《うごめ》いた。柴田は目を凝らした。堂の中は天井近くに明かり窓があるだけで、薄暗かった。それでも白々として見えるのは、白無垢の人形で埋め尽くされているからに他ならない。

岩のように見えたのは、人間だった。その人の顔が、こちらを向いた。まぶたが固く閉ざされている。

「ああ……また、おいでなすったんだか」

低く、やわらかな、落ち着いた声だった。「キワさん、どうも」、すぐに小野村が答えた。

「何度でも来ると言ったじゃないですか。もう一度、三味線を聴かせてくれるまでは」

その人、狼野《おいの》キワは、閉じた目をじっとこちらに向けたまま、言った。

「もうおひどがだ、おられるんじゃきゃ。男のひど……まんず、ええ外套を着ていなさる」

えっ、と柴田は思わず声を出した。

「……見えてるんですか？」

小野村の耳もとに囁《ささや》くと、彼はすぐに首を横に振った。

「キワさん。こちらは、文部省の外局の……ひと言でいえば国のお役人の、柴田さんです。今日は、あなたの三味線を聴かせるために、ようやく彼をここまで引っ張り出してきたんですよ」

小野村に紹介されたので、柴田はあわてて板の間に膝をつき、頭を下げた。ちんまりと丸まったままで、キワも頭を下げた。柴田は、目が見えていないのを確かめようと、いささか無遠慮にキワの全身を眺め回した。

これが、民俗学の権威である小野村寿夫をして、重要無形文化財の制定へと駆り立てた人物なのか。

信じられない気分だった。目の前に鎮座しているのは、いかにも貧しい、小汚い老婆である。子供を亡くした遺族が奉納したという幾多の花嫁人形に埋もれて、苔《こけ》むした岩のようにじっと動かない。

小野村は、この老婆を、国の宝なのだと説いた。いうなれば、〈人間国宝〉とでも呼びたいのだと。

ながらく芸術品の国宝や重要文化財指定に携わってきた柴田の耳に、〈人間国宝〉のひと言は、実に奇妙に響いた。生きた人間の文化財。生きた人間の国宝なんて、あとにもさきにも聞いたことがない。

このばあさんが、人間国宝だって？

薄笑いが口元にこみ上げてくるのを堪《こら》えて、柴田はあいさつをした。

「初めまして、文部省の柴田と申します。このたびは、当省で、『重要無形文化財』指定に向けて調査をしているところでして……小野村先生のご助言を得まして、今回、その……狼野先生の三味線を、お聴かせいただきたいと……」

キワが、ふっと鼻から息を吹き、口を歪《ゆが》めて笑った。

「なんも、無理して……おらば『先生』て呼ばへる必要ねえべさ」

それから、ごくおだやかな声のままで、「帰ってけへ」と言った。

「お役人さま。おらはもう、三味線は弾かね。小野村先生、おら、汝《な》さ言っただべさ。いっぺんぎり、汝があんまり熱心だっだはんで、弾いただども、あれ、いっぺんぎりの約束だべさ。おらは、もう、どごさも行かね。誰さも会わね。三味線は、死ぬまで、もう二度と弾かねだ」

静かな、けれど、強い意志が感じられる口調だった。これは一筋縄ではいかないぞ、と柴田は途方に暮れた。しかし、国の予算を使ってここまでやってきたのだ、三味線を聴かずにすごすごと帰るわけにはいかない。

「キワさん。今回、私が来る理由については、住職に手紙を送らせていただきました。読んでもらいましたか」

キワが弾かないと言い張るのは想定内だったのだろう、小野村は落ち着き払って問いかけた。「なんも……」キワは、きまりの悪そうな苦笑を浮かべた。

「なんも、なんも。はあ、御坊さまは、読んでおくれなしだけども、おらは、はあ、無学な人間だはんで。ぶんかざいがどうとか、言われだども、なんも、わがらねし。とにかく、おらは……もう二度と、三味線は弾かねす」

小野村は、しばらく、黙ってキワをみつめていた。どうにかキワの心に降り積もった雪を解かしたいと願うように。やがて、思いのこもった声で、小野村は言った。

「あなたの三味線を私に紹介してくださった人物が……もう一度聴きたいとおっしゃっても？」

そのひと言に、キワが顔を上げた。光を見ようとするかのように、固く閉ざされていたまぶたが、かすかに震えた。

「……あのお方だか？」

小野村は、黙ったままうなずいた。それが見えたかのように、キワは続けて問うた。

「あのお方は……生きておいでだか？」

小野村は、もう一度、うなずいた。そして、ごく短く答えたのだった。

「ええ、生きておいでです。……あの『奇跡の人』は」

明治二十年（一八八七）四月　青森県東津軽郡青森町

1

親愛なるアリス

しばらくのあいだ、あなたにお便りを差し上げずにおりました。非礼を、どうかお許しください。

クリスマスにたくさんの書物を、それに可愛らしいお人形を送ってくださって、ありがとうございました。お人形はあなたのお母さま、アグネスがお作りになったとのこと。あなたの娘、リンダのために、こしらえたのでしょう。そして、遠い日本へ帰っていった「黒髪の娘」のために、もうひとつ、仕上げてくださったのでしょう。お心遣い、嬉しく思います。

ひょっとして、お母さまは、私が帰国後に結婚して、娘を産んだものと信じこんでおられるのかもしれませんね。帰るまえに、何度もおっしゃっていたもの。アン、日本へ帰ったら、できるだけ早く結婚なさい。そして子供をお産みなさい。あなたの国では、男の子を産むのが喜ばれるのでしょうけれど、女の子もいいものよ――と。残念ながら、お母さまのご期待には、いまのところ添えていないのだけれど。

あなたを初め、ホイットニー家の皆さまは、いったいアンはどうしたことかと、心配なさっておられるでしょうね。三年まえに帰国して以来、毎月かかさずお便りを差し上げていた私から、去年のクリスマスを境に、ぱったりと音沙汰がなくなってしまって。

いいえ、ずっと気にかけてはいたのです。お伝えしたいことも、ほんとうに山のように溜《た》まっています。けれど、思いがけぬできごとが、昨年末に起こってしまって……。

いったい、私はどうするべきなのか。このさき、どの道を歩んでいくべきなのか。冷静に、慎重に、神さまにお祈りしながら、考えてきたのです。

その結果、ようやく気持ちがすっかり定まり、こうしてあなたにお手紙をしたためています。

私がいま、いるところ——いったいどこか、想像できますか。いいえ、できないはずです。あなたがまったく地名も位置も想像できないところ——あなたばかりか、私だってそうなのです——青森へやって来ました。

小さな町の、乗り合い馬車の停車場の前にある木賃宿の一室、行灯《ランプ》の心もとない明かりの下で、勘を頼りに文字を綴《つづ》っています。ええ、ほとんど暗闇と言ってもいいかもしれません。

ご存じの通り、私の弱視は日に日に進んでいるようです。日本の家屋は昼間でも暗いのです。夜ともなれば、ぼんやりと行灯を灯すばかりで……。しかし、いずれ視力を失う日のことを思えば、暗い中で勘を頼りに文字を書く、ということは、訓練にもなり、覚悟を促す行為のようにも思われます。

青森は、日本の、本州の、北の果てにあります。まったく、さいはてと言ってもいいでしょう。日本の首都であり、私と私の家族が住んでいる東京とは、何もかもが違います。同じことといえば、そうですね、日本人が住んでいることくらいかしら。けれど、彼らの会話は、まったく私には聞き取れません。ここの人たちは方言をしゃべるのですけれど、それは、外国語じゃないかと思えるほど、単語も抑揚も、私が話している日本語とは違います。

東京からここへ至るまで、丸六日間、かかりました。最初は上野から汽車に乗り、栃《とち》木《ぎ》県の黒磯《くろいそ》という駅まで。五時間かかるのですが、これはずいぶん楽でした。そのあと、乗り合い馬車を乗り継いで、半日かけて六十マイルを移動します。この大変なことと言ったら……。

日本の乗り合い馬車は、アメリカのそれに比べると、乗り心地の悪さは悲しくなるほどです。屋根付きの客車の窓には筵《むしろ》が下がっているのですが、車輪が巻き上げる土埃が入ってきて、一日乗っていると顔がすっかり汚れてしまいます。御者台と客車の間には布がカーテンのようにぶら下がっていて、そこからときおり吹きこんでくる春風が、唯一の心の慰めでした。板を渡しただけの粗末な座席に座る人は、商売人や学校の先生など、それでも比較的裕福な人たちなのです。

乗ってきた人たちは、ひとり残らず私をじろじろと眺め回し、尋ねました。いったいどちらへ行かれるのですかと。洋装がよほど珍しいのでしょう、それに、大きな革の鞄《かばん》を提《さ》げたひとり旅の女性になど、めったに行き合わないはずですから。私が、弘前まで、と答えると、彼らは一様に目を丸くして返しました。はて、いったいなんのご用事で？

宿場町に泊まりながら、黒磯から三百五十マイルを北上し、ようやくここまでたどり着きました。ようやく……ほんとうに、ようやくです。

けれど、安堵のため息をつくのはまだ早いのです。ここは、終着点ではありません。もうあと半日行けば、目的地である弘前に到着します。それを思うと、私の心は、見果てぬ空を旅してきた渡り鳥が、生まれ故郷の海辺を目前にしたかのように震えています。

そこでは、おそらく、想像を絶するできごとが、待ち受けています。私は、そこで、ある少女に会う予定です。

そのために、私は、こんなにも厳しく、長く果てしない道程をやってきたのです。彼女は、それほどまでに強烈な磁力を、はるか彼方から放っているのです。

出会うまえから、すでにわかっています。彼女こそは、私の人生を変える力を持ち得た人。そして、私こそが、彼女の人生を変えることのできる人間なのだと。

私は、これから、できる限り毎日、あなたへお手紙を綴ろうと思います。きっと、そうせずにはいられないでしょうから。

これから私が体験すること、それを包み隠さず記録した手紙が、海を渡ってあなたのもとに届き、いずれ、いかなるときにか、あなたの国と、私の国で、長らく日の目を見ることがなかった、社会的に虐《しいた》げられた女性たちの役に立つよう。そんな思いもあってのことです。

私がこれからすることの何もかもを記録に残しておかなければならない、また、記録に残せるようなことをしなければならないと、すべてが始まるまえに決心しています。

あなたのご立派なお父さま、優しいお母さまに、そしてあなたと、あなたのかわいいリンダに、心からの抱擁を贈ります。

去場《さりば》 安《あん》

階段を軋《きし》ませて上り下りする足音で、安は目が覚めた。

窓には板戸が立てられたままだった。虫食いだらけの穴から、朝日が細くこぼれている。

枕の下に入れていた懐中時計を探り出し、こすりつけるようにして見る。ちょうど七時だった。

物音には人一倍敏感なのだが、昨夜はよほど疲れていたのか、手紙をしたためた直後に床《とこ》に入り、すぐに寝入ってしまったようだ。

廊下を隔てて向かい側の部屋には、旅の行商人の男たちが二、三人、泊まっていた。洋装の安をみつけて、無遠慮な視線を投げかけてきたが、特に話しかけられはしなかった。こんな具合で、どの宿場でも、男たちにちょっかいを出されることなく、やり過ごしてきた。安の見込み通りのことだった。

長旅に洋装はないだろう、かえって女のひとり旅が目立って物騒だと、家を出るとき、母にずいぶん反対された。しかし、安は、頑として自分の考えを通した。確かに珍しいには違いないが、だからこそ、田舎に行けば行くほど、ただならぬものを感じて、男たちは声をかけづらくなるはずだ。安には、そうわかっていたのだ。

男たちの好奇の視線を浴びても、手出しはさせない。それを身につけるまでに、長い時間と辛い経験が必要とされた。しかし、いったん習得されたことは、安の心身の隅々にまでいき渡り、焼きついた。

日本人であり、女性であり、弱視である。幼くして留学を果たしたアメリカにおいては、三重苦ともいえるような弱い立場に自分は置かれていた。そして、いやというほどの差別を受けた。それを耐え抜いたという自信が、安にはあった。耐え抜くばかりか、最後には、アメリカ人をほんとうに友人だと思えるようになったし、お互いに家族だと思えるほどの関係を築くこともできたのだ。

床を出ると、安は、光の差しこむほうに向かって手を伸ばした。窓の輪郭を手で確め、板戸の枠を握って外す。たちまち、春の日差しが顔を照らした。

太陽に向かって、深呼吸をする。コルセットをつけたまま眠るのも、これでおしまいだ。そう思うと、心底ほっとする。

アメリカでの生活が長かったから、子供の頃から洋装であることには慣れっこだったが、年頃になってコルセットをつけたときに感じた窮屈さは、いまだに変わらない。しかし、安は、この西洋の下着が持つ「身体的な封印」を、旅先では逆手に取って利用することにした。旅の宿で、見知らぬ男たちが手出しできぬよう、コルセットをつけた洋装のままで眠ることにしたのだ。

窮屈な状態で眠ることに慣れるために、旅立つ一ヶ月まえから、コルセットをつけたままで眠る訓練もしていた。母は最初、娘の様子に驚いて、それじゃちっとも休まらないでしょう、寝間着でお休みなさいと何度も言ったが、娘の意図するところを悟ったのだろう、やがて何も言わなくなった。

母は、もはやよく理解していた。去場家の次女が、特殊な娘であること。同じ年頃の、他の元士族の娘たちと比べても、生い立ちも性格も、生き方までも、かなり変わっていることを。

娘といっても、安はもう二十五歳だった。普通ならば、良家の子女らしく、それなりの身分の家へと嫁ぎ、子供のひとりやふたり産んでいるはずの年頃だ。しかし、安は独身だった。理由は、もとをたどれば、安の父にあった。


安の父、去場鼎《かなえ》は、旧幕臣であり、明治維新後はいったん職を失ったが、やがて明治政府の北海道開拓使の嘱託となった。熱心な仕事ぶりから、開拓使次官、黒田清隆《くろだきよたか》の知遇を得る。黒田は、日本の国力を上げるためには国民の教育が要《かなめ》になると考え、男子教育ばかりでなく、女子教育についても強い関心を示していた。

明治四年（一八七一）、日本政府は、岩倉具視《いわくらともみ》を全権大使として、岩倉使節団を欧米に派遣する。これには政府の要人のほか、留学生四十三名が含まれていた。黒田は政府に働きかけ、女子留学生を随行させることを承諾させた。

この話を黒田から聞いた鼎は、女子留学生として、安を応募させる決意をする。

当時、安はわずか九歳だった。妻は猛反対だったが、鼎は、娘を日本史上初めての女子留学生とすることに少なからぬ意義を感じていた。

当時、外国語が話せるようになるということは、どんなに望んでもかなわぬことであり、また、万が一にも子供が外国語を話せるようになれば、その子供の将来は、一般人とかけ離れたものになるに違いなかった。

父は、人知れず娘の将来を案じていた。安は、生まれつき視力が弱かったのだ。

幼い安は、ひとり歩きができるようになってから、よく物にぶつかっては怪我をしていた。目医者に見せたところ、だんだん視力が弱まってやがて失明するだろうと言われた。原因は不明であるし、いまの医学の力ではどうすることもできない、と。いつ頃失明するのかと尋ねても、それは誰にもわからぬと返された。

いまなら、まだ、この子の目は見えている。そして、この子には、世界を見る能力が、きっとある。

幼い頃から利発だった安の能力を信じて、鼎は、使節団随行留学生という千載一遇の機会に、思い切って安を送りこんだ。黒田の後押しもあって、安は、年少の女子留学生としてアメリカに渡ることとなった。

　ワシントン市在住のアメリカ政府高等書記官、アーノルド・ホイットニー家に預けられた安は、ホイットニー家の子供たちと同様に教育を施され、かわいがられて成長した。途中で二度、帰国したものの、すぐまたアメリカへ戻り、結局、二十二歳になるまでのほぼ十三年間をアメリカで過ごした。英語、英文学、ピアノ、心理学などを、市内の最先端の女子教育学校で学び、卒業を果たした。

当時の女子が受けられる教育の中でも最高級の教育を受けた安には、ある思いがあった。

自分が学んだすべてを、日本の女子に受け継いでほしい。そのために、母国で身を粉にして働くつもりだった。

当然、結婚など眼中にはなかった。ホイットニー家の長女、アリスは、安よりふたつ年上で、十八歳で結婚し、娘を授かっていた。姉同然のアリスが母親になったのを間近に見て、うらやましいと思わないわけではなかった。しかし、自分には、妻になり母になること以上に、成さなければならないことがある。それは、日本での女子教育の普及なのだと、その頃すでに考えていた。

ところが、満を持して帰国した安を待ち受けていたのは、ほとんど進化していない日本の女子教育の現状と、儒教思想、そして圧倒的な男尊女卑の慣習だった。

良家の子女ならばまだしも、庶民の婦女子にとっては、教育など、夢のまた夢なのだ。女は、しょせん、子供を産み育てるために存在するもの。何を文字など習う必要があるものか。ましてや、盲人や聾唖者《ろうあしゃ》、身体の不自由な者など、生き延びれば悲惨なだけではないか——。

板戸を外した窓辺に寄り添って、往来を眺める。商人、人夫、女、子供たち。市井《しせい》の人々が、粗末な着物と草鞋《わらじ》を身につけ、賑やかに行き来している。

春の日差しが、自分の上にも、彼らの上にも、あたたかく降り注ぐ。安の目には、見知らぬ町の市井の人々が、不思議なほど輝いて見えた。彼らは、等しく光の中にいた。

身支度を整えると、壁伝いにゆっくりと階下へ下り、忙しく立ち働いている宿の女に向かって、安は声をかけた。

「もし、娘さん。桶に、水を入れてくださいますか。顔を洗いたいので。井戸の場所が、わかりません」

たすき掛けの女は足を止めて、こちらをじっと見ているようだった。それから、「わのほうさ、あべ」と言った。意味はわからなかったが、こっちへ来い、と手招きをするので、女の後についていった。

女は、宿の裏手にある井戸のポンプを勢いよく押して、水を出してくれた。安は水に手を差し伸べて、顔を洗った。切れるほど冷たい感触が心地よい。

女は、「べべこ《お召し物》、濡れじゃあでば《が濡れますよ》。ほれ《さあ》」と言って、自分の帯に下げていた手ぬぐいを差し出した。

安は、それを受け取って顔を拭いた。女は、返された手ぬぐいで、スカートの裾をごしごしと拭いてくれた。スカートは、はね返った水ですっかり濡れてしまっていた。

「ありがとう」

礼を述べると、女は、はにかんで笑った。女性の洋装を初めて見たのだろうか、興味津々の様子だ。安は微笑んだ。

「これはね、スカートと申します。外国……アメリカの、着物のようなものです。アメリカ人の女性は、皆、これをはいているのですよ」

はあ、と女はため息をついた。「あめりが……」と言ったきり、言葉に詰まった。流れるような曲線を作る漆黒のスカートに、目が釘付けになっている。

「こら！　何ばしちゃあば、すかすかどやなが《さっさとしなさい》！」

年増女の怒鳴り声が飛んできた。はっとして、女は、安に向かって頭を下げると、大急ぎで台所へ走り去った。

安は、そのまま井戸の近くにたたずんで、春めいて輝く青空に息を吐いた。


アメリカから帰国して三年。安には、ときどき、わからなくなることがあった。

はたして、自分は帰ってきてよかったのだろうか。

ひょっとすると、あのまま、ホイットニー家の世話になり、アメリカ人と結婚して、子供を産んで、幸せな家庭を築くという選択もあったのかもしれない。母国を、父を、母を、きょうだいを忘れ、黒髪のアメリカ人として生きていく、という道があったのかもしれない。そう思えば、夜も眠れぬほど心が乱れた。

アメリカの女学校を卒業すると同時に、日本政府から帰国命令が出たわけだが、いったん帰国したのち、もう一度アメリカへ戻って、ワシントンのカレッジに再留学するという手段もあった。アーノルド・ホイットニーは地元の名士であり、彼の後押しがあれば、それも実現可能だったはずだ。日米二ヶ国語を難なく操り、ピアノもヴァイオリンも奏でる才気煥発《さいきかんぱつ》な安を、ホイットニー家の家長は、それはかわいがってくれたのだから。

もしも日本で居心地がよくなかったら、いつでもここへ帰っておいで。ホイットニー夫妻のあたたかい言葉に勇気を得て、安は、ひとまず母国へと帰り着いたのだった。

安の胸中は、期待と焦りとで、はちきれんばかりになっていた。

明治維新から十七年、日本の女子教育の現状はどうなっているのだろうか。そして、自分が活躍できる場はあるのだろうか。

次第に視力は衰えていった。いつ見えなくなるのかという不安が、重苦しい霧のように、安の心に立ちこめていた。

アメリカにすっかり感化され、洗礼まで受けて帰ってきた娘を、父と母は、それでも喜んで迎え入れてくれた。

父は、安が不在のあいだに、開拓使使節団の随行員としてウィーン万博へ出掛け、西洋の文化を肌身で感じる体験もしていた。安が帰国したときには、すでに開拓使の嘱託を解かれており、政府関係の刊行物や、西洋文化を紹介する雑誌を発行する出版社を興して、軌道に乗せたところだった。兄は父を手伝って出版社を守り立て、姉は嫁いでふたりの子持ちになっていた。安が渡米中に生まれた弟は、小学校に通っていた。

父は、自分の狙い通りに、娘が語学も西洋のマナーも習得して帰ってきたことに、大いに満足しているようだった。そして尋ねたのだった。目の調子はどうだ、まだ見えているのか？　安は答えた。ええ見えています。けれどいつまで見えていられるか、わかりません。

悪くなっているのか、と父。ええ、少しずつ悪くなっています、と安。

そうか。しかし、たとえ見えなくなったとしても、大丈夫だ。お前は英語が話せるし、アメリカの最新式の教育を受けておる。アメリカのすべてを知っておる。他の女とは違うのだ。その価値を認める紳士のもとへ、早めに嫁ぐがいい。

実は、もったいなくも、黒田さまを介して伊藤博文《いとうひろぶみ》伯爵から、是非ともお前にとおっしゃって、縁談をいただいておるのだ。なに、今日明日にもというわけではないのだが、なるべく早めにお返事をしなければならん。その件については、お前の将来を決定することとなるのだから、私に任せておけ。

父の言葉が、安を打ちのめした。いったい、自分はどこまで父に振り回されなければならないのだろうか。

父の一存で、自分は渡米した。ほんの九歳の子供が、両親のもとを離れて、言葉も通じぬ異国へ渡る寂しさを、父は想像できただろうか。

アメリカ人のようにして育ち、高等教育を受けた結果、日本の家長制度に疑問を抱いた安は、他家へ嫁ぐことに意義を見出せなくなった。

そして、再び父は、娘の気持ちを微塵《みじん》も考えず、早く嫁げと命じた。弱視の娘の将来を慮《おもんぱか》ってのことだというのはわかる。しかし、それは、自らの支援者である黒田清隆や伊藤博文が持ち込んだ縁談だからではないのか。

安は、父に内緒で、伊藤博文宛に手紙を書いた。誰かにみつかってもわからぬよう、英語でしたためた。

伊藤は、維新後に何回か渡米、渡欧し、岩倉使節団の副使も務めていた。従って、他の重臣たちに比べても、抜群に語学が堪能であった。

列強と肩を並べるために、日本の欧米化を進めた人物である。そして、日本の教育制度の整備に力を注いだのも彼だった。

伊藤は、岩倉使節団に九歳で参加した安のその後を気にかけてくれていた。ありがたかったが、だからこそ、真実を伝えなければならないと、安は決意した。

父は、安に弱視がある事実を隠して、留学を果たさせた。目が悪いことだけは、決して誰にも言ってはいけない、もし言ったならお前は二度と日本へ帰れなくなると、幼い安は言い含められた。

父の厳命に従って、安は見えるふりをしていた。実際には、視界の中ではすべてのものの輪郭がぼんやりとにじみ、うっすらと光のヴェールをまとって見えていた。文字などは本に目をかなり近づけて見なければ読めない。ホイットニー家の人たちには、安の弱視はすぐに知られてしまった。しかし、ホイットニー家の人たちと、学校の教師たちは、安を応援し、見守ってくれた。学友たちからはひどい差別を受け続けたが、臆さずに勉強に打ちこんだ。その姿は、ホイットニー家の人々の同情と励ましを得るにじゅうぶんだった。弱点があればこそ、きっとアンは人一倍努力して勉強することでしょうと、かえって期待も高まった。

弱点を強みにする。安は、アメリカで、身をもってそんなことも学んだのだ。――それなのに。

成長し、変容した娘を、父は認めず、受け入れてはくれない。その証拠が、この縁談なのだ。

安は、伊藤博文への手紙に、自分が弱視であること、それを隠して留学したことを正直に書き、詫《わ》びた。そして、感謝を述べた。

あなたさまが、幼い頃より私の将来をお気にかけてくださいましたことを、いかなる言葉で感謝申し上げたらよいのでしょう。

ひょっとすると、言葉で申し述べるよりも、このさきは、行動で、あなたさまへの謝意を示すべきではないかと考えております。

人間は、弱みを強みにすることができる。そう学ぶことができたアメリカでの十三年間は、私に大きな使命を与えました。

私は、私の生まれた国で、女子教育の普及と発展のために、お役に立ちたいのです。いずれ視力を失う日がくるまで、残された時間がどれほどのものなのか、私にはわかりません。だからこそ、どなたかのもとへ嫁ぐことなど、いまの私にはできないのです。

どうかご理解くださいますように――。

返事はなかった。しかし、まもなく、先方の都合ということで、伊藤が持ちこんだ縁談は取り下げられた。父は嘆いたが、安は、伊藤の思いやりに心の中で感謝した。

あれから、二年半。安は、失望と焦燥の中にいた。

自分が望んだような、女子教育のための活躍の場は、その頃の日本では皆無に等しかった。

仕方なく、華族の婦女子に英語やピアノを教えて、安は日々を過ごしていた。

何不自由なく暮らす貴婦人たちは、うつくしく着飾り、洋風の食事をし、舞踏会に出かける。外国からの客人をもてなす際には、安は通訳としてかり出された。外国人たちは、安の英語が流麗なのに目を見張り、賛辞を送ったが、安は、いつも愛想笑いを返すだけだった。

弱みを強みに変える教育。貴賤《きせん》の別なく、いかなる女性にも開かれた教育。

そんな教育に、携わりたい。

神の作りたもうたこの世界で、神のみもとで、私たちは、誰もが等しく学ぶ権利を持っているはずなのだから。

そう言えば、笑われるに決まっていた。だから、誰にも言えずに、ただ、その思いひとつを胸に抱いていた。

クリスマスが終わり、年の瀬が押し迫ったある日、一通の手紙を——伊藤博文からの、英語で書かれた手紙を受け取るまでは。

親愛なるアン
貴女のご活躍、ほうぼうから聞き及んでおります。

唐突ながら、ひとつ、ご相談ごとがあります。お引き受けいただけますことを願いつつ、以下に記します。

私の友人に、男爵の介良《けら》貞彦《さだひこ》という男がおります。現在、彼は、彼のご長女に関して、深く悩み、苦しんでおられます。

あなたのお話をしたところ、是非ともあなたに、ご長女の教育をお任せしたいと望んでおられます。

つきましては、一度、あなたにお目にかかりたく思っております。そして、そののち、願わくは、介良殿の地元、青森県の弘前まで、お出《い》でいただけまいかと。

介良家のご長女、れん嬢は、現在六歳。普通の人と、だいぶん違うのです。

違う要素は、三つあります。

一つ。れん嬢は、盲目です。まったく、見えません。

二つ。耳が聞こえません。

三つ。口が利けません。

いかがでしょうか。

そんな少女の教育に、あなたは、はたして、ご興味をもたれますでしょうか？

2

往来に砂埃を巻き上げながら、馬車の車輪がゆるゆると止まった。

御者台で手綱を緩めた御者が、後ろを振り向いて、「へば、お屋敷に着ぎましだ」と声をかけた。

幌の陰で、座席に安が座っていた。御者が飛び降りて、幌をたたむと、西に傾き始めた日のきらめきがたちまち彼女を包みこんだ。目を細めて、光に満ち溢《あふ》れた風景を眺める。

生まれつき弱視の安は、物の細部を見るのには苦労するものの、大まかな形や色は見えたし、光が当たっているものを見るのはさほど苦にはならなかった。太陽の光やろうそくの光が照らすものは、すべてがやわらかなヴェールに包まれているように思われた。だから、光の当たっている場所が好きだったし、光に照らされているものを目にするたびに、まだ見えている、と胸を撫で下ろすのだった。

御者の手を借りて馬車から降り立った安の前にそびえていたのは、見たこともないような大きな門だった。個人の邸宅のものというよりも、城だか寺だかの門に近いような印象だ。

その前に、いつからそうしていたのだろう、使用人らしき男女がふたり、たたずんでいた。男はすぐさま安のもとへ駆け寄り、無言で安の手から革の鞄を受け取った。「ありがとう」と礼を言うと、男は、目を合わさずにひょっこりと頭を下げた。

「い……いらっしゃいませ。遠ぐがら、こったどごまでお越しくださいまして、あ……ありがとうごぜます」

女のほうは、顔を赤くして挨拶《あいさつ》を述べると、額が膝につきそうなほど深々と辞儀をした。

方言を抑えて挨拶してくれた。おそらく、何度も練習したに違いない。遠方より来る客を接待するために、彼女が準備してくれたであろうあれこれを想像し、安は微笑んだ。

「はじめまして、去場安です。わざわざお出迎えいただきまして、ありがとうございます」

こちらもていねいに頭を下げた。女は、いよいよ真っ赤になって、

「んな、もっだいねごどだす。えらい先生に、んな、頭ば下げでもらうだば、まいね、まいね《いけない》」

恐縮しきりで、何度も何度も頭を下げた。その様子が一生懸命で、どこかかわいらし

く、安はいっそう笑顔になった。

「あなたのお名前は、なんとおっしゃいますの」

大きな門をくぐって、玄関に向かいながら、安は女に尋ねた。女は「へ？」と驚いている。女中に名前を訊く客人など、いままでひとりもいなかったのだろう。

「ハル……」

消え入りそうな声で答える。

「そう。ハルさんね」

安は、名前を復唱すると、

「今日からお世話になります、ハルさん。きっと、あなたには、これからたくさんのことを、頼らなければならなくなります。どうかよろしくお願いしますね」

ハルは、はあ、と赤い頬をしたままで、どう答えてよいものやら、地面をみつめるばかりだ。

表玄関へと向かう安の足取りは、長旅などなかったかのように軽やかだった。

とうとう、やってきた。アメリカよりも遠く思えた、本州の北の果て、弘前へ。

ついに、これからまみえるのだ。青森でも有数の富豪、介良貞彦男爵に。そして、その娘、介良れんに。

介良家は、代々津軽藩の重臣を務め、明治維新のあと、士族から農地を召し上げる

「お召し上げ」に乗じて、大地主となったという。その後、青森県下で始まったリンゴの栽培や貸金業にも手を広げ、青森県下最大の「大家《おおやけ》」（裕福な家）となる。商売に才覚を発揮した介良家長男の貞彦が、先代である父・彦左衛門《ひこざえもん》が病没したのち、介良家の当主となった。貞彦は政府によって男爵に叙せられ、介良家は益々権勢をふるっていた。

正門から屋敷の主と賓客のみが使用する「御玄関」までは、規則正しく石畳が続いていた。周辺には梅や椿が植えられ、ほのかな香りを放っている。桜が咲くのは、まだもう少しさきのことだろう。

玄関の扉は開けられており、先ほどの男が両手に革の鞄を提げて、入り口で待ち構えている。広々とした玄関へ、安は足を踏み入れた。

取次の間には、ひとりの女性が端正な居住まいで座っていた。花紋の着物に黒い羽織を着こんだその人は、一目で、この屋敷の主の奥方であると見て取れた。つまり、介良れんの母親であると。

「ようこそ、お越し下さいました。介良の家内、よしでございます。去場先生のご到着、お待ち申し上げておりました」

津軽なまりのある言葉で、よしが挨拶をした。そして、畳に両手の指をきっちりと揃えて、頭を下げた。かたちよく結い上げられた髷《まげ》が、そっくりこちらを向いている。安も、石が張られた三和土《たたき》に立ったまま、その髷に向かって深々と頭を下げた。

「はじめまして、去場安でございます。このたびは、お招きくださりまして、まことにありがとうございます」

よしは顔を上げると、まっすぐなまなざしを安に向けた。その瞳には、すがりつくような切実な色があった。その気配に、安はただならぬものを敏感に感じ取った。

「主人も、この日を待ちかねておりました。お疲れでございましょうが、まずは当主よりご挨拶をさせていただきたく存じます」

よしが礼儀正しく告げた。安は微笑んで、「心得ております」と応えた。そして、よしの目の前の框《かまち》に、ひょいと座りこんだ。

「ごめんあそばせ……私、革靴を履いておりますの。こうして、座りこまないと、靴ひもがほどけなくって……」

「あんれ、まあ」と声を上げたのは、女中のハルだった。興味津々で、安がスカートのすそをたくし上げ、靴ひもをほどくのをみつめている。三和土に荷物を提げて立っていた男は、これは見てはならじと察知したのか、あわてて顔を背けている。

「まあ」よしも驚いて、思わず身を乗り出した。

「おら、初めで見だっす。まんず、はあ、そったらにして、脱ぐんだすか」

つい、津軽弁に戻っている。安は、その調子、と心の中でつぶやいた。

「アメリカでは、皆、洋装で靴を履いているのです。こんなふうに、面倒くさい靴を履いていても大丈夫なのは、なぜだかおわかりになりますか、奥方さま？」

「いんや」とよしは首を横に振った。「わがらねども」

「家の中でも、ずっと靴を履いているからですよ。脱ぐのは一日に一度、寝床に入るときだけ。だから、平気なのです」

「家の中でも？」よしは、いよいよ驚いた声を出した。

「そったらごど……畳に泥が上がってしまうべし」

「大丈夫なのですよ。畳がありませんもの」

「まあ。へば、風呂に入るどぎは？」

「風呂などありません。洗い桶で、体を洗うのです。冬は週に一度、夏は二日に一度」

「まあ」

たまらずに、よしはくすくすと笑い出した。そうこうするうちに、安の足は窮屈な革靴からすっかり自由になった。

よしと何人かの女中に伴われ、安は廊下を奥へと進んだ。

廊下も柱も新しく、よく磨かれて光沢を放っている。まだ真新しい屋敷は、爵位を与えられ、事業を次々に興した介良家の権勢を如実に伝えていた。中庭の植栽も、廊下に面した障子も、清々しく手入れが行き届いている。

長い回廊を進むと、銀彩色で唐獅子《からじし》が描かれた襖《ふすま》があった。襖の両側に女中が正座すると、音もなく引き開けた。

視界が急に開けて、広々と明るい書院が現れた。正面に、床の間を背にして、立派な髭《ひげ》をたくわえた紋付袴《もんつきはかま》姿の男性が正座している。介良家の当主、介良貞彦であった。

客間に足を踏み入れると、スカートの裾をさばいて、安はその場に正座した。そして、さきほどのよしと同様に、両手の指を揃えて畳につき、深々と頭を下げた。

「初めてお目にかかります。去場安でございます。このたびのお招き、真にありがとうございます」

貞彦は、安を見据えると、

「このたびは、遠路はるばるお越しいただき、かたじけない」

低く、落ち着いた声で応対した。わずかに津軽なまりはあったが、東京ふうの語り口だった。

「いかがでしたか、長旅は。まだ鉄道が通っておりませんから、道中、ほとんど馬車での移動だったのでは？」

「はい、その通りでございます。上野から黒磯までは汽車で参りましたが、そこから先は乗り合い馬車を乗り継いで……すっかり、埃まみれになってしまいました。このように汚れた姿でお目もじすることを、ご容赦いただきたく存じます」

貞彦は、品定めでもするように無遠慮に安を眺めていたが、スカートの裾が泥に汚れているのをみつけると、微かに眉をしかめた。

「まさか、道中ずっと洋装でこられたのですか」

「はい」安は答えた。

「アメリカでの生活が長かったこともあり、私には、このほうが、むしろ楽ですので」

ふむ、と貞彦は鼻を鳴らした。

「伊藤博文閣下より、伝え聞いておりますが……なんでも、九つの頃に米国へ渡り、あちらで成人なされたとか」

「はい。岩倉使節団に年少で参加いたしました。ワシントン市内にお住まいの、アメリカ政府高等書記官、アーノルド・ホイットニーさまのお宅にお世話になりまして……」

去場安の「身上書」は、伊藤博文経由で、貞彦の手元にあった。それでも、貞彦は、ひとしきり、安に自分自身の経歴を語らせた。

大事な愛娘を預けるにふさわしい人物かどうか、実際に相対して決めるつもりであったのだろう。場合によっては、お引き取り願う、と言われる可能性もあると、安にはわかっていた。

自らの生い立ち、両親のこと、岩倉使節団に参加したきっかけ、アメリカでの暮らし……。ほとんど独白に近い語り口で、安は自分の半生をつまびらかにした。

貞彦とよし夫妻のふたりだけが、向かいあって安が語るのに耳を傾けた。客間の外には、少なくない数の使用人が冷たい廊下に正座している。しかし、れんが現れる気配は微塵もなかった。

自分の身の上について、ひとしきり語ったあと、安は切り出した。

「伊藤さまが、私が抱えておりますことについて、すでに介良さまにお伝えしているかどうか、存じ上げません。けれど、これは、私にとって、もっとも大切なことでございますので、申し上げます」

ただならぬ物言いに、一瞬、介良夫妻は息を詰めた。その瞬間を逃さずに、安は言った。

「私は、弱視です。はっきりと物を見ることが、できません」

夫妻の瞳に、驚きの色が浮かんだようだ。その様子は安には見えなかったが、重苦しい沈黙に、まさか知らなかったのかと戸惑った。

安を介良男爵に紹介したのは、伊藤博文である。岩倉使節団でアメリカに留学した頃から安を知っている伊藤も、彼女が生まれつきの弱視であることに気づかなかった。

安を岩倉使節団に送りこんだ父は、娘が弱視であることを隠し通そうとした。子供の安に、見えるように振る舞えと教えこんだ。以来、安は、生活する上で、ある程度の所作を、勘を頼りに行ってきた。その結果、驚くべき勘のよさで、周囲に違和感を与えずに振る舞うことができた。

安は、弱視であるという秘密を自ら伊藤に告白した。伊藤は、それをふまえて、「介良家の長女の教育係」とするべく、安に声をかけてきたはずだった。つまりは、介良男爵にもその事実を伝えているはずだったのに。

「それは初耳でしたな。あなたの様子を拝見すれば、見えておるようにしか思えぬが……」

貞彦は、羽織の両腕を組んで、かすかなうなり声を上げた。その声に、驚きと感嘆、そして困惑が同時に入り交じっているのを、安は感じ取った。

「ほんとうでございますか？　お目が……お悪いと？」

とても信じられない、といった調子で、よしが尋ねた。安は、「はい。ほんとうです」と、にっこり笑って返した。

「ものの輪郭や雰囲気は、見て取れます。色もわかります。特に、明るい場所では、そう不自由なく見られます。けれど、暗くなってしまうと不自由します。ですから、私、おてんとうさまとともに、寝起きしておりますの」

まあ……と、よしは感嘆のため息を放った。視力を失った娘を持つ母親が、遠くに希望の光を見出したような気配が色濃くあった。

ところが、貞彦の反応は違った。

「伊藤さまも、お人が悪いな。目が見えぬ娘の教育係に、見るのに不自由しておられるお方を、送りこむことはなかろうに……」

ごく小さくつぶやいて、むっつりと黙りこんだ。それきり、気まずい沈黙が三人のあいだに流れた。

これは、まずい展開になってしまった。

安のほうは、自分が弱視であることを含みおいて、伊藤博文が推薦してくれたものと信じていた。だから、介良家へも聞くまでもないと思っていた。

そう思いこんだのには、理由がある。伊藤が持ちこんだ縁談を断る際に、安は伊藤に英語で手紙を書き送った。自分が弱視であることを告白するのと同時に、その「弱み」にこそ、自分が特別な思いを持っている、と伝えたつもりだ。

――人間は、弱みを強みにすることができる。そう学ぶことができたアメリカでの十三年間は、私に大きな使命を与えました。

私は、私の母国で、女子教育の普及と発展のために、お役に立ちたいのです――。

その文面に胸打たれて、伊藤は、自分の同朋《どうほう》である介良貞彦のひとり娘の教育を、安に託そうと決心したはずだった。

しかし、もしやと思って、介良男爵に弱視のことを話してみた。いずれにせよ、隠し通せるものでもないし、隠すつもりもなかった。

これから始まる長い長い苦難の道。前進するためには、自分もまた弱者であることを周囲に知ってもらい、力を貸してもらわなければ、早い段階で挫折してしまうだろう。

ここにいたるまでの道程も、じゅうぶん長かった。しかし、まだ、入り口にたどり着いたにすぎない。これから自分が歩もうとしている道は、さらに長く、険しく、果てることのない道だ。

しかし、歩み出さずに引き返すわけにはいかない。ここまで来たからには、いかに茨《いばら》の道だとて、もはや進むほかないのだ。

安は、あらためて畳に両手をつき、頭を下げた。

「申し訳ございません。伊藤さまには、私が弱視であることは、すでにお伝えしておりました。私を介良さまにご紹介いただきますおりに、てっきり、この件もお伝えいただけるのではないかと思いこんでおりました。伊藤さまにお頼りせず、私から介良さまに、ご一報差し上げるべきでした。……大切なことと申し上げておきながら、人任せにしてしまったのは、私の心得違いでございます」

正直に詫びた。何も言い訳をするつもりはなかった。貞彦は、考えこむそぶりで、じっと両腕を組んだまま、微動だにしない。

「おどさ。先生さま、困らせだら、いぐね。何が言わねど……」

よしが、小声で貞彦に囁いた。

「おめは黙ってろ」

貞彦が、鋭く言った。よしは、たちまち小さく身を縮めて、うつむいてしまった。

そのとき。

キャアアア――ッ、と細い叫び声が、屋敷のずっと奥のほうから聞こえてきた。

はっとして、よしが顔を上げた。安も、つられて頭を上げた。

キャアアア――ッ。あああああ――っ。キャアアアア――ッ。

二度、三度、悲痛な声が響き渡る。子供の……少女の声だ。

たまらずに、よしが立ち上がった。とたんに、「待で」と貞彦が制した。

「行ってはならね」

「行がせでぐだっせ。おどさ、行がせで」

よしが、半分泣きそうな声を出した。「ならん」いっそう強い口調で、貞彦が止めた。

「おめがそったらふうだがら、あれがつけ上がるんだべし。あれを甘やがさねだめに、先生をお呼びしだごど、忘れるでね」

立ち上がりかけたよしは、ぐっとこらえるようにして、再び正座した。肩が小刻みに震えている。顔からは血の気が引き、青白く固まった表情で、膝の上に握りしめた両手の拳《こぶし》をにらんでいる。

安は、胸の中で、別の生き物のように心臓が鼓動するのを感じた。

――れんだ。

この屋敷の奥深くに、れんがいる。

自分は、運命の糸に絡め取られ、たぐり寄せられるようにして、本州の果ての地までやって来た。その糸を握っているのが、まだ見ぬその少女なのだ。

安は、その少女とともに、どこまで続いているのか、終わりが見えぬほど長く険しい道を歩む決心をしている。

荒れ地に鍬《くわ》を入れ、花を咲かせるために。いまはどこかに眠っているはずの、こんこんと湧く泉を掘り当てるために。

日本の女子教育の礎を作らんと、密《ひそ》かに意欲を燃やす意志をくみ、伊藤博文は、れんの教育係として、安を選んだ。

伊藤の手紙に書いてあった文言を、ここへやってくるまでの日々、いくたび反芻《はんすう》したことだろう。

――介良家のご長女、れん嬢は、現在六歳。普通の人と、だいぶん違うのです。

違う要素は、三つあります。

一つ。れん嬢は、盲目です。まったく、見えません。

二つ。耳が聞こえません。

三つ。口が利けません。

いかがでしょうか。

そんな少女の教育に、あなたは、はたして、ご興味をもたれますでしょうか？——

「失礼いだします。茶菓をお持ちいだしました」

襖の向こうで、女の声がした。さきほど、会話をしたハルの声だった。

「お入り」よしが返事をした。襖が左右に開いて、ハルが漆黒の盆を捧げ持って入ってきた。そのあとに、二名の女中が続く。ハルは安の前に茶菓の載った盆を置くと、畳に張りつくように辞儀をした。貞彦、よしの前にも盆が据えられる。

貞彦は、片手で茶碗を持ち上げて茶を啜《すす》ると、観念したように言った。

「娘は……れんは、生まれたときには、無事だったのです。目も、耳も、口も……。しかし、一歳になるかならぬかのとき、大病を患いましてな。三日三晩、高熱が下がらんで……これはもうだめだと、医者も私も、あきらめとったのです。ただひとり、家内だけが、どうしてもあきらめませなんだ」

生後十一ヶ月だったれんは、もはや虫の息だった。炎に包まれたかのごとく熱い身体、小さなはかない身体をかき抱いて、よしは絶叫した。

れん、れん！　れん！

死ぬでね。生ぎろ。生ぎろ！

お母《が》がついでるはで。お母が、おめば守るはで。お母が、おめの代わりに死ぬはんで。へば、生ぎろ。れん——！

「あのとき、家内があきらめさえすれば……あんな小さい娘が、過酷な人生を生きなくても済んだかもしれぬが……」

死にかけた娘が助かってしまったのはお前のせいだ。貞彦の口調は、懸命に看病をしたであろうよしを明らかに責めていた。

よしは、唇を噛《か》んでうつむいたまま、顔を上げない。安は、注意深く夫妻を見守った。

どうやら、父は、生き延びてしまった娘を持て余しているようだ。

それに対して、母は——。

ぱたぱたぱた、と廊下を走る微かな音が、屋敷の奥からこちらへと近づいてくるのに、安は気づいた。ガシャン、ドタン、バタン。あちこちにぶつかったり転んだりする音。

その後を、女中らしき女の声がついてくる。

「お嬢《じょ》さ、お嬢さ！　お待ちくだせえ、そったら走っだら……！」

ガタッ。

いきなり、襖が開いた。はっとして、安は、廊下のほうへ振り返った。

少女が立っていた。西日を背にして、完璧な光の中に。

安の目には、はっきりと見えた。少女は、そのとき、うっすらと笑っていた。その無垢な輝き。

かすかにめまいを覚えるほど、まぶしい少女だった。強烈な光を放つ人だった。

3

親愛なるアリス

ワシントンでは、どんなにか美しい春を迎えたことでしょう。

この季節が巡りくれば、あなたと、あなたのご家族とともに過ごしたいとおしい時間が、私の中にありありと蘇《よみがえ》ります。

なかでも少女時代に、あなたと、あなたの愛犬のジョーイと一緒に、緑の色濃い公園、ザ・エリプスをそぞろ歩いたこと。あの頃、私の目は、あふれんばかりの緑を全部吸収するかのように、明るい景色を常に求めていました。目によくないから、あまり強い日光に当たらないようにとお医者様に言われていたにもかかわらず、お天気のいい日には、私はしきりにあなたを誘い出したものです。

ザ・エリプスの彼方には、大統領がおいでになるホワイトハウスが見えていましたね。もっとも、私の目には、ぼんやりした白い固まりのようにしか映らなかったけれど……。

国会議事堂がそびえたつキャピトル・ヒルの近くにも行きましたね。私は、大きくて堂々とした、わかりやすい、ああいった公共の建物がワシントンにたくさんあることに、ずいぶんとなぐさめられました。細かいものなら、よほど近づけて見なければ、それがなんなのか認識できない私の目は、白くて明るい、大きなかたちの建物を好んだのです。そういう建物は、日本にはほとんどありませんでしたし、少女の私には、とにかく珍しくもあったのです。

あなたは、議事堂をしきりに眺める私に、教えてくれました。議事堂の円屋根《ドーム》のてっぺんに女神の像が立っていて、なんだかわからないけれど、頭の上にはふさふさした羽飾りのようなものがついている。片手に剣、もう片方に盾を持っている様子。あの像の名前は、「自由《フリーダム》」というんですって、お父さまが教えてくれたのよ、と。

自由。初めて耳にする言葉でしたが、その語感に、不思議に心沸き立ったことを覚えています。自由って、どういう意味？　と私が尋ねると、あなたはちょっと誇らしげに答えましたね。自由って、人間にとって、この世でいちばん大切なものなのよって。そしてすぐに、小さな声で付け加えました。お父さまがそうおっしゃってたから間違いないわ、と。私は、正直でまっすぐな、あなたがいっそう大好きになりました。

初めてウエストエンドに出かけたときのことも、とてもよく覚えています。私は、水のにおいがする、と言ったのです。一緒におられたあなたのお母さまが驚いて、どうしてわかるの、とおっしゃいました。すぐ近くではないけれど、ここから馬車でしばらく行ったところに、ポトマック川があるのですよ、と。そうして、実際、ポトマック川のほとりまで連れていってくださいました。

春の光をいっぱいに受けて、さかんにきらめく川面《かわも》を、私は飽かず眺め続けました。あなたのお母さまは、おっしゃいました。アンはほんとうにきらきらしたものを見るのが好きなのね。光り輝いているものが大好きなのね。だから、あなたの顔は、いつも明るいほうを向いている。それはとてもすばらしいことよ。なぜって、あなたはきっと、あなたの人生において、いつも明るいほうへ、明るいほうへと向かっていくでしょうから——と。

あなたへのお手紙に、どうしてこんなにきらきら輝く思い出話ばかり書き綴るのか、不思議に思われたことでしょう。

いつも正直だったあなたにならって、白状します。私は、いま、とてつもなく不安なのです。そして、したたかに打ちひしがれているのです。

先だってのお手紙にも書いたように、私は、長い長い道程を経て、ようやく、本州の北の果て、青森の弘前という町までやってきました。

日本の春が、どんなふうだか——帰国後、あなたへのお手紙の中でお教えしたことがありましたね。あちこちで桜が咲き乱れ、それはそれは美しいのです。天国ってこういうところなんじゃないかしら、と思われるほど。桜は、葉が出るよりさきに、枝いっぱいに小さな花が群れて咲く。だから、あたりいちめん、白くてふんわりした雲に包まれているように、私の目には見えるのです。

アメリカに渡るまえの私は、まだほんの子供だったので、こんなにも桜が美しく咲くことを、すっかり忘れていたようです。帰国後に初めて春を迎えたとき、ああこの国は桜の国だったのだ、こんなに美しい国に私は生まれたのだと、ずいぶんなぐさめられました。帰国したばかりの頃は、ほんとうにこれでよかったのかと、くよくよ悩んでばかりだったので。

けれど、ここ弘前では、春はまだ遠いのです。桜もないわけではないのでしょうが、どうやら花が咲くのは、まだしばらくさきのこと。それを聞いて、なんだか、心許なくなりました。

私が到着したお屋敷――介良貞彦男爵のお宅の、一階の部屋で、いま、このお便りをしたためています。青森の宿とは比較にはならぬほど、立派なお部屋ではありますが、心細い行灯の明かりのもと、勘を頼りに文字を綴っていることには変わりありません。いったいいくつ部屋があるのかもわからぬくらい広大なお屋敷、身に余るほどの手厚いもてなし、鯛の焼き物やお赤飯の豪華な夕食――これらは、お祝いの席で供される日本の伝統的な料理です――にもかかわらず、私の心は重く、不安でふさがれています。ワシントンで、あなたとともに過ごした少女時代の、きらめく思い出に頼らずにはいられないほど、私の気持ちは弱っています。

青森から送ったあなたへのお手紙に、私はこれからある少女に会う、と書きましたね。少女は、強烈な磁力を、はるか彼方から放っているのです、と。彼女こそは、私の人生を変える力を持ち得た人。そして、私こそが、彼女の人生を変えることのできる人間なのだ――と。

ついに、私は、その少女と会ったのです。

彼女の名前は、介良れん。六歳です。介良男爵のご長女で、全盲のうえに、耳が聞こえず、話すこともできません。生まれたときには、身体になんの不自由もなかったそうですが、生後十一ヶ月のとき大病を患い、三日三晩、高熱が続いたのち、どうにか一命を取り留めたものの、視力と聴力を奪われ、その結果、話すこともままならない状態になってしまったのです。

「三重苦の娘」と、介良男爵はおっしゃっていました。「このまま生かしていいのかどうか、私にはわからない」とも。豪華な夕餉《ゆうげ》の膳を前にしているにもかかわらず、終始苦々しい様子で……。私は、いっそう、胸の中に寒風が吹くのを覚えました。

想像が難しいかもしれませんが、日本の名家では、家長とともに食卓を共にできるのは、長男だけなのです。今日の夕食の際には、客間で、介良男爵と、ご長男の辰彦《たつひこ》さまと、そして私が客人として、食事を共にいたしました。女の客を迎えるのも初めてなら、家族以外のご婦人と食事を共にするのも初めてです、と辰彦さまがおっしゃっていました。なんの遠慮もないご様子だったので、おそらく辰彦さまは、正直な方なのだと思います。

男爵令夫人は、別室でお食事のご様子でした。当然、れん嬢も別で――決して一緒に食事をすることなどない、と男爵は断言しておられました。それどころか、嗤《わら》っておられました。

あれと食事をするなど、あり得ません。想像するのも不愉快です。今日、ご覧になったでしょう？　ごくまれですが、ああやって、ずかずかと表に踏み込んでくることがあるのです。障子を破り、茶碗を蹴飛ばし、床の間の軸でも、花器でもなんでも、めちゃくちゃにしおって――客人のある日は、絶対に目を離すでないと使用人にも申し付けてありましたのに、どうにもお恥ずかしいところをお見せしてしまいました、と。

そうなのです。れん嬢は、完全な別室に――広大なお屋敷の奥深く、誰の目にもつかぬ場所に匿《かく》されて、ひっそりと生き長らえておられるのです。まるで牢屋《ろうや》に幽閉されているようなもの。考えたくはありませんが、男爵には、そのままご自分の娘がどうにかなってしまえばいいとお思いのふしすらありました。

聞けば、れん嬢の命をあきらめなかったのは、ひとえに奥方さまの愛情ゆえ。ご夫妻のあいだには、二十一歳になられた辰彦さまと、れん嬢のふたりきりしかお子さまがなく、十五年ぶりに授かった女の子を、奥方さまは、それはそれはかわいがり、掌中の珠のごとく、大切に大切に育てていたのだと。けれど男爵は、れん嬢の将来を、彼女が助かったその瞬間から悲観し続けておられるようなのです。

殿方おふたりとの夕餉は、膳の上にいかなる山海の珍味が並べられようとも、私には、たまらなく寂しく、心寒いひとときでした。

今日、れん嬢と会った——とさきに書きました。けれど、ほんのひと目、一瞬の出来事だったのです。到着してすぐ、ご夫妻にご挨拶をしているさ中、「座敷牢」を逃げ出してきた彼女が、突然、客間の襖をさっと開けて、目の前に現れました。その瞬間、私の身体を刺し貫いた、あの感覚。

光——でした。彼女は。ちょうど西日を背にして、完璧な光の中に立っていたというばかりではなく、私には、彼女自身が光そのものに見えたのです。

彼女に、私が見えるはずはない。私も、彼女の表情が細かく見えるわけではない。けれどわかった。彼女の顔には微笑が浮かび、その目が私をとらえ、みつめているのが。

その瞬間、私は悟りました。この子には、すべてがある。この子は、ありとあらゆる可能性を秘めている。この子は、いかなる困難も乗り越え、どんなことでもできるようになるのだと。

介良男爵が、すぐさま、勢いよく立ち上がりました。その拍子に、膝元にあった茶碗がひっくり返りました。傍らにおられた令夫人は、あわてて、れん嬢のもとに駆け寄ると、小さな身体をかき抱きました。れん嬢は、お母さまの腕の中で、手足をめちゃくちゃに動かし、叫び、頭を激しく前後に振って暴れました。使用人たちが令夫人とれん嬢とを取り囲み、どうにか彼女の動きを押さえ込もうとやっきになりました。

そこへ男爵がつかつかと歩み寄ったかと思うと、いきなり、娘の頰を平手打ちにしたのです。れん嬢は、たちまちその場にひっくり返りました。令夫人が、あっと叫んで、娘の上に覆い被さりました。れん嬢は、口もとから血を流し、けものじみた声を上げ、火がついたように泣き叫びました。さっさと向こうへ連れていけ、と男爵は使用人に命じました。男の使用人が、暴れるれん嬢をやっと抱き上げ、廊下を走り去りました。令夫人も、まるで逃げるように、そのあとを追っていきました。

私は……私は、そのときどうしていたのかと、あなたはお尋ねになることでしょう。ええ、正直に申し上げます。私は、何もできませんでした。ただ、口を半開きにして、幼い少女が、「三重苦」の娘が、父親に殴られるのを、ただ眺めること以外できなかったのです。

私は——日本人女性として初めてアメリカに留学し、女子教育の意義にめざめ、身体的弱者の役に立つべく志に燃え、伊藤博文さまのご推挙を受け、はてしなく遠い道程を、馬車を乗り継ぎ、ほこりにまみれて、ようやくここまでやって来た私は――私の運命の鍵を握る、その少女にやっとまみえたにもかかわらず、血を分けた父親の暴力から、彼女を救うことができなかったのです。

ああ、アリス。親しい友、私の大切なお姉さま。なつかしいあなたを、ワシントンの春を、今夜ばかりは思い出さずにはいられません。

我が身の非力を、今日ほど恥じたことはありません。れん嬢とともに歩む、このさき続く長い長い道。ようやく、その入り口に立ったというのに、私はもう、くじけてしまいそうです。

あなたへのお手紙に、かくも正直に弱音を書き綴ってしまう私の小ささを、どうかお笑いください。

安

弘前で迎える初めての夜。安は、なかなか寝付けずにいた。

長旅のあいだじゅう、湯浴みをするとき以外はずっと身につけていたコルセットをようやく外し、寝間着の浴衣に着替えた。母の手製の浴衣は、糊が効いていて、腕を通すとしゃきっとした。疲労で澱《よど》んだ身体に、その瞬間だけ、すっと水が通った心地がした。

分厚い真綿布団の中に入って、目を閉じる。静まり返った水の底のような闇の中、鼓膜の奥に、介良男爵の言葉が禍々《まがまが》しく蘇る。

――三重苦を抱えたまま生き長らえて、あの娘に、このさき、いったいどんないいことがあるというのでしょう。

まもなく、この北国にも春がくる。しかしあれには、春の日差しの中で、ほかの子供たちと遊ぶこともできなければ、咲き乱れる桜を愛《め》でることもない。無意味なのです。春がこようと秋になろうと、夏がどんなに暑かろうが、冬がどれほど厳しかろうが……あれには、まったく意味のないことなのです。

このまま成長したとて、嫁ぐこともできぬ。いかに当家が隆盛を極めようとも、見えず、聞こえず、言葉も知らぬ、痴呆のような娘を、いったい誰が娶《めと》るというのか。

生きていても仕方のない、どうしようもない娘。どうして、あのとき、いっそ楽にしてやれなんだのか……。

それまで黙って貞彦の話を聞いていた安は、たまりかねて口を挟んだ。

「お言葉ですが、介良さま。そこまでお嬢さまをお見限りなされているのなら、なぜ、教育係として、私をお招きになったのでございましょうか」

貞彦は、言うなれば、安の雇い主だ。意見することは許されない。けれど、どうしても言わずにはいられなかった。

娘の生を呪《のろ》うかのような刺々《とげとげ》しい言葉の裏側に、安は、切実な願いが秘められているのを嗅ぎ取った。

ほんとうは、娘を、どうにかして生かしてやりたいのだと……。

安の問いかけに、むっつりと顔をしかめたまま、貞彦はなかなか答えなかった。

ふたりの様子を窺っていた辰彦が、ぐいと盃の酒をあおった勢いで、口を開いた。

「……私のためです」

安は、辰彦を見た。部屋の四隅に行灯《あんどん》が灯されてはいたが、安の目には漆の塗り膳を前に座しているふたりの顔ははっきりとは見えない。それでも、介良家の長男が、冷ややかな笑みを浮かべているのが感じられた。

「父からは言いにくかろうと思いますので、私から申し上げますが……妹のせいで、私の縁談が、ことごとく破談になっているのです」

東北きっての権勢を誇る介良家の嫡男《ちゃくなん》のもとへ、本来であれば、いかなる名家の令嬢であろうと、輿《こし》入れを希望して当然のこと。それなのに、この一年あまり、持ち上がった縁談はすべて先方から「見送りたい」と申し入れられた。

辰彦は、ふん、と鼻を鳴らして、吐き捨てるように言葉を続けた。

「介良の家にはけもののような娘がいる。あの家に嫁いだら、けものの子供が生まれると。そんな噂《うわさ》が立っているようで……。妹がせめて口でもきけるようになってくれねば、私は一生妻を娶ることもかなわぬでしょう。そうなってしまったら、当家の存続も危うくなる。ですから、父は、なんとかしたい一心で、あなたを妹の教育係に……」

「よさねが」強い口調で、父が制した。「自分の妹を、けものなどと……介良家の嫡男が、根も葉もね世迷い言に耳を貸してはならね」

「根も葉もね？　事実ではねが」

　酔った勢いでか、津軽弁混じりで辰彦が言い返した。

「けものだ。あれは、けものそのもンだ。六つにもなって、言葉ひとつ、しゃべれねだ。あれのできることっだら、壊す、暴れる、嚙みづぐ、吠《ほ》える。けものでねがっだら、いったい、なんなんだ？」

「さしね《やかましぃ》！」

　鋭い声を放って、貞彦が盃を膳に投げつけた。ガシャン、という音が響くと、すぐさま廊下の襖がすっと開いて、女中がふたり、うつむき加減に部屋の中に入ってきた。布巾でていねいに畳の上、貞彦の座布団周りを拭くと、割れた盃を盆に載せ、出ていった。

　貞彦も辰彦も、それきり黙りこくってしまった。そして安も。

　気まずい雰囲気のうちに、安は、夕餉の席を辞し、座敷へとハルに案内された。

　そうして、いま、布団に横たわり、夜の闇の中、まぶたを開いたのだった。

部屋の片隅で、行灯が放つ心細い光をかすかに感じる。けれど、安の心の中は真っ暗だった。

辰彦さまは、おそらく、まっすぐで正直すぎるお方だ。

妹のせいでご自身がこのまま結婚できずにいれば、お家が安泰しないと心配されているのは、本音なのだ。

れんさまに少しでも人間らしくなってほしい、ただそのために私を喚《よ》んだというのが、おそらく真実なのだろう。

安は、闇の中に、ため息を放った。

ああ、なんて遠いのだろう。

彼らの望んでいることと、私の考えている到達点《ゴール》は、あまりにも遠くかけ離れている。

私は、あの少女を、単に人間らしくするために、ここへやって来たのではない。

私のゴールは、ただひとつ。

あの少女の持っている、人間としての可能性のすべてを、存分に開花させること――。

きゃあああああ――ッ。

そのとき、屋敷の奥深くで、静寂を切り裂いて少女の声が響き渡った。安は、目を見開いた。

きゃあああ――――ッ。あああああ――――ッ。アアーッ、アアーッ、アア――ッ。

掛布団を剝《は》いで、安は身を起こした。細く、きれぎれに、少女の叫び声が続いている。安は立ち上がった。寝間着の前を急いで整えると、宙に両手をかざしながら、すり足で畳の上を進む。音を立てずに襖を開け、廊下へ出た。

けものじみた叫び声は、まだ続いている。右手で前を手探りし、左手を壁伝いにして、氷のように冷たい廊下を裸足《はだし》で進む。声の聞こえるほうへ。

夕餉のまえに、ひと通り、屋敷の中をハルに案内してもらっていた。屋敷内の見取り図を見るわけでもなく、文字で紙に書き付けるわけでもなかったが、歩いたその感じを、安の体は実によく記憶するのだ。はっきりと見えないぶん、自分のいるところ、行こうとする場所は、どうしても体で覚えなければならないからだ。

まだ薄明るいうちに行灯をかざして廊下を歩きながら、ハルは、「こちらがご不浄でごぜます」「こちらが湯浴みどころでごぜます」と教えてくれた。その都度、自分がいる居室から何歩くらいか、どんな柱や戸があるのか、安は自分の足の裏と手のひらで確かめた。そして尋ねた。「れんさまのお部屋はどこ?」

ハルは、すぐには答えなかったが、やがて小声で教えてくれた。この廊下のずっと先、突き当たりに小さな蔵がありまして、そこにおられます。したばって《けれども》、どなたさまも、入ってはならねと、旦那さまにきつく言われとります……。

五、六、七、八……。ゆっくりと、歩数を口の中で数えながら進む。二十、二十一、二十二。確か、五十五歩で、廊下が途切れ、二段下がって、その向こうに、鉄の閂《かんぬき》のかかった扉があった。三十、三十一、三十二。あの扉の内側に、れんがいるのだ。四十、四十一、四十二。春なのに、なお凍えそうな夜。父からも、母からも、遠ざけられて、小さなあの子は、蔵の奥深く、孤独と闘っているのだ――。

五十三、五十四……五十五。

つま先が、ぴたりと止まった。廊下が途切れて、その先に階段がある。そろり、そろり、慎重に、二段下りた。

蔵の中から響いていた声はやんでいた。あたりはしんとして静まり返っている。安の指先が、閂をさぐり当てた。掛け金を持ち上げると、力をこめて横に引く。ガチリ、と閂が外れた。

ぎいいいい……。鈍い音を立てて、観音開きの扉が、こちら側へ開いた。安は、慎重に、ひと足、ふた足と、蔵の中へ足を踏み入れた。

澱んだ空気と、むっとする臭い。甘くただれた果物と、糞尿《ふんにょう》が入り交じったような臭い。それは、確かに、けものじみた臭いだった。

「れ・ん」

聞こえないとわかっていて、安は声に出して少女の名を呼んだ。呼びかけずにいられなかった。

れ・ん。

わ・た・し・は、あ・ん。

あ・な・た・の、せ・ん・せ・い。

息を殺して、闇の中にうずくまる何ものかの気配があった。その気配に向かって、安は手を差し伸べた。指先が、あたたかな、濡れた鼻先に届いたと思った瞬間。

あっ。

指に激痛が走った。れんに嚙みつかれたのだ。その痛みに、安はその場に膝を突き、うめき、転がった。

うずくまる安の体をやすやすと踏み越えて、少女は、開け放たれた扉の向こうへ走り出た。脱兎《だっと》のごとく素早く、けもののように叫びながら。

4

ほとんど一睡もできぬまま、天井に向かってぴたりと視線を貼りつけて、安は夜を過ごした。

夜の闇の中では、安の目には何も映らない。天井をみつめていても、ほんとうにみつめているのは、記憶の中に現れるなつかしい人々の姿――家族や、友人たちや、恩人、そして故郷にも等しいワシントンの風景などだった。みつめているといっても、それらのどれもが、ぼんやりとして像を結ばない。生まれながらにして弱視の安は、はっきりとした輪郭というものがどういうものなのか、脳裡に思い浮かべることすらも困難なのだった。

夜半過ぎ、安は、これから自分が教育することになっている介良家のひとり娘、れんと間近に接触した。いや、接触したというよりも、出会い頭に、文字通り「噛みつかれた」のだった。

そのあとが、大変だった。

閂の外された蔵の扉から、れんは飛び出していった。どたん、ばたんとあちこちにぶつかる音がして、けたたましい叫び声が屋敷じゅうに響き渡った。安は大急ぎで廊下へ引き返したが、明かりがなければほとんど何も見えないので、とにかく壁伝いに自分の部屋へ戻ろうとした。その途中で、ばたばた、ばたばたと屋敷じゅうの廊下を足音が行き交い、ほどなくして、水の中へ大きな岩が放り込まれたような音が遠くで聞こえた。とたんに、火がついたようなれんの泣き声が上がった。お嬢《じょ》さ、そっちゃいけばまね《いけない》、こっちゃこ、あんれまあ、はあずぶぬれだで、どんだあ、と何人もの女衆の声が聞こえ、続いてまた、ばたばた、ばたばたといくつもの足音が行き交った。

「先生さま、いかがなされましただか」

すぐ近くで、ハルの声がした。びくっとして、安は全身をこわばらせたが、

「私は、大丈夫です。それより、れんが……」

と、騒ぎのするほうへ顔を向けた。

「何があったの。れんは、どうしたの」

ハルは、それには答えずに、「先生さま、お手が……」と言いかけて、絶句した。

安の指先からは、血がしたたっていた。痛みはあったが、それどころではなかった。飛び出していったれんが、けがでもしようものなら……。

「私のことは、どうでもいいの。れんはどうしたの」

「はあ、お嬢さは、なしてだが、蔵から出て、池に落ぢだです」

わあああ、きゃああ、と、れんの泣き叫ぶ声が響き渡っている。「れん、どしただが！　なして出できだだが！」と、正気を失ったように叫んでいるのは、介良夫人、よしだ。大人たちがれんを囲んで大騒ぎしているが、もちろん、そのいっさいはれん本人には見えも聞こえもしてはいまい。おそらく廊下を走っていくうちに踏み外して、中庭にある大きな池に転落したのだ。自分に何が起こったのかもわからず、恐怖におののいていることだろう。

「先生さま、こっちゃ、来てけろ」

ハルは安の手を引いて、寝室まで連れ戻してくれた。布団の上に座らせて、「すんぐ、戻ってくっから」と、大慌てで部屋を出ていった。まもなく戻ってくると、安の右手を取り、濡れたふきんでそうっと拭いた。

「痛っ……」

安は苦痛に顔を歪めたが、そのままハルに任せた。細長く裂いた木綿の布で、指をしっかりと巻く。「こんで、大丈夫だす」囁くようにハルが言った。

そうこうするうちに、れんの叫び声も収まっていた。

いったい、どうなったのだろうか。父の貞彦が、またもや烈火のごとく怒り出しはすまいかと不安になったが、真夜中に子供を折檻《せっかん》するほど短気な暴君ではないことを、祈るほかなかった。

「あの、先生さま……夜は危ねえですから、ねんどこ出ねえで休んでけろ。ご用事さありましだら、私《わぁ》が、そぢの角の女中部屋におりますで、お呼びくだせえまし」

言いにくそうにしながら、ハルは、精一杯、東京ふうの言葉をつないだ。安は、指に巻かれた包帯代わりの布を左手でなぞりながら、うなずいた。

「わかりました。ありがとう、ハルさん」

ハルは、畳に両手を突いて頭を下げてから、その場を辞した。

布団に横になって、安は大きく息をついた。後悔の念がひたひたと胸に迫る。

勝手なことをしてしまった。

こんなことをして、結局、介良男爵のお叱りを受けるのは、私ではなく、ハルさんなのだわ。

天井に視線を放ったままで、安は自問し続けた。真夜中にあの子を訪ねていって、いったい自分はどうしたかったのだろうか、と。

わからない。……だけど、あんな冷たい蔵の中で、たったひとりでいるかと思うと、いたたまれなくて――。

悪い夢でも見て、怖くて、こんな夜中に突然、叫び声を上げているんじゃないかと思ったんだわ。

助けたい、と思った。あの瞬間の私は、どうにか救い出したいと、自然と足があの子のいる場所へと向かってしまった。

教師として、私の生徒を救いたいと思ったんじゃない。私が、あの子のもとへ向かったのは、もっと――本能のようなもの。

人間としての本能が、私をあの子に向かわせている。あの子を救いたいという気持ちを、私は容易には止められない。

――なぜ？

右手の指の痛みは、時が経つほどじんじんと腕全体に広がっていくようだ。

その痛みを静かに受け止めながら、安は、部屋の中がすっかり明るむまで、ぼんやりと広がる天井を、見るともなくみつめていた。

介良家で迎えた初めての朝。安は、座敷に運ばれた朝餉の膳の前に座して、ひとり、味噌汁を啜っていた。

旅のあいだじゅう着ていた洋服は、すっかり汚れてしまったので、ハルに洗濯を頼んだ。

母があつらえてくれた藍色《あいいろ》の紬《つむぎ》に、海老茶色の袴を身に着けて、床の間を背に、ぴしりと閉じた襖に向かって座る。床の間には桃の花が生けられ、甘い香りがかすかに漂っている。庭へやってきた雀たちが、盛んにさえずる声がする。

何事もなかったかのように、おだやかな朝だ。

誰が見ているわけでもないのに、安は、うつむいてこっそりとため息をついた。

いつまでこんな客扱いが続くんだろう。

一刻も早く、あの子を、自由にしてあげたいのに――。

ふと、心に浮かんだ言葉に、はっとした。

自由《フリーダム》。

私が、本能的に、あの子を救いたいと気持ちが急《せ》いてしまうのは、なぜか。――いまのあの子には、自由がないからだ。

そう、自由。この世で最も尊いもの。いかなる人間であれ、いかなる性別であれ、決して失ってはならぬもの。

そんなふうに、私は学んだのだわ。――アメリカで。

「先生さま。お食事さ、済んでごぜますか」

廊下側の襖の向こうから声がした。「ええ、ご馳走になりました」と答えると、襖が開いて、ハルが部屋へ入ってきた。安の向かいに正座すると、両手をついて頭を下げ、

「旦那さまが、先生さまば、呼んでごぜます」

――きた。

「そうですか。どちらへ伺ったらよろしいの」

安は、すぐに立ち上がった。ハルも立ち上がって、こっちゃでごぜます、と安を導いた。

昨夜の一件について、お沙汰があるに違いない。まるで代官の前へと引かれていく町人のようだな、と思って、なんだかおかしくなった。

望むところだわ。こっちのほうこそ、れんのための今後の教育方針を、きちんと話すつもりなのだから。

きのうは、ついぞ話すことができなかった。

見えず、聞こえず、話すこともできない六歳の少女に、いったいどうやって教育を施すのか。

それこそが、安がいちばん話したかったことだった。そのためにこそ、自分はここへやってきたのだから。

しかし、介良貞彦は、自分で招き寄せた教師を、まるで最初から拒絶しているようだった。目の前にいる安を見ず、安の話を聞かず――そして、自分の真意を話さなかった。

客間の上座に座して、貞彦は安を待っていた。安は、貞彦の面前で辞儀をしてから、顔を上げると、

「れんはどうしていますか」

いきなり言った。貞彦は、ぴくりと頰を動かした。きのうは「れんさま」と呼んでいたのに、今朝はいきなり呼び捨てていることに違和感を覚えたのだろう。しかし、そんなことは安にはどうでもよかった。

「いますぐに、私の生徒に会わせていただけますでしょうか。——私は、きのう、到着してすぐにでも、れんに会って、授業を始めたかったのです。それなのに、会わせていただけませんでした。……ですから、いけないこととは存じ上げながらも、夜中に、こちらのほうから会いにいってしまったのですわ」

先手必勝とばかりに、ちゃっかりと言い訳を述べた。貞彦の口もとが、思いがけず歪んだ。

「私があれをそちらに会わせなかったから……真夜中に蔵の閂を外してまで、会いにいったとおっしゃるのですな？」

はい、と悪びれずに答えると、貞彦の顔に苦笑が浮かんだ。その瞬間を逃さずに、安は言った。

「私がここまでやってきたのは、れんに会うため。そして、れんに教育をするため。そのためだけに、私はここにいるのです。せっかくのおもてなしをいただき、ありがたくは存じますが……私には、立派なお座敷も、おいしいお食事も、錦にくるまれたお布団も、何も必要ありません」

貞彦をまっすぐに見据えて、言葉を続けた。

「私は、男爵家の客人ではありません。介良れんの教師です」

男爵は、ぐっと息をのんだ。はっきりとは見えないはずなのに、何もかも見通しているような安の目をみつめ返して、貞彦は言った。

「客人扱いは無用と……そう申されるのですか」

「はい」きっぱりと、安は返した。

「では、どうすれば？」

「簡単なことです。私を、れんのいる蔵に、一緒に住まわせてくだされば」

迷いを一切感じさせない言いぶりに、貞彦は、思わずうなった。

「いや、しかし……伊藤博文閣下直々のご紹介のご婦人を、あのような場所に閉じ込めるというわけには……」

「では」間髪を容《い》れずに、安は詰め寄った。

「逆ならばいかがですか。れんを、私の部屋に……いえ、私の部屋でなくても結構、たとえばハルさんの部屋に連れていって、私もそこで一緒に寝起きしますわ。それならば、何か起こっても、すぐにどなたかに助けていただけますし」

あの子を、あの場所から救い出す。

それが、まず第一に、しなければならないことだった。あんな座敷牢のような場所に押し込めていてはいけない。まずは人間らしい生活に、れんをなじませなければ。きのう、屋敷内を案内してもらいながら、ハルにこっそりと教えてもらった。いったい、あの小さな女の子が、どんなふうに扱われているか。

れんの生活の一切は、あの「北の蔵」と呼ばれる蔵の中にあった。あの中で寝起きし、食事をする。蔵の裏にはごく小さな厠《かわや》もついてはいたが、ほとんど使われたためしがない。寝て、起きて、食べて、おまるで用を足す。汚れれば、お付きの女中がすべて片付ける。十日に一度程度、湯を張った木桶を持ち込んで、そこで湯浴みをさせる。れんは湯浴みが大嫌いで、大暴れになるので、女中三人がかりでどうにか湯浴みをさせるのだ。湯浴みの苦労を考えると、させないに越したことはない。だから、冬などは一ヶ月以上も湯浴みをさせずじまいである。蔵の中の悪臭は、れんの体臭そのものだったのだ。

小さいながらも、粗野で凶暴。気に入らないことがあると、すぐに噛みつき、引っ掻き回し、大声でわめきたてる。たしなめたところで、聞こえない。人形や玩具であやそうとしても、見えない。抱きしめようとすれば、蹴飛ばされるのがおちだ。

思いのままに行動する、けものの子のような少女。

れんさまは鬼っ子だ、そのうちにつのが生えてくると、女中たちは本人の前で悪態をつく。どうせいつも青あざだらけなのだ、わかりはすまいと、介良夫人の目の届かぬところで、ひどいこともしている——。

そう聞いて、安は、全身の血が凍りつくのを感じた。ひどいこととは、いったい何をしているの、と尋ねたが、ハルはうつむいて、それ以上は教えてはくれなかった。

けものの子、ですって？

鬼っ子？　そのうちにつのが生えてくる？

なんてこと……。

男爵のひとり娘であるにもかかわらず、女中たちにまで蔑まれ、からかわれ、いじめられているとは。

このままでは、いけない。断じて、このままでは。

一刻も早く、あの子に「自由」を。人間らしい暮らしをさせなければ。

「あれを、あの場所から表へ出すのは、いくら先生の申し出であっても、無理な話です」

射るような安の視線から逃れるようにして、目を逸《そ》らすと、貞彦はそう言った。

「いままでも、何度か、屋敷の部屋に住まわせようとしたことはあったのです。しかし、ひどいもので……あれが暴れるのを、誰も、どうにもできぬのだ」

どんなに厳しく体罰を与えても、いうことをきかない。殴れば嚙みつき返すし、柱に縛りつければ、一晩中でもわめきたてる。襖はぐしゃぐしゃ、調度品はめちゃくちゃにされる。あんなふうでは、客人を屋敷に招くことはおろか、自分も家内もおちおち眠れない。

介良男爵は、心底疲労しきった声色で、れんを扱うことがいかに苦痛に満ちた絶望的な行為であるか、絞り出すようにして語った。

安は、黙って聞いていたが、やがて静かな声で言った。

「お話を伺って、安心しました」

貞彦は、顔を上げて安を見た。安は、薄絹を広げるように微笑して、はっきりと続けた。

「間違いありません。れんは、賢い子です」

わずか六歳だが、れんは、すでに「自己防衛」している。本能的に、自分を守る術《すべ》を知っているのだ。

体罰を与えられれば、体はつらい。けれど、卑屈になりはしない。殴られれば、噛みつき返す。殴った相手から自分を守ろうと必死になっている証拠ではないか。柱に縛りつけられれば、騒ぎ続ける。そうすれば、やがて縄を解かれることを知っているのだ。

私は、ここにいる。

誰か、私にかまって。

言葉にならないれんの叫びが、安の心の中で響いている気がした。

「男爵も、どうかご安心ください。きっと、れんは、お屋敷で暮らしても大丈夫なようになりますわ。そのために、七日間……いえ、三日間で結構。まずは、私を、あの蔵で、れんと一緒に寝起きさせてください」

きっぱりした言葉に、貞彦は再びうなった。そして、つぶやくように言った。

「あれと、ほんの一瞬しか会ってはおらぬのに……あなたは、なぜ、そんなに自信に満ちておられるのか」

安は、微笑んで答えた。

「わかるのです。同じ人間だから」

長い廊下を、安の白足袋《しろたび》が進む。その後から、ハルの裸足がついていく。午前中の光の中では、よく磨き込まれた廊下がずっと続いているのが安の目にも見える。その先にある、北の蔵の様子も。

重たく閉じられ、閂が掛かった扉の前で立ち止まると、安はハルのほうを振り向いた。

「ここで結構です。……おむすびをくださる?」

ハルが掲げていた赤い塗り膳――れん専用のもので、あちこち色が剝げ、傷だらけだった――の皿に載っていた握り飯をひとつ、手に取ると、安はそれをぽいと自分の袂《たもと》に入れた。ハルは目を丸くした。

「焼き魚や、お汁《づけ》は、どうへす？」

安は、首を横に振った。

「いりません。これで十分。それから、ここから先は私がひとりで行きますから」

ハルは、ますます驚いている。蔵の中へひとりで入ることは危険だとでも思っているようだった。

「へば、おら、ここで待っとります」

「いいえ、結構です。ハルさんは、ほかのお仕事をなさってください。あなたは忙しいんだから、そんなところに突っ立ってるのは時間の無駄よ。さ、あっちへ行って、お仕事の続きをなさいな。ああ、私の服の洗濯は最後でよくってよ。ほかのお仕事が済んだあとでも」

ほら早く、と安は、ハルの背中を押して、いま来た廊下を戻らせてしまった。それから、重々しい扉の前に立ち、蔵を見上げた。

待たせたわね、れん。

さあ、授業を始めましょう。

安は、力を込めて閂を引き抜いた。ぎいい、と気味の悪い音を立てて、観音開きに扉が開く。とたんに、むっとする臭いが鼻をつく。

蔵の中は、昨夜とは大分違っていた。天井近くに明かり取りの窓があり、そこから入ってくる朝の光が蔵の中を薄明るく浮かび上がらせている。光があれば、安の目にも、内部の様子は見てとれた。

蔵の中は、ごった煮の鍋の中身をひっくり返したように、ありとあらゆる物がごちゃごちゃと散らばり、山積していた。足の踏み場もなく、塵溜《ごみた》めそのものだ。引きちぎられた布、綿の飛び出た丹前、垢だらけの布団、びりびりに破れた紙、人形の首、木切れ、折れたろうそく、筆の柄、鼻緒のちぎれた下駄、ぐるぐる巻きになった幾本もの紐……。

堆積したごみの真ん中で、のそりとうごめく体。うずくまっていたれんが、扉が開いたことに気づいて、身体を起こしたのだ。

「……れん」

聞こえないとわかっていて、安は呼びかけた。ようやく、まともに会うことができた生徒に向かって。

「私の名前は、安。去場安です。あなたの先生よ。今日からしばらく、ここで暮らします。あなたと一緒に」

埃と垢にまみれた薄黒い顔を、れんはじっと安のほうに向けていた。何かただならぬ気配を感じとっているのだろう。そして、自分は次の瞬間、どう動いたらいいのか——本能的に考えているのだ。

れんのほうへ、一歩踏み出そうとして、足の裏に奇妙に柔らかい感触を覚えた。はっと息をのむ。見なくとも、足の裏の感触でわかる。

――死骸。ネズミか何かの。

思わず足を引っ込めかけたが、そのまま前へと進む。そろり、そろり、つま先で、床の上に散乱するがらくたを押し分けながら、れんへと近づく。少女はぴくりとも動かないが、強く警戒している気配がありありと伝わってくる。

――もう少し。

安は、袂の中から、握り飯を取り出した。それを、れんの鼻先に向かって差し出す。いきなり嚙みつかれないように、今度は細心の注意を払いながら。

クンクン、犬のように、れんは鼻先を動かして、握り飯の匂いを嗅いだ。まだ朝食にありついていない少女は、すばやく手を伸ばしてそれをつかもうとした。その瞬間、安はさっと手を翻し、握り飯を袂に放り込んでしまった。

「アア――――――ッ！」

れんが大声を放って、いきなり安に向かって突進してきた。安は、すかさず細い体を抱きとめた。アアー、アアー、アウ、アウ、アーと叫びながら、れんは猛烈に手足をばたつかせ、安の顔も、肩も、腕も、背中も、めちゃくちゃに叩き、引っ搔いた。

「だめ！　……逃げてはだめ！　れん、逃げてはだめよ！　私たち、ちゃんと向き合うのよ！」

安は、力の限り、れんの体を抱きしめた。どんなに暴れようと、引っ掻かれようと、ひるむことなく、こちらからはいっさい叩きもせず、ただ、一心に抱きしめた。

れん。れん……れん！

やっと、会えた。あなたに会えた。どんなに会いたかったことでしょう。

私たちは、これから一緒に歩いていくの。遠く長い道程を。大丈夫、ふたりで行けば怖くはないわ。

今日が、最初の一歩を踏み出す日よ。

れん。——さあ、向き合いましょう。

怖れることなく。

心の中で語りかけながら、安は、れんの体をしっかりと抱きしめ続けた。ふたつの身体がひとつになってしまったかのように、決して離さなかった。れんは、暴れに暴れたが、さすがに疲れたのか、やがてぱったりと手足の動きを止めた。

力の抜けたれんの小さな体が、ふっと重たくなった。存在を安に預けた、そんな感じだった。

安は、静かになったれんの髪を——艶《つや》がなく、ぼさぼさで、けものじみた臭いのする髪を、優しく撫でた。撫で続けた。れんは、死んでしまったかのように、もはやぴくりとも動かなかった。

しばらくして、安は、れんの右手を静かに取った。びくん、と体が反応する。そのまま、安は、れんの小さな手のひらを自分の頬に当てた。そして、大きく二回、うんうん、とうなずいた。

れんは、ぼんやりと焦点を結ばない目やにだらけの目を、安に向けていた。不思議そうに、右手のひらで、ぺちぺちと安の左頬を叩く。安は、また、うんうん、とうなずいた。

ぺちぺち、うんうん。ぱちぱち、うんうん。

その行為をしばらく繰り返してから、安は、袂の中から握り飯を取り出した。たちまちれんが反応して、それをもぎ取ろうとする。安は、すかさずその手を取って、また自分の頬に当てた。今度は、いやいや、と頭を横に激しく振った。

れんは、再び、じっと見えない目を安に向けている。その目に叡智《えいち》の光が宿っていることに、安は気がついた。

考えている。れんが、すごい速さで考えているのがわかる。

そう。考えるのよ、れん。どうしたらいいのか。

自分の欲しい物を手に入れるためには、どうしたらいいのか。暴れたり、噛みついたりするだけではだめなんだということに、気づくのよ。

握り飯をもぎ取ろうと、乱暴に手を出すたびに、安は素早くその手を取って、自分の頬に当て、いやいやと顔を横に振った。もぎ取ろうとして、いやいや。また、いやいや。三度、四度、五度。何度も何度も、辛抱強くくり返した。

そうするうちに、やがて、小さな右手を、れんは、安に向かってまっすぐに差し出した。暴れることも、わめくこともなく。

安の顔に、光が広がった。

安は、れんの右手を取ると、自分の頬に当て、うんうん、とうなずいた。それから、右手の上に、そっと握り飯を載せた。すると、れんの顔も、またたくまに光に包まれた。

それは、とても単純な言葉。

イエス・オア・ノー。

気持ちを通じ合わせる最初の「言葉」を、こうして、れんは自分のものにした。

5

親愛なるアリス

ワシントンは、いま、いちめんに花々が咲き乱れる季節を迎えていることでしょう。

いつものように、暗い部屋の行灯のもとで手紙をしたためながら、私は記憶のクローゼットの扉を開きます。お気に入りの引き出しを開けると、そこから匂い立つのは、咲き誇るアザレアの花。白やピンクのあでやかな色のかたまりが、カーペットを広げたように、胸を埋め尽くす思いがします。

花びらのこまかいかたちはわからないものの、この季節、私は、光の帯のようにきらめく公園の花畑の中に立つのが好きでした。甘い匂いに包まれて、少女の私は、まるで自分が花そのものになってしまったかのような気がして、うれしく、心が弾んだものです。

私は、いつも、そこに咲いている花の名前を言い当てましたね。アザレア、パンジー、アイリス、椿……。あなたは、そのつど、驚いていました。アンったら、ほんとうにすごいわ。一度匂いを嗅いだだけで、その花を記憶してしまうんですもの、って。

覚えていますか。クリームパフ、という名前のついた椿がありましたね。ずいぶんおいしそうな名前の花。匂いを嗅いでみると、椿の香り。あなたのお母さまが焼いてくださるお菓子を想像して、バニラの香りを期待していたら、外れてしまった。あなたは楽しそうに笑って、違うのよアン、花のかたちがクリームパフそっくりなの、と教えてくれました。そうして、私の手をとって、花全体を触らせてくれましたね。ほら、こんなふうに、ふんわり、ふわふわ。真ん中の黄色いおしべが、カスタードクリームみたいなのよ、と。

私たち、一日じゅう、花畑の中で遊びましたね。シロツメクサの冠を作って、あなたの頭に載せてあげたっけ。お返しにあなたは、タンポポの花輪を作って、私の首にかけてくれました。

無邪気に戯れる私たちの様子を、あなたのお母さまが優しく見守っていてくださいました。少し離れたところで、日傘をさして。ラベンダー色のドレスの上に、木漏れ日が揺れて、きらきら光っていた様子を、いまも思い出します。

ワシントンを満たしていた、あのまばゆい春の光。そこからずいぶん遠いところに、いま、私はいるのです。

ここ弘前でも、ようやく春らしく、あたたかい日差しが感じられるようになりました。

冬には五、六フィートもの雪が積もるということです。ワシントンだとて冬は寒いけれど、そんな積雪など体験したことがないでしょう？　だから、少しでも春めいた陽気が感じられると、弘前の人たちは、いてもたってもいられないような、そわそわした気分になるのだそうです。これは、私の身の回りのことをお手伝いしてくださっている、ハルさんが聞かせてくれたこと。

この町では、もう間もなく、それはそれは美しく桜の花が咲くのだそうです。

弘前は「城下町」といって、ひと昔前までは「大名」が暮らしていたお城があって、栄えていたのだそうです。けれど、日本は開国してから、各地の「大名」制度を廃止して、「廃藩置県」を行ったのです。その結果、各地にあったお城も、ほとんどが取り壊されることになったのです。

弘前城の周りには堀があり、そこに桜並木があるのだとか。そこ以外にも、町のあちこちに、桜が植えられていて、日差しがあたたかさを増すと、あるとき、いっせいに花が開くのだそうです。

北国の長くて厳しい冬を、どうにかやり過ごしたこの町の人々は、いっせいに咲いた桜を眺めて、ようやく春がきたことを実感し、喜ぶのだと。そう、これもまたハルさんに聞いたことなのですが、桜の話をするときの彼女は、それはそれはうれしそうで、微笑ましいのです。

この町の桜が咲いたら、ぜひとも見に出かけたい。ひとりではなく、私の生徒、れんと、それから、彼女の母親と一緒にお花見に出かけるのだと、私は決めました。

私が、いま、いるところ。いったいどこだと、あなたはお思いになるかしら？　いいえ、きっとわからないはずです。だって、私はいつも、あなたが決して想像できないような場所で、あなたへの手紙をしたためているのですから。

私はいま、介良男爵のお屋敷の片隅にある、「蔵」の中にいます。——と書いたところで、あなたの脳裡に絵が浮かぶことは決してないでしょう。蔵とは、日本特有の倉庫です。食器だとか衣類だとか、祭事に使う器具だとか、時には保存食なども——とにかく、さまざまなものが保管されているところです。四方が頑丈な土壁で囲まれ、二層になっています。出入り口には大きな扉がついていて、閂がかかっています。一階と二階に、それぞれ二ヶ所、小さな明かり取りの窓がついているだけで、内部は昼間でも薄暗く、決して清潔な場所とはいえません。

外部とは一切遮断された密室に、いま、私はいるのです。私の生徒、れんとともに。

なぜなら、ここが彼女の寝起きする部屋だから。

目が見えず、耳が聞こえず、口も利けない彼女は、屋敷の中に居場所はなく、塵溜めのようなこの蔵の中に押し込められて、三歳の時分から六歳のいまにいたるまで、かれこれ三年も暮らしているというのです。いいえ、暮らしている、という表現は正しくありません。生かされている、と言ったほうがよいでしょう。どうせ何も見えないし、聞こえない。言葉も解さず、意思表示もできないのだから、死にはしない程度に生かしておけばいいのだ。誰もはっきりと言っているわけではありませんが、周囲の人々がそう考えていたのが、彼女が生かされている状況を見れば、手に取るようにわかるのです。日の当たらない、澱んだ空気の中に放置され、眠りたいだけ眠り、好きなときに起きて、食べたいときに食べる。フォークもスプーンも使いません。すべて手づかみで、あるいは食器に直接口をつけて食べるのです。髪も、服装も、ぼろぼろに乱れて、まるで物乞いの子供です。気に入らないことがあれば、狂ったように暴れ、わめき、かみつきます。

犬の子ほども社会性がない彼女を、女中たちはどう扱っていいのかわからず、途方に暮れていました。それどころか、鬱憤《うっぷん》を晴らすためなのでしょう、どうせわかりはしないのだと、こっそりいじめていたようなのです。

れんは、何をされても、暴れるか泣きわめくか、どちらかしかできません。どうして自分がそんな目に遭うのかすら、理解できないのです。私は、彼女の身体のあちこちに、不審な青痣《あおあざ》や切り傷をみつけて、戦慄《せんりつ》を覚えました……ああ、もうこれ以上は、とても書くことができません。

れんは、畏《おそ》れ多くも、津軽屈指の名門、介良貞彦男爵の令嬢。そして、それ以前に、ひとりの人間なのです。

人間としての尊厳を、彼女に取り戻すために。どこまでも、彼女とともに、私は闘っていきましょう。

安

れんとともに、しばらくのあいだ、蔵の中で寝起きをともにすると決めた日。

安は、みずから女中部屋に出向き、女中頭のしづを始め、総勢三十余名の女たちを前に、言い放った。

「今日から、しばらくのあいだ、北の蔵への出入りを禁止します。私から用事をお願いするとき以外、いっさい蔵の中へ入ってはなりません」

肩を並べて正座していた女中たちが、いっせいにざわめいた。安は、その様子を静観していた。一番前の中央に座っていたしづが、「畏れながら……」と、口を開いた。

「わんど、大旦那さまに申しつげられまして、お嬢《じょ》さのお世話ば、していでです。そったらこと、急に言われでも、まんず、困るんずや。それに、入るなと言われでも、お嬢さの身の回りのお世話ば、誰がするんですば」

「私がします」間髪を容れずに、安が答えた。

「食事は、決められた時間に、蔵の入り口まで持ってきてくだされば結構です。湯浴みの際の湯の準備や、厠の肥《こえ》の始末などは、男衆に頼みます。それ以外は、一切、私がやるつもりです」

「厠だっきゃ」ひそひそ声がする。

「お嬢さ、厠どげ、ろぐだに使ったごとねえ。まいね《むりだ》、まいね。でぎっごね」

「んだ、んだ。でぎっごね」

ざわざわする女衆を振り返って、しづが「とっこどしろ《しずかに》！」とひと声、叫んだ。女たちは、たちまち口をつぐんだ。

「畏れながら、先生さま。そったらこと、大旦那さまが、お許しになったんだべが。わんど、まったぐ、聞いでいねだども」

「お許しいただきました」落ち着き払って、安が答えた。

「これからしばらくのあいだ、れんを私にお任せいただくよう、今朝ほど男爵に申し入れ、お許しを得ました。ですから、私がお願いすることの一切は、男爵のご許可をいただいた上でのことであると思ってください」

そこまで言ってから、一拍おいて、きっぱりと宣言した。

「長くはかかりません。三日間でいいのです」

安の言葉に、女中たちは息を詰めた。安は、緊迫するいくつもの顔を眺めながら、朗朗と続けた。

「三日間、れんと私は、蔵の中で寝起きをともにします。そのあと、このお屋敷の中に移ります。皆さんには、そのつもりで、これから準備に取りかかってもらいます」

ざわざわと、再びどよめきが起こった。しづが、後ろを振り向いて、もう一度「とっこどしろ！」と叫んだ。女中たちの声が静まると、しづは、安を正面に見据えて言った。

「そったらこと、大旦那さまさ、お許しになるはずがね。お嬢さが、お屋敷の中で暮すなんでごど、ありえねえだ。お嬢さは、お屋敷ん中のふすまも障子も、お宝も、全部《なもかも》、壊《ぶか》しでしまうだはんで。まんず、ほんずねえ《ありえない》……」

「とにかく」しづの言葉をさえぎって、安は強い口調で言った。

「私の言う通りにしてください。これから、しばらくのあいだ、私が許可したとき以外、れんに指一本、触れてはなりません。特に、いままでれん付きの女中だった人たちは、もう世話をなさらなくて結構です。金輪際《こんりんざい》、一切れんに近づかないでください」

れん付きの女中だった五人の女たちは、互いに顔を見合わせた。安は、それをみつけて、

「とはいえ、ひとつだけ、やってもらいたいことがあります」

と、女たちに向かって言った。

「これから、蔵の中の大掃除をします。あなたたち、手伝ってくださいますか？」

女たちは、わけがわからず、はあ、と気の抜けた返事をした。安は、にっこりと笑いかけて、

「ここで、用意をして待っていてください。また、戻りますから」

そう言い残して、女中部屋を後にした。どういうことだべや、わがんね、と女たちが口々に言い合うのを背中で聞きながら、安が次に向かったのは、男爵夫人、よしの部屋だった。

話がある、との伝言を受けて、よしは、南側の中庭に面した自室で、安の到来を待っていた。

ほのかに香る桃の花を生けた床の間を背に、静かに座していたよしだったが、安の顔を正面に見るなり、不安を隠し切れないように口を開いた。

「先生。やはり、あの子は、まいね……もうだめですか」

すがるようなまなざしをしている。安は、黙ってその目をみつめ返していたが、ふっと微笑んだ。

あの子が、だめなわけがない。れんの母は、そう思っているに違いなかった。そう言ってほしくて、あえて訊ねているのだ。

「奥方さまは、どう思っていらっしゃるのですか」

逆に、安が訊ねてみた。よしは、堪え切れないように目を逸らして、

「お訊ねくださせえますな。……そったらことを」

消え入りそうな声で、うやむやに答えた。安は、小さく息をつくと、

「大丈夫です。お任せ下さい」

きっぱりと言った。よしは、震える瞳を、もう一度安に向けた。

「れんは、今朝、私との『授業』を開始しました。始まって一時間ほどで、彼女はすでに、ふたつ、言葉を覚えました」

よしの瞳に、みるみる光が満ちた。熱のこもった声で、よしは訊き返した。

「ほ……ほんだが？……あの子が、れんが……こどば、言葉さ……？」

安は、微笑んでうなずいた。

「ひとつは、『はい』。もうひとつは、『いいえ』。このふたつは、とても重要な言葉です。すべての会話のはじまり、そして意思表示となる言葉ですから。……つまり、したいか、したくないか。好きか、嫌いか。れんが自分の気持ちを表すための、もっとも単純で、もっとも大切な言葉なのです」

いままで、れんが意思表示をするには、わめいたり、噛みついたりするしかなかった。それを、言葉で表現することがいかに重要か、安はよしに説いた。

さらには、「はい」と「いいえ」は、れんに対して周囲の人々が意思を伝えるときにも基本になる言葉であること。これはしてもいい、これはしてはいけない。「よい」と

「悪い」、物事には善し悪しがあるというのを教えるためにも、必要な言葉なのだということを、安は語った。

説明を聞いているあいだじゅう、よしは、膝の上で両手を固く組んでいた。身体が震えてしまうのを、どうにか押さえつけているようだった。そして、安の説明の一言一句を決して聞き逃すまいと、全身を耳にして、のめり込んでいた。

「授業を始めてみてすぐ、私は気づきました。れんは、とても賢い子です。私が何を教えようとしているのか、どうそれを受け止めたらいいのか、全力で考えて、反応しています。彼女は、まるで水を吸い上げる海綿のようです。これから私が教えるすべてのことを、一滴も逃さずに吸収していくことでしょう」

自信に満ちた声で、安は言葉を結んだ。

「……れんは、きっと大丈夫です」

そこまで聞いて、よしは突然、手を畳に突くと、安のほうへ擦り寄ってきた。その拍子に、茶托の上の茶碗が音を立ててひっくり返った。それを気にもとめずに、よしは安の両手を取った。

「先生……われは、われは……そのひと言を、ずっと、ずっと……待っておったんですっ……」

よしの手は、それだけが別の生き物であるかのように、激しく震えていた。よしは、安の両手――右手の人差し指には、木綿の布が巻かれていた――を、神仏の手を取ったかのごとく、畏敬の念をこめて、額に押し当てた。そして、そのまま嗚咽《おえつ》した。

なんと長いあいだ、この母は、一心に娘の行く末を思い続けてきたことだろう。名家に生まれ育ち、生家を凌《しの》ぐほどのさらなる名家に嫁いで、表向きには何不自由なく、人もうらやむ暮らしぶりだったことだろう。

けれど、死の淵をさまよった娘の命を救ったことで、今度は自分の心が果てしない死の淵をさまようはめになってしまったのだ。

あの子ば連れて、いくたび、死のうと思ったことか、わがらねです。

生きでいでも、無駄だ。言葉ひとつもしゃべれね、けものの子だもの。

春がきて、花こ咲いでも。夏がきて、セミこ鳴いでも。秋がきて、とんぼこ夕焼け空飛んでも。冬がきて、雪こ降っでも。

あの子には、なーんも見《め》ね。聞ごえね。笑うこども、泣ぐこども、できねんです。

……けものの、子供だもの。

お母《かあ》が、悪かっただ。この母が、お前を生かそうとさえしなければ。

この母が、お前と一緒に、あのとき死んでしまえば。

いまからでも、いっそ道連れにして……と、いくたびも、いくたびも。

あの子と一緒に死ぬこどを考えね夜は、なかったです。

だども、わんどごで死んだら、お家の面汚しになる。そう思って、ただ、ただ、耐えてきだです。

だから、先生がおいでになると聞いて、あの子を助けでくださるかもしれねと知って、どんだけ胸さ躍っだか。

いま、先生のおっしゃることば聞いて、どんだけうれしかっだか……。

こったら私《わ》にも、小《こ》んまい夢こ、あるんです。

この町いっぱいに、もうすぐ、桜の花こ、咲ぎます。その満開の花の下、いつか、あの子と一緒に歩いでみたい。

どうでもいいような、夢だども。一生、かなうことねと、思っでただども。

先生。この夢、かないますか。

あの子と一緒に、桜の満開の下、歩く夢。

いつか、かなう日がくる。そう信じでも、いいですか。

涙を流しながら、よしは、途切れ途切れに、そんなことを語った。

安は、よしの涙で両手があたたかく濡れるのを感じながら、ただ静かに、彼女の言葉を受け止めた。

この涙のあたたかさを、私は決して忘れてはいけない。

この母の涙を、無駄にするわけにはいかない。

れんは大丈夫。

　そのひと言を、決して偽りにしてはいけないのだ——。


　北の蔵の扉の前に、五人の女中たちと、女中頭のしづが集まった。全員、たすきがけの姿で、水の入った木桶や雑巾を手にしている。男衆も何人か集まり、神妙な顔つきで、廊下に並んで立っている。

　同じく、たすきがけ、袴姿の安は、全員の顔を見渡して、晴れ晴れと言った。

「これから、蔵の中のものを、とにかく全部、外へ出します。重いものを運び出すのは、男衆の皆さんにお願いします。中を空っぽにして、はたきをかけ、ほうきで掃いて、床を拭いてください。いいですね？」

「雑巾がけだの、わだば、やってらいね」しづが不満そうな声を出した。

「わだば、女《め》ごたちさ指図する者ずや。はあ、雑巾がけだの……」

「ええ、もちろんですとも」安は、朗らかな声で返した。

「あなたには、もっと大切なお仕事がありますもの、しづさん」

　そう言って、安は、扉の閂を引き抜いた。ぎぎい……と軋んだ音を立てて開いた扉の隙間から、脱兎のごとく、れんが飛び出そうとした。

あっと女中たちは声を上げて、全員でれんを押さえつけようとした。その瞬間、「待ちなさい！」と安が大声を出した。

「れん、こっちよ！」

れんの正面に屈み込んで、安は、少女の身体を抱きとめた。ああうあ、ああうと、れんは、いつものように手足をばたばたさせて、身体をよじり、安の腕をすり抜けようとした。安は動じることなく、れんの右手を取って、自分の頰に当てた。そして、いやいや、いやいやと、首を何度も横に振った。

女中たちは、全員、目を見張った。れんが、ぴたりと動きを止めたからである。

れんが動きをとめると、安は、れんの右手を自分の頰に当てたまま、うんうん、と大きく二回、うなずいた。

ぽかんと口を開けたままのれんは、安の動きを確かめるように、その頰を、ぺちぺちと叩いた。安はまた、うんうん、とうなずいた。あー、とひと声放つと、れんは、ふわりと安に身体を預けた。

「そう、それでいいのよ」

そう言って、安は、おとなしくなったれんの背中を、ぽんぽん、と二回、やさしく叩いた。あー、とまた、れんは、安心し切ったような声を漏らした。

女中たちも、男衆も、息をのんで、ふたりをみつめるばかりだった。

これが、あの……けものの子？

まさか……信じられない。

いつの間にか、お嬢さまは、すっかり変わってしまったじゃないか。

言葉をなくして呆然とする顔のどれもが、そう言っていた。いままで、どんなに父が折檻しても、母が泣いて諭しても、女中たちが手を尽くして世話をしても、どうにもならなかった、あのけものの子が……。

いったい、この教師は、どんな霊力を使って、おとなしくさせてしまったのだろうか。

「しづさん。今日のあなたのお役目は、掃除をしているあいだ、れんを遊ばせてあげることよ」

れんを抱いたまま、しづのほうを振り向いて、安が言った。ええ？　としづは、素っ頓狂な声を上げた。

「はあ、だども、そったらこと、わだしには、できね……」

「できる、できる。いまの、見てたでしょ？　れんは、ちゃんと理解しているのよ。やってはいけないことをしたら、さっきみたいに、手を取って、いやいや、するんです。いいことをしたら、今度は、うんうん、って。さあ」

安は、自分のたすきをほどいて、れんの腰に結んだ。そして、もう片方を、しづの腰に結びつけた。

「そったらこと、わだば……あんれま、お嬢さ、ちょっと待ってけろ……ひゃあっ」

母屋に向かって、れんが廊下を走り出した。たちまち引っ張られて、しづは、れんの後を追うはめになってしまった。その姿を見て、女中たちも、男衆も、皆、いっせいに笑った。もちろん、安も。

その調子よ、れん。

春の日差しの中で、いっぱい、遊んでいらっしゃい。

「さあ、私たちも始めましょうか」

蔵の扉を大きく開いて、新鮮な空気を入れる。きれいに片付けた蔵の中へ、最初に机を運び入れようと、安は決めていた。

その机に行灯を灯し、なつかしいアリスに手紙をしたためるのだ。

やがてこの町いっぱいに、桜が咲く。そう教えてくれたのは、れんの母だった。桜の花の満開の下、れんを連れて歩きたい。それが私のささやかな夢なのです——と。

その夢をかなえるためにも、この蔵の中から、一歩、踏み出す。

揺るがぬ決意が、安の胸を明るく照らしていた。

6

広大な屋敷の、北の端にある蔵の中で、いましがた、安は目覚めていた。

明かり取りの窓はあるものの、蔵は北向きに立っているので、朝日が差し込むことはない。屋根のあたりから雀のさえずりが聞こえてくる。ずっと遠くで、雄鶏《おんどり》がひと声、ふた声、時を作っている。

安は、起き上がって寝間着の前を直すと、布団の上に正座して、傍らを見た。れんが、すやすやと寝息を立てて眠っている。

昨夜は遅くまでアリスに手紙を書き綴っていた。眠りについたのは夜半過ぎだったが、れんは、その間、ずっと眠ったままだった。

昨夜、夕飯を済ませると、安は、れんをすぐに布団に入れ、髪をやさしく撫で続けて眠りにつかせた。れんは、そのまま一度も起きず、いまなおよく眠っている。

昨日の昼間、蔵の中を掃除しているあいだじゅう、れんは、女中頭のしづと庭で遊んだ。じゅうぶんに日光を浴びて遊んだためしのないれんを、思う存分外の空気に触れさせるいい機会だった。そして、身体を使って遊べば、疲れて夜はよく眠るはずだ。もっとも、この戸外での遊びに、いやおうなしに付き合わされたしづのほうが、疲れ果ててしまったようだった。

外に出たれんは、すっかり興奮し、大声を出して、庭じゅうを走り回った。れんと紐で繋がれたしづは、れんに合わせて走り回らなければならず、しまいには、れんの叫ぶ声よりもしづの悲鳴のほうが大きくなったくらいだった。

しづがあわてているのをよそに、安と女中たち、男衆は、蔵の中のものをすっかり外へ出し、空っぽにしてから、隅々まで掃いたり拭いたりして、きれいにした。男衆に頼んで、畳を入れてもらった。机、行灯、新しい綿の入ったふとんを二組、運び入れた。

それから、安は、れんが生活するにあたっての決め事を、女中たちと男衆に説明した。とにかく、徹底的に規則正しい生活をれんにさせる。言葉を覚えることよりも優先的に。それがもっとも重要な「勉強」になるのだ。

起床、食事、就寝の時間を規則正しくする。これが、初めの一歩となる。

いままでのれんの生活は、怠惰そのものだった。普通の人間であれば、日が昇れば目覚め、日が暮れれば就寝する。食事の時間も、朝昼晩、だいたい決まっている。

しかし、闇の世界に生きるれんには、太陽の動きとともに生活をするという習慣がまったくない。起きたいときに起きて、眠たくなったら何時であろうと寝る。そのために、昼夜の別はない。しばしば夜中に叫び声を上げるのも、無理からぬことだった。

空腹を覚えれば、とにかく不機嫌になって、乱暴を働く。物を壊したり、お付きの女中に嚙みついたりする。静かにさせるために、女中は、れんの望むままに食べ物を与える。握り飯、漬け物、干し大根、干し柿……。

食事の内容には、かなり偏りが見られる。女中たちが手間を省くために「与えやすい」食事にしてしまっているからだ。小骨が喉に刺さる魚などは、危ないからと与えられない。これからは、食事も介良家の人々と同じものにしなければならないと、安は考えた。

朝七時、昼十二時、夕六時の三度、自分とれんの食事を蔵の入り口まで持ってくる役目は、ハルに頼むことにした。

ところが、それは自分たちの仕事だと、れんの世話をしていた女中のうち、まさとテルがすかさず文句を言った。

不規則な生活や偏った食事になってしまっているのは、決して自分たちがそう仕向けているのではない。「お嬢《じょ》さのためを思って」好きなようにさせているのだ、と主張した。

「わだしば、お嬢さのためなら、どんなことでも、はあ、やらせでいただいとりました」

「お嬢さは、それはもう、乱暴で乱暴で……だども、わだしば、がまんして、噛みつかれようが、蹴られようが、はあ、我慢しで、お嬢さの好きなようにさせてきましたんです」

いかにも自分たちが悪いのではないという主張に聞こえた。女中たちが安を怖れているのは確かだった。

この奇妙な女教師が屋敷へやってきて、ほんの二日しか経っていない。なのに、瞬く間にお嬢さまをおとなしくさせてしまい、そればかりか、大旦那さまも奥方さまの心もつかんでしまったようだ。

この女は、ただものではない。

もしもこの女に、大旦那さまや奥方さまに今までのことを告げ口でもされたら。自分たちは、ひとたまりもなく、お勤めを辞めさせられてしまうことだろう。

そうあっては、まずい。

口には出さなくとも、女中たちの態度や話し方から、安には手に取るようにわかった。しかし、いい加減な世話をしていたばかりか、密かに虐待までし続けていたこの女中たちに、これ以上、れんを任せるわけにはいかない。

まさとテルがどう言おうとも、彼女らをれんから遠ざけると、安は決めた。そして、もっとも信頼できそうなハルに、自分たちの身辺のいっさいを任せることにした。

「ハルさん。これから、私だけでなく、れんの世話もお願いできますか」

掃除が済み、女中たちがいったん引き上げる段になったとき、安はハルを呼び止めて、廊下の片隅でこっそりと告げた。ハルは、はあ、と答えはしたが、すぐに、

「わだしには、できねす」

と断った。「どうして?」と安が訊き返すと、

「誰がどの仕事すっかは、しづさが決めなさることだはで……」

言いにくそうに、そう答えた。女中のあいだにも厳格な上下関係があることは、安にも理解できた。

「じゃあ、私からしづさんにお願いするわ。それならいいでしょう?」

彼女たちの雇い主たる介良男爵に話をつければ早いのだが、そうなってはしづの顔を潰す。しづが納得しないままにハルをこちら側に引き抜けば、ハルがあとでどんな目に遭わされるかわからない。安は、すぐさま、しづに話をつけにいった。

人払いをした女中部屋で、ようやくれんのお守りから解放されてほっとしているしづと向き合った。

「まんず、大変でございました。一日中、紐で引っくくられて、はあ、お嬢《じょう》さの行くど

こ全部ついて走り回らされて……こんなこと、お嬢さ付きのおなごのすることです。金輪際、わだばいたしません。それだけは、はっきり申し上げておきます」

よほど腹に据えかねたのか、強い口調でしづが言った。

安は、「ええ、わかっています」と軽やかにそれを受けた。

「突然お願いしてしまって、申し訳なく思っています。けれど、れんをお任せできるのは、いつもしっかりと女中たちを束ねている『リーダー』であるあなたしかいませんもの」

へ？　としづは、目を瞬かせた。

「りーだーでば、なんだべ？」

「あら、失礼しました」

安は、にっこりと笑顔を作って返した。

「リーダーというのは、アメリカの言葉です。仕事がよくできて、人の上に立つ人のことです。皆が嫌がることでも、率先してやる。周りから尊敬されている人のことですよ」

「はあ、そした……」しづは、思わず顔を上気させている。

「わだば、そした、立派な人間じゃね。でも、はあ、りーだーでば、先生がおっしゃるんなら、そういうことだべし」

まんざらでもなさそうだ。安は、その機を逃さずに、すかさず申し入れた。

「そのリーダーのしづさんに、お願いなのですが。ハルさんに、私とれんと、両方のお世話をしてもらいたいと思っているんです。しばらくのあいだ、そうしてくださいませんか」

「ハルを？」しづはまた、目をぱちぱちとさせた。

「お嬢さのお世話は、もう長いこと、まさやテルたちにさせとります。ハルは、先生付きの女中です。お嬢さのお世話は、それはもう、大変ですから、ハルには、まんず、務まりません」

「ええ、その通りです」

間髪を容れずに、安が言った。

「ハルさんは私のお世話をしてくださるでしょう？　その私は、これからずっと、れんと一緒にいるのです。言ってみれば、私とれんは、ふたりでひとり、みたいなものになるんです。だから、ハルさんには、変わらずに私のお世話をしてもらって、ついでにれんのお世話もしてもらう。そういうふうに考えたらどうかしら？」

はあ、としづは、わかったようなわからないような返事をした。

「私がハルさんに直接お願いしてもいいんだけど、何しろあなたがリーダーですから……あなたが言ってくださらないと、ハルさんも困るでしょうから」

とにかくお任せします、と慇懃《いんぎん》に依頼して、安は女中部屋を出た。

そのすぐあとに、ハルがしづに呼び出され、先生とお嬢さまをしっかりお世話するように、と申し付けられた。安の思惑通り、「リーダー」という耳慣れない言葉が絶大な効果を発揮したようだった。

食事以外にも、毎日の生活の決めごとを、安は細やかに屋敷の使用人たちに依頼した。夕方五時には、湯浴み用のたらいと手ぬぐいを持ってくるように、男衆に頼んだ。れんは風呂が嫌いだということだったが、これもまた、まさやテルが面倒だからそういうことにしているのだと安はにらんだ。

れんの薄汚れた着衣だとて同じだ。「お嬢さはお着替えが嫌い」「お嬢さは汚れた服のほうが好き」と、まさやテルは口を揃えたが、なんのことはない、洗濯するのが面倒だからだ。洗濯物は、朝食を運んできたときにハルに渡し、夕食のときに洗ったものをもらうことにした。

それから、日中、天気がよいときには外で遊ばせる。雨が降っても外に出す。色々な天候があることを教え、暑さ寒さを体感させることも重要なのだ。

そういう繰り返しの中で、言葉を習得させる。物には名前があること、自分の意志を伝える方法があることを、少しずつ教えていく。

まず三日、蔵の中で寝起きをともにすると決めたものの、しばらくここで授業を続けることになるだろう、と安は考えていた。

結果を急いではいけない。しかし、目標は立てる。ハルによれば、弘前の桜が満開を迎えるのは、毎年五月初めの頃。――その時期を、最初の目標にする。

桜が満開になったときに、れんを外の世界へ連れ出すのだ。彼女の母親と一緒に。

小さな目標を、日々、作って、それを着実にこなしていく。何日かのちに、少し大きな目標を設定する。成し遂げたら、次には、もう少しさきに、もう少し大きな目標を作る。

そうやって、少しずつ、着実に、れんを成長させる。そして、最終目標は――彼女を、身体的にも精神的にも、完全に自立させる。

いつのことになるかはわからないが、そう遠くない将来であるように。

この世界は、無限に広いのだ。その事実を、れんが自分の身をもって知る日が必ずくる。

できることなら、その日がくるのを、この目で見届けることができるように。その日まで、どうにか視力が保てるように――。

れんのやすらかな寝顔をみつめていた安は、枕元に置いていた懐中時計を手に取り、顔に近づけて見た。時計の針は、六時少しまえを指していた。

安は、枕元にきちんと畳んでおいた着物と袴に着替えると、たすきがけをし、櫛《くし》を使って髪をきちんと結い上げた。鏡も見ずに身なりを整えるのは、お手のものである。続いて、そっと扉を開けようとした。表には顔を洗うための水と桶が、昨夜のうちに届けられているはずだ。

が、どうしたことか、扉はびくとも動かない。何度か押したり引いたりしてみたが、やはり動かない。表から、閂がかけられているようだ。

女中たちの仕業だ、と安は直感したが、いやしかし、とすぐに思い直した。夜中にれんが出てこないように、いままでは夜間に閂をかけていたのだ。その頃の習慣が抜けていないだけかもしれない。

いずれにせよ、七時にハルが朝食を持ってくる。そのときに開けてもらえばいいことだ。

それまでは、れんと自分、どこまでも一対一の授業の時間。

むしろ、ありがたいではないか。

安は、横たわるれんの傍らに正座すると、ぽんぽん、ぽんぽん、ときっかり四回、れんの肩を叩いた。

れんは身体を少しむずむずさせたが、起きない。また、ぽんぽん、ぽんぽん、と四回叩く。今度は、身体全体を揺すって、反応した。が、まだ起きない。

四回叩くのを一度として、三度、四度、五度と、安は根気よくれんの肩を叩き続けた。叩く調子は一定にする。この調子を、目覚めかけたれんの身体に覚え込ませる。このさき、これが大事な合図になる。朝がきた、起きるのだという合図なのだから。

れんのまぶたが、ゆっくりと開いた。開いたところで、見えているのは、やはり闇だ。しかし、眠りから解き放たれた彼女の身体が、全身で「合図」を受け止めている。その意味を考えているのだ。

「おはよう、れん。朝がきたわ。起きる時間よ」

安は声に出して言うと、れんの右手をそっと取り上げ、自分の左頬に当てた。そして、うんうん、と二回、うなずいた。

れんは、そこに誰がいるのか、なぜうなずいているのか、全身で考えているように見えた。

虚《うつ》ろな視線を宙にさまよわせながら、あー、とひと言、声を発する。と、いきなり、右手が安の頬をぴしゃりと打った。油断していた安は、問答無用の「起き抜けの一撃」を受けてしまった。

れんは寝床からはい出すと、ばたばたと部屋の片隅へ走っていった。そこへ手をついて、何かを探し回っている様子だ。そこには、いままで、れんが好きなときに好きなだけ食べられるようにと、干し大根や干し柿が入った木箱が置いてあったのだ。

箱の中の食べ物にはネズミが食い荒らした跡があり、カビ臭かった。いままでこんなものを食べさせていたのかと、それをみつけた安は、一瞬で気分が落ち込んだ。忌まわしい食べ物は、即刻捨てさせた。

れんは、自分の食べ物があるべき場所にないことに、突然怒りを爆発させた。

「ああう、ああう、あああう！」

叫び声を上げて、その場に座ったままで、両手、両足をばたつかせ、床をどんどん叩き、尻をどすんどすんと床に打ちつけ、顔を真っ赤にして、最大限に怒りをあらわにした。そういうときには、周囲にあるものを、なんでも取り上げては投げつけていたのだろう。しかし、いまやれんの周辺はすっかり片付けられ、投げつけようにも投げつけるものが何もないのだ。

さあここからだ、と安は、れんにゆっくりと近づいていった。

ここから、教えていかなければならない。朝起きてから、夜寝るまで、一日のあいだにはやるべき物事と順番がある。それを体得させなければならない。

安は、じたばたと暴れるれんの右手を素早く取った。そして、その手を、いままで「食べ物の箱があった」ところへ持っていき、空っぽの床を触らせて、「何もない」ことをわからせようとした。れんの手は何度も宙をつかんだ。宙をつかんでは、さらに真っ赤になって、あああ、あああと怒りの声を上げた。

安はれんの右手を自分の頬に持っていき、いやいや、いやいやと首を激しく横に振った。空腹のあまり気が立っているのだろう、れんはその手で思い切り安の顔を押した。安はひるまずに、れんの手をつかみ、また自分の頬に押し当てて、いやいや、いやいやを繰り返した。

な・い。

ここに・あなたの・望んでいる・ものは・な・い。

な・い。な・い。な・い。

れんに、「ある」ではなく、「ない」という概念を教えなければならない。

いままで、れんは、「ある」ということしか覚えてこなかったはずだ。なんであれ、欲すれば与えられてきた。限られた世界の中で、れんの欲するものとは、あまりにも単純で、限定されたものではあったが。

れんにとっての最たる欲求は、食欲だ。

睡眠・排泄《はいせつ》という生理的な欲求は、自分次第でどうにでもできる。眠りたいときに眠ればいいし、排泄をしたいときにその場ですればいい。

しかし、食べることだけは別だ。食べ物を自分でみつけなければならない。そのためには「探す」という行為を、まずしなければならない。

そうして、探し出して口にするものは、女中たちに「与えられる」ものだった。それがなんであれ、口にできるものであれば、れんはそれを食べ、食欲を満たしてきたのだろう。

求めて、探せば、それはそこに「ある」。つまりは、すべてが自分の思い通り、欲求通りになる。それが、「れんの世界」での法則だった。

「ない」ということがどういうことなのか。それをれんが体得するのは、とても重要なことだと安は考えていた。

自分の思い通りにはならないことがある。それが「世界」であり、「社会」なのだということを、少しずつ思い知らせなければ。

空腹なのに、いつもはすぐにそれが満たされるのに、自分が求めているものが「ない」ということを、れんはどうしても理解できずに、全身に怒りをたぎらせた。

安は、暴れるれんの手を何度も取って、自分の頬に押しつけ、根気よく「いやいや」をした。もとよりれんは、我慢を知らない。立ち上がると、鉈《なた》を振り下ろすかのように、手の爪で安の顔を引き裂いた。

あっ。

一瞬、目の前に火花が散った。

痺れるような激痛が顔面に走り、安は、思わず両手で顔を覆った。れんの爪が、安の額からまぶた、頬にかけて、鋭く傷をつけたのだ。たちまち血が噴き出し、両手の指をぬらぬらと伝う。

ガタン、ガタンと激しい音がした。安は振り向いたが、激痛に目が開けられない。どうやら、机と行灯がひっくり返されてしまったようだ。

続いて、びりびりびり、と紙が裂ける音がした。あっと思ったときには、遅かった。机の上に置いていた手紙。昨夜何時間もかけて、アリス宛に書き綴った手紙は、猛《たけ》り狂ったれんの手で、瞬く間に引き裂かれてしまったのだった。

れんは、そのまま扉に向かって突進した。激突するかと思いきや、扉の手前でぴたりと止まり、ガタガタ、ガタガタ、扉を激しく揺すった。

「ああ！　ああ！　あああ、あああ！」

安は、れんの背中めがけて走った。血が流れ込んだ目を開けていられなかったが、目をつぶったままで、れんの背中を抱きとめた。とたんに、異臭が鼻をついた。れんは、立ったままで放尿していた。生温かい尿で、安の袴も、床も、みるみる濡れていく。

そのとき、扉の外で、声がした。

「れん……れん！　どうしただか、れん⁉」

母親の、よしの声だった。がたん、と閂を外す音がする。はっとして、安は叫んだ。

「いけません！……開けないで！」

れんは、狂ったように扉をどんどん叩いている。その勢いで、向こう側へ扉がかすかに開いてしまった。そのわずかな隙間から、れんが飛び出した。

よしが、あっと声を上げた。れんに突き飛ばされたのだ。安は、れんの後を追おうにも目が開かない。よしの身体につまずいて、安もつんのめってしまった。

「先生⁉」

安が振り向いた。よしは、金切り声を上げた。安の顔が、血で真っ赤に染まっていたのだ。

激しく物が壊れる音、ぶつかる音。れんの叫び声が、屋敷中を目覚めさせた。

逃走した生徒を追いかけることもかなわず、安は、赤くぼやけた視界の中で、恐怖に歪むよしの顔をみつめるほかはなかった。

7

南向きの座敷、床の間の前に座して、安は女中のハルと向き合っている。

ハルは、傍らの手桶を満たした井戸水に清潔な手ぬぐいを浸し、注意深く、そっと、安の顔の傷を撫でる。

「痛っ……」

思わず声が漏れた。ハルは、びくっとして、あわてて手を引っ込める。

「も……申し訳ございません」

ハルが両手をついて謝るので、安は苦笑してしまった。

「いいのよ、ハルさん。謝らなくても。ちょっと痛くても、がまんしなくてはね。大丈夫ですから、続けてくださいな」

はい、とハルは応えて、指先に手ぬぐいを絡め、やさしく、ていねいに傷の周辺の血を拭いてくれた。

「あなたにこうしてもらうのは、もう二度目ね」

軟膏《なんこう》を塗ってもらってから、安は、細長く裂いた木綿の布が巻きつけられている右手を、そっとさすった。

最初は、差し出した手をれんにいきなり嚙みつかれた。そして今回は、両手の爪で顔を思い切り引っ掻かれてしまった。

覚悟はしていたが、これほどまでに思い通りにいかないとは。

安は、ハルに気づかれないように、こっそりとため息をついた。

「はい」と「いいえ」、「ある」と「ない」。もっとも単純で、けれどもっとも大切なこれらの「概念」を理解させること。

それは、なんという大きな越え難い山なのだろう。

安は、いきなり行く手に立ちふさがった巨大な山の出現に身がすくむ思いがした。

普通の人にとっては、ごく簡単なこと。けれど、れんにとっては、まったく未知の領域に踏み込もうとしているのだ。細心の注意を払って、慎重に、用心深く接する必要がある。

それを十分に承知した上で、最良の方法を考えたはずだったのに――。

「あの……先生さま」

うなだれる安をみつめていたハルが、こらえきれないように声をかけた。

「こったらこと、申しましだら、まいねがもしれません。だども……だども、わだば、れんお嬢《じょ》さは……にんげんの子供だと思っだらまいねど、思います」

安は、はっと顔を上げて、ハルを見た。

「……れんが人間の子供ではないと、あなたも言うの？　けものの子供だと？」

この人はほかの女中とは違う。れんを密かに虐待しながら、自分の保身に必死になっている女中たちとは。そう思っていたのに、ハルがとんでもないことを口にしたので、安はひどくがっかりした。

「ひどいわ、ハルさん。あなたまで、そんなことを言うなんて……」

声が震えてしまった。ハルはあわてて、「いいえ、いいえ、違います、先生さま」と、畳に膝をついて身を乗り出した。

「お嬢さは、にんげんの子供です。だども、そうでなぐで、た……たとえばだども、犬っこの子供だと思えば、どうしだらええんだか、考えられるんじゃねがど、わだば、思うです」

犬の子供をしつけるときにすることは、何か。

子犬が常に求めているものが、ふたつある。ひとつは、母犬の乳。もうひとつは、母犬のぬくもり。このふたつを使ってしつけるのがいいと、自分はホイットニー家の飼い犬、ジョーイと一緒にいて覚えた。

お嬢さまに言うことをきかせるためには、とにかく、食べ物で釣るのがいい。たとえば、小さな干菓子のようなものを常に持っておいて、こちらの思う通りのことをしたら、ひとつ、あげるようにする。

お嬢さまが、何か怖がったり、興奮したりしているときには、抱きしめてやる。そうするだけで、子犬はおとなしくなるものだ。

できるだけ安がしゃべっている東京の言葉に近づけようと努力しながら、しどろもどろに、ハルはそんなことを話した。

安は、じっと、ハルの言葉に耳を傾けていた。やがて、膝の上に揃えた両手をぎゅっと握ると、

「……ハルさん」

と呼びかけた。ハルは、反射的に、びくっと身体をすくめた。

「ハルさん。……ああ、ハルさん。あなたは、なんてすばらしいんでしょう」

安は熱のこもった声で言った。そして、ハルの両手を取ると、心をこめてぎゅっと握った。

「ありがとう。あなたもまた、れんの先生です」

安は、うっすらと目に涙を浮かべた。ハルは、突然手を握られて、戸惑った様子で赤くなり、

「つまんねごど、言っで、申し訳ねす」

小さな声で謝った。

安は首を横に振った。ハルのやさしい気持ちが胸に沁《し》みた。

と、そのとき。閉じた襖の向こう、廊下から、介良男爵付きの女中、いちの声がした。

「先生さま。大旦那さまが、お呼びでごぜえます」

安は、一瞬、身体を固くした。

――また、お沙汰があるのか。

ハルが、安の両手をぎゅっと握り返した。そして、

「先生さま。そのお顔では、大旦那さまに、お目にがからねほうが……」

遠慮がちに囁いた。

自分ではわからないが、よほどひどい傷なのだろう。確かに、顔全体がじんじんと疼《うず》いている。

しかし、男爵に呼ばれて出向かなければ、そのほうがよっぽど彼を立腹させることになるだろう。

「大丈夫よ、ハルさん。行ってくるわ。待っていてね」

安はハルに微笑みかけて、立ち上がった。襖を開けると、いちが廊下に正座して待っていた。

「おんろー……まんず、はあ、こっぴどいお顔だなや。先生さまも、大変でごぜえます

な。お嬢さは、まんず、利かんじだべ。けものの子だもの」

いい気味だと言いたげにつぶやきながら、いちは、つと立ち上がると、さっさと先を歩いていった。それについていく安の足取りは重かった。

今回の一件を、どう説明すべきか。

自分の顔に傷を負わせ、母親をつき飛ばして、れんは逃走したのだ。屋敷の調度品も、かなり壊されたようだ。

介良家に着いて、まだ三日目。けれど、あなたが来ても何も変わらないではないかと、男爵は言うに違いない。

むしろ、事態は悪くなったのではないかと思われても当然だ。

たった三日で結果が出るはずがない。けれど、たった三日で安が二度失態をおかしてしまったのも事実なのだ。

さあ、どうしたものか――。

主の間では、介良貞彦が床の間を背にして安の到来を待ち構えていた。長男の辰彦が横に座している。

安は、うつむきながら部屋に入ると、正座して、深々と頭を下げた。

「お騒がせいたしまして、申し訳ございません。……すべて、私の責任です」

そのまま、顔を上げずにいた。介良男爵の、重々しい声が響いた。

「家内から聞きました。……けがをなさったのですな?」

安は、顔を上げて、まっすぐに前を向いた。貞彦が小さく息をのむ気配があった。

「これは、ひどい……まるで、熊にでも掻かれたようじゃないか」

辰彦が、丸眼鏡の縁を持ち上げて、じいっと安の顔を見ている。この青年はレディに対してなかなか失礼だわ、と安は思ったが、もちろん文句など言えはしない。

「少しばかり、油断をしてしまいました。昨日は予定通りに授業は進んだのですが、今朝、授業を始めようとしたときに……うっかり、引っ掻かれてしまいました」

努めて明るい調子で、安は言った。できるだけ言い訳がましく聞こえぬよう、気をつけながら。

「れんは、十分に体力がありますし、とても機敏です。それだけ、頭が働いていて、身体も一緒に動いている感じです。それは、とてもいいことだと、私は……」

「言い訳さ言っても、だめじゃないですか?」

ふん、と鼻で嗤って、辰彦が口を挟んだ。

「なんだかんだ言っても、やっぱり、あれはけものみでな子ですから。先生も、よおくわかりなすったでしょ? まあ、先生には、東京から、わざわざこったらとこまでお出ましいただいで、ご苦労かけましたがね。しょうがね、しょうがね」

もう帰れ、と言わんばかりの口調に、安は色めき立った。

「お言葉ですが、辰彦さま。私がこちらに到着してまだ三日目です。そんなにすぐに結果が出るはずがありません。じっくりと時間をかけて、少しずつ、れんの本来もっている能力を引き出すのが、私に与えられた使命だと思っています。ですから……」

「そう長くは待てんのだ」

今度は、貞彦が安の言葉をさえぎった。

貞彦が待てないと言うのには、理由があった。

辰彦に縁談が持ち上がっているのだ。相手は、もと久保田《くぼた》藩家老の血筋である藤本家《ふじもと》の十六歳の長女。家柄も財産も申し分なく、加えて、介良家の奇妙な長女の噂も耳に入っていない様子。先方は、津軽の名門、介良家に娘を是非にも輿入れさせたいものだと、かなり乗り気なのだという。

「七日ののちに、藤本家当主である藤本吉右衛門《きちえもん》どの自らが、当家へ挨拶に来られる予定になっているのです。そこでの話し合いがうまくいけば、三月《みつき》のうちにも祝言を挙げる段取りになりましょう」

「ですから」とまた、強い調子で辰彦が口を出した。

「七日のうちに、あれに人間らしくなってもらわねば困るのです。見えているように振るまい、ようこそお越し下さいましたと、藤本さまに挨拶のひとつもできるようになってもらわねば……」

「そんな」安は、とっさに辰彦の言葉をさえぎった。

「いままで、六年近くも、あの状態のまま見放されてきたのですよ。それを、たった七日間で挨拶できるようにしろとおっしゃいましても……れんは、目が見えないし、口もきけないことは、辰彦さまとておわかりでございましょう？」

「おや」と、辰彦は、形のよい眉根をぴくりと持ち上げて、言い返した。

「見えているように振るまい、話すようにするために、あなたは雇われたのではないのですか？　それができないのなら、ここにいていただく必要などないのでは？」

「いい加減にしねか、辰彦。言葉が過ぎるぞ」

貞彦がたまりかねて言った。辰彦は、いったん矛を収めはしたが、苦々しさを眉間に集めたままだった。

安は、怒りのあまり膝頭が震えてしまうのを気づかれまいと、両手でぐっと膝を抑えつけた。

……ひどい。

これが、実の兄の言葉だろうか。

私を追い返し、れんを元通りに蔵の中に押し込めて、藤本家の当主の訪問時には、となきを得ようと思っているかのようだ。

それは、つまり、できそこないの妹がいることを隠し通して、祝言を挙げようと目論《もくろ》んでいる——ということなのではないか？

自分の縁談をうまく運ぶために、妹の存在を抹消しようとさえしている。

「言い過ぎではありましょうが、これの言うことも、もっともなのです」

貞彦は、羽織の袖の中で腕組みすると、瞑想するように目を閉じて言った。

「先般お話ししました通り、確かに、これの妹のことを聞きつけて、いままでの縁談はことごとく破談になってきました。しかし、辰彦ももう二十一。そろそろ嫁をとって跡継ぎを作ってもらわねば、私とて、中央の仕事に集中できんのです」

安は及び知らぬことではあったが、介良男爵は、いずれ貴族院議員となり、中央で活躍するという野望を抱いていた。伊藤博文の後押しもあり、近々中央に打って出ようと具体的に計画もしていた。そのために、少なくない金を人脈作りにも投資しているのだった。

貞彦は、中央に進出するにあたり、さきに辰彦に身を固めさせて、介良家の当主の立場を譲ろうと考えている。そのためにも、血筋のいい令嬢と祝言を挙げることは、一刻を争う重大事であったのだ。

「何も、挨拶をしろなどとあれに強要するつもりはありません。しかし、せめて、奇声を上げたり暴れたりせず、おとなしく蔵の中に留まっていてほしい。藤本さまが当家に滞在なさる二日間だけでも……」

「もちろん、できますとも」

意地になって、安は言った。

「けれど、それではなんの解決にもならないのではないでしょうか。いずれ、祝言を挙げる折には、藤本家の皆さまがたがこちらへいらっしゃるのでしょう。何より、奥方さまになられるかたは、このさきずっとこのお屋敷にお住まいになるのでしょう。れんのことをいつまでも隠し通せるわけがありません」

辰彦が、むっと表情を歪めた。が、わざとらしく落ち着き払って言った。

「ですから、いままで通りでも構わねでしょう。あれには、一生、蔵の中で暮らしてもらいます。それが、あれには似合いだ」

安は、膝頭をつかんでいる手にぐっと力を込めた。

――いけない。落ち着かなければ。

辰彦さまは挑発しているのだ。私が煽《あお》られて怒り出すように。

感情的な女教師にれんの面倒をみさせるわけにはいかないと、貞彦さまに思わせようとしているのだ。

そう気がついた瞬間、安の胸を猜疑の念が稲妻のごとく貫いた。

ひょっとすると、貞彦さまは、藤本さまがいらっしゃる折にだけは、なんとしてもれんを静かにさせようと、私を呼び寄せたのかもしれない。

その二日間さえどうにかやり過ごせば、祝言が決まるのだ。

そうなったあとは、れんを元通り蔵の中に押し込める。そして、難癖をつけて、私を東京へと帰す――。

そのとき。

屋敷の奥から、きゃあああ――っと、少女の声が響き渡った。

はっとして、安は廊下のほうを振り向いた。辰彦が、ふっと口の端を釣り上げて苦笑いをした。

「はあ……また始まった。困ったもんだねし。先生には、七日後までに、なんとかしていただがねど、どうにもならね……」

辰彦の言葉が終わらぬうちに、安は立ち上がった。そして、

「ハルさん！　ハルさんはどこ？　ハルさん！」

大声でハルを呼んだ。廊下の外に控えていたいちが、すらりと襖を開けた。

「ご用事でございますか、先生さま？」

「あなたではだめです。ハルさんを呼んできてください。すぐに！」

後ろで、辰彦が、ちっと舌打ちするのが聞こえる。

「先生、いぐらなんでも、当主の前で、いきなり失礼でねが？」

安は振り向かなかった。いま、振り向いて辰彦の顔を見たら、平手打ちを食らわせて

しまうかもしれない。

場を辞する言葉も口にせず、安は発作的に部屋を飛び出した。廊下に出た瞬間、固いものがつま先に触れた。あっというまに、安は、廊下にどさりと倒れてしまった。

「あんれまあ、危ねごど。先生さまもお目がお悪いだが？　知らねがっだあ。これはまた、しづれいしたなや」

すぐ近くでいちの声がする。笑いを嚙み殺しているのがわかる。安は、廊下の冷たい板の上に肘を突いて、歯を食いしばって立ち上がろうとした。

屋敷の奥から、何度も何度も、れんの泣き叫ぶ声が響いてくる。同時に、長い廊下の角を曲がって、小走りの足音が近づいてきた。

「……先生さま！」

ハルだった。安の身体を支えて、立ち上がる。きっと、介良男爵から安への「お沙汰」を案じて、そう遠くない場所で待機していてくれたに違いない。

「ハル。おめ、何しでるだか。厨《くりや》の掃除の途中でねだか？　なしてここさ来ただが？」

いちが、色をなしてハルを責めた。安は、ハルをかばって、いちの前に立ちはだかった。

「私が呼んだからです。文句があるのなら、私にどうぞ」

いちは、ぐっと言葉をのみ込んだ。安は、早口でハルに言った。

「ハルさん、お願い。れんのいるところへ連れていって。いますぐに」

「……行ってはならね！」

そのとき、廊下に出てきた辰彦が、怒気を含んだ声で言った。

「ハル、先生を連れで行くでね。行ってはならねぞ」

ハルは、恐れのあまり、身体をぎゅっと縮こまらせた。安は、辰彦のほうを向いて言い返した。

「行かせていただきます。れんが、私を呼んでいるんですから」

「呼んでなんかいねぞ。叫んでるだけだ。あれは、おめが誰だかもわかってね。おめを呼ぶにも、おめの名前もしらねだ」

辰彦の言葉に、安は絶句した。

――そうだ。

私の名を呼ぼうにも、あの子は、私の名前を知らないのだ――。

ああ、なんてこと。

どうして、いちばん大切なことを、私は最初に教えなかったのだろう。

「……おっしゃる通りですわ」

安は、こみ上げる涙をのみ込んで、言った。

「ほんとうに、そうするべきでした。私の名前を、まずあの子に教えるべきでした。おっしゃってくださって、ありがとうございます」

そして、辰彦に向かって、そっと頭を下げた。

思わぬ反応に、辰彦は面食らったようだった。いまいましそうに唇を噛んで、顔を逸らした。安は、ハルに囁いた。

「……連れていってくれますか」

ハルはなおも躊躇《ちゅうちょ》したが、辰彦がもはや何も言わなかったので、安の手を取って、廊下を進んでいった。

きゃあああ――っ。きゃあああ――っ。ああ、ああ、あああ――っ。

れんの叫び声が大きくなる。北の蔵から聞こえてきているようだ。安とハルは、次第に早足になり、蔵の扉の前にたどり着いた。

ぎいいい……と、軋んだ音を立てて扉を開けた。一瞬にして、蔵の中の空気が張りつめるのがわかった。ふたりの女中、まさとテルが、はっとして、こちらを振り向いた。

安がそこで目にしたのは、信じられない光景だった。

縄でぐるぐるに縛り上げられ、床に転がされているのは、れん。その上に、まさが馬乗りになって、腕を押さえつけている。テルは、糸切り鋏《ばさみ》を手に、れんの爪を切っていた。そして、れんの両手の指先は、真っ赤な血に染まっていたのだった。

「……っ」

ハルが、息を止めて安の手を強く握りしめた。安は、ハルの手を振り切ると、れんのもとへと駆け寄った。

「やめて！　やめてちょうだい！」

安は、馬乗りになっているまさを、思わず突き飛ばした。まさは、あっと叫んで、その場にひっくり返った。

「何するだか⁉」

テルが、金切り声を上げた。安は、れんを縛り上げている縄を震える手でほどき、抱きすくめると、涙と涎《よだれ》でぐちゃぐちゃになった小さな顔に、自分の顔をぴったりとくっつけた。

れん。——ああ、れん。

れん、れん！

ごめんなさい、ごめんなさい。

私が、あなたを守らなくちゃいけないのに。私しか、あなたを守ってあげられないのに。

私は、あなたに、私の名前すら、教えてはいなかった——。

ずっとこらえていた涙が、とめどなく流れて落ちた。安は、力の限りれんを抱きしめ、声を殺して泣いた。

ああう、ああうと、れんも声を放って泣いた。まるで、安の涙に呼応するかのように。血だらけの両手で、安の首にすがりついて、傷ついた子犬のように、悲しい声を放って泣いた。

呆然と立ち尽くしていたハルの頬にも、いつしか涙が伝っていた。

名もない、小さな、ふたつの魂。

傷つき、血を流し、涙を流して、近づいた。ほんの一瞬、ひとつになるほどに。

8

親愛なるアリス
日本の北国、青森県の弘前へやってきて、ようやく七日間が過ぎました。ようやく――ええ、ほんとうに「ようやく」という言葉がよく当てはまります。ここでの時間は「飛ぶように」は過ぎてくれない。一分、一秒が、私にとって、そして私の生徒、れんにとって、真剣勝負の連続だからです。

無為に過ごす時間など、もはや私たちにはありません。一瞬、一瞬に意味があり、一瞬、一瞬が繋がってできる一分間、一時間、一日、れんを成長させ、前進させるために、すべての時間があるのだと、強く意識しながら、私たちはともに過ごしています。

私が、現在、身を寄せているお屋敷が、この地方でも有数の名家であり、男爵の爵位を掲げる名門であることは、以前あなたへのお手紙でも説明したと思います。

大きなお屋敷には――あなたのお父さまのお屋敷も、たいそうご立派でしたけれど、それとはまた違った体裁の日本特有の家屋です――たくさんの部屋があります。弱視の私は、身体で覚えるほかないのですが、どこにどんな部屋があるのか、まだ十分に把握できていません。

日本の家屋には、「敷居」とか「縁側」といった、独特の造作があって、よほど気をつけなければ、つま先を引っかけて転んでしまったりすることもしばしばです。縁側というのは、庭に面した開放的な廊下のこと。家の周囲をぐるりとこの廊下が廻っていて、気持ちのいい季節には、外気を感じながらここを歩くのはとてもすてきなのですが、やはり気をつけなければ、足を踏み外して、庭に転落してしまいます。縁側ぎりぎりのところまで、大きな池が——庭の景観の一部として造営されたもので、美しい色の鯉がたくさん泳いでいます——迫っている箇所もあるので、下手をすると水の中に落ちてしまうこともあるでしょう。二階もありますが、階段はかなり急で、踏み板はよく磨かれていて大変すべるので、よっぽど注意しながら上り下りしないと、落ちたら大けがをしてしまいそうです。

こんな感じで、弱視の私ですら危険がいっぱいなのですから、ましてや、全盲で、耳も聞こえないれんにとっては、どれほど危ないか、想像を絶するほどなのです。

そんなこともあってか、いま六歳のれんは、三歳になるかならないかの時分から、「北の蔵」と呼ばれる、日本特有のストックルーム、「蔵」に押し込められて、いまに至るのです。

実は、この手紙のまえに、もう一通、あなた宛の手紙を書いたの。いま、私がどこにいるか想像できますか、って。けれど、結局それは、出せずじまいです。れんの授業を始めたその日に、私も彼女が寝起きする蔵に移って、これから将来へ向かっての決意表明のつもりで、あなたに手紙を書きました。そう、いつも以上にセンチメンタルな内容だったかもしれない。けれど、その手紙は、見事にれんによって引き裂かれてしまいました。そして、今日まで、あらためて筆をとる機会がなかったのです。

それは、まったくの偶然だったのですが、まるで、れんは私の弱い心のうちを見抜いているかのように、手紙を引き裂いてしまったのです。彼女の行為には、いかなる悪意もなく、ただ恣意《しい》に任せて行動しているのは百も承知です。けれども、何か、健全な人以上に、不思議な能力が――たとえば、こちらの心を見抜く力が備わっているような気がしてなりません。

私は、自分自身、子供の頃から弱視だったし、いまもそれは進行しているので、よくわかるのです。自分の視力が弱いぶん、ほかの能力がそれを補おうと、自然と研ぎ澄まされていくのだと。

私の場合、よく見えないから、先回りして、そこに何かがあるかもしれない、何かが起こるかもしれないと、推察するように習慣づけられています。人に対しても、表情が具《つぶ》さに見えないために、声色や、そのとき置かれている状況で、相手はこんな気持ちじゃないだろうか、私がこういう態度で接したら、こう反応するんじゃないだろうかと、常に一歩先を考えて言動するように心がけています。

私は確かに視力に恵まれませんでしたが、神様は、それとは違う能力を私にお与えくださったと、振り返ってみると、そんなふうにも感じています。

ましてや、れんは三重苦の娘です。もともと備わっていたはずの能力に、すっぽりと暗幕を被せてしまった状態です。暗幕は、残念ながら、このさき剝がすことは決してできません。けれど、その下に覆い隠されている能力は、もともと人間には等しく与えられたものなのです。これが、別のかたちで表に出てくる可能性はまったくないと、どうして言えるでしょうか？

私は、毎日、彼女に備わっているはずの「別のかたちに変化した能力」を注意深く探っています。

それが、いったい、どういうものなのか。どんな場合に、どういう反応をするものなのか、まだわかりません。

けれど、私には、これだけはわかるのです。彼女にはそれが備わっていると。

彼女は、少女のかたちをした可能性のかたまり。いまはまだ、固く閉じたつぼみです。けれど、季節が巡り、日の光を浴び、雨を受ければ、やがて花開く運命にあると、私は信じています。

この地へ至る道中、そしてここに至ったあともしばらく、私の弱い心は、楽しく晴れやかな思い出ばかりを追い求めていました。あなたと、あなたのご家族、美しいワシントンの春ばかりを思い描いてきました。

思い出は、私を慰めてくれ、つらい思いをいっとき忘れさせてくれ、確かな励みとなりました。けれど、思い出ばかりにとらわれて前に進めずにいる私を、きっとあなたはふがいなく思われたことでしょう。

私は、なんどきも忘れることなく抱き続けてきた第二の故郷、アメリカへの思いと、彼《か》の地で育んだ思い出を、このさきしばらくは心の玉手箱にしまっておくことにします。

そして、私の生徒と、私自身とで、新しい道をしっかり進んでいこうと思います。いばらの道、はるかな道であると、わかっています。けれど、私たちに歩く力がある限り、いま、目の前にある道を歩き始めようと思います。

あなたへのお手紙に泣き言をつづるのは、もうやめにします。かわりに、どれほどどれんが変わったか、どれほど彼女がその可能性を広げていったかを、ご報告できますよう、鍛錬していくことを誓います。

いつの日も、敬愛してやまぬあなたのご両親とご家族に、神のご加護を。そして、心からの抱擁を。

安

チチッ、チチッ、チチッ。

小鳥が激しくさえずる声を耳にして、安は、蔵の出入り口を振り向いた。

「失礼します。……先生さま、ウグイスば、平八郎《へいはちろう》さが持ってきでくれたです」

ハルが、小さい鳥かごを腕に抱いて蔵の中に入ってきた。とたんに、安は明るい声をあげた。

「まあ、ありがとう。見せてくださる？」

ハルは、安の両腕に鳥かごを抱かせた。チチッ、チチッ、と鶯色《うぐいすいろ》の羽の小鳥が、さかんに暴れている。安は、顔の高さにかごを持ち上げて、じっとみつめた。

「ウグイスをこんなに近くで見たのは、初めてよ。獲《と》るのは難しいんでしょう？」

「はあ、めったなことでは獲れねです。だども、平八郎さは、昔っから、鳥の鳴かせ名人で……奥方さまに口利いてもらって、特別に、いちばんいい声色のウグイスば、持ってきでもらっだです」

平八郎というのは、この地域では有名な野鳥獲りの名人で、野鳥を声色よく仕込んで、地元の名士に供している男だった。

安は、「蔵でウグイスを飼いたいので、手配してほしい」と、れんの母のよしに頼み、よしはこれを聞き入れて、人づてに平八郎に申し入れ、彼の手持ちの野鳥の中でも、ことさらに声色のすぐれたウグイスを都合してもらえるよう、依頼していたのだった。

食膳に据えられた器にこんもりと盛られたご飯を、右手に持った木の匙《さじ》ですくっては口に運んでいたれんが、ふと顔を上げた。

ウグイスのさえずりは聞こえないものの、何かいつもと違う気配を感じたのだろう。

「あー？」とひと声発して、またもくもくと食事を続けている。

その様子を見て、安は微笑した。ハルも、つられるように微笑んだ。

「まんず、お嬢《じょ》さ、お静かになられだですね。見違えるようになって……」

安はハルに、にっこりと笑いかけた。

「あなたのおかげよ、ハルさん。あなたが、とてもいい助言をしてくれたから」

お嬢さまに対して、子犬のように接すればいいじゃないか。

ハルは、安にそう言ったのだった。

れんのことを、母犬の乳とぬくもりを求めている子犬だと考えて、そのふたつを使ってしつけるのも、ひとつの方法ではないかと。

「いんや、なんも……わだば、なんもしてねです。先生さまの、おやさしさが、お嬢さにわがっだんだと思います……」

たどたどしい「東京の言葉」でハルは言った。ハルもまた懸命に、安が使っている言葉を覚え、安とれんの授業の支えにこそなっても邪魔にだけはなるまいと、日夜気遣ってくれているのだった。

安の顔には、五日まえ、れんに引っ掻かれた傷痕が、緋《ひ》色になって残っている。ハルが、毎朝毎晩、傷をきれいに拭って軟膏をつけてくれた。れんに噛みつかれた右手の傷は、もう大分よく、包帯も取れた。

れんのほうは、女中たちに無理矢理爪を切られたときに、指先に幾多の傷をつけられていた。安とハルは協力して、れんの傷口にも軟膏を塗り、両手の指一本一本にていねいに包帯を巻いてやった。

最初、れんはおびえて泣き叫んだが、安はれんが疲れるまで好きなようにさせ、とにかく抱きしめ、頭を、背をやさしく撫でさすり、気持ちが落ち着くのを待った。

やがて、れんは、いま自分を抱きしめている相手が、危害を与えずに、とにかくやさしくしてくれるのだと悟ったのか、急にすべてを預けるようにして、身体の力を抜いた。

その隙を逃さず、安とハルは、れんの傷の処置を手早く行ったのだった。


れんが逃走したその日のうちに、安とれんは、北の蔵に逆戻りした。

れんには、とてつもない能力がある。それをすぐに目覚めさせ、蔵などに押し込まれている屈辱的な生活から、ものの三日で解放してやれると、安は意気込んでいた。

実際、れんは、想像以上に反応がよく、「はい」「いいえ」をすぐに覚えもしたので、これはすぐに屋敷のほうへ生活の場を移せるだろうと、安は期待した。

ところが、思った通りにはいかなかった。

自分の思い通りにならないと、たちまちれんは猛り狂い、けものの子のようになってしまう。安にも容赦なく飛びかかった。屋敷の中へ逃走して、大騒ぎになった。

介良家当主の貞彦と、長男の辰彦は、この状況を重く見た。辰彦の縁談が進んでいたからである。

残酷なことに、辰彦は、小さな妹の存在をないものとするかのようだった。

不本意ではあったが、安は、れんとともに、蔵の中での生活と授業を再開することにした。

貞彦と辰彦の方針には異を唱えたいところではある。が、ここで無用に突っ張ってはいけない。結果を見せること以外に、「何をやってもれんはどうにもならない」とすっかり頭が固まってしまっている彼らを、納得させることはできないのだから。

傷の処置をしたあと、れんは疲れ果てたのか、眠ってしまった。ハルにその場を預け、安はよしの部屋へと出向いた。

安を傷つけ、自分を突き飛ばして、れんが逃走したことで、よしはすっかり落ち込ん

でいた。安の傷だらけの顔を見ると、たまらぬように、畳の上に両手をついて、

「すみませなんだ。先生さま、すみませなんだ。この通り……」

と、目に涙をいっぱいに溜めて詫びたのだった。

安は、よしと向き合うにつけ、苦いような、酸っぱいような、複雑な思いが胸を満たすのを感じた。

よしは、いつも「申し訳ない」と思っている。れんのような子供を産んでしまったこと、れんの病気を防げなかったこと、死にかけたれんを生かしてしまったこと……。母親であるのに、娘のそばにいてやることもかなわず、ただ夫の言うなりになって、女中たちに娘を預け、寒々しい蔵に閉じ込め、けものの子同然の生活をさせてしまっていること。

すべてに対して、どうしようもなく、ただただ申し訳なく思っている。

よしの切なそうな顔を見るにつけ、安は、そうじゃない、違うんです、と言いたい気持ちでいっぱいになるのだった。

あなたは、ちっとも悪くなどない。何ひとつ、あなたのせいなどではないんです。

「奥方さま。どうかあやまらないでください。私のほうこそ、うっかりと気を緩めてしまったのですから……けがをしたのは自業自得です」

安にそう言われても、よしは、畳に両手をついたままで顔を上げようとはしなかった。

「それよりも、奥方さま。今朝がた、介良男爵より伺いました。辰彦さまの縁談が進んでいるようですね。……その話がまとまるまで、れんを絶対に静かにさせておいてほしいと、お二方たってのご依頼がありました」

よしはようやく顔を上げた。しかし、申し訳なさそうな表情がいっそう募っていた。

「仕方がねこどど思ってでます。先さまは、れんのこどに、気づいでいらっしゃらね。気づいでだら、きっと、この縁談は持ちあがらねがっだと思います。へば、れんは、この家にはいねもんとして、隠しておいだほうが、お家のためなんだと思います……」

暗雲が重たくよしの額にかかっているのを見て、本心からそう言っているのではないと、安にはわかっていた。

仮に、れんの存在を隠し通して、縁談がまとまったとしても、れんをほんとうにこの家から出してしまわない限り、いずれ先方にもその存在は知られてしまうだろう。あとから「ほんとうはこんな妹がいた」と知られるよりは、最初にきちんと紹介するのが筋であろう。れんだとて、介良家の一員なのである。

その家族の一員が、このような不当な扱いを受けることに、安はどうしても納得がいかなかった。

よしもそうであるには違いなかったが、いかんせん、れんのことに関しては、いつも家族に対して後ろめたい気持ちが先立ってしまっている。そのこと自体も、安には納得しかねることであった。

あなたが後ろめたさを感じる必要など、いっさいない。そう言ってやりたくとも、長年身についてしまった感覚を、誰かに言われてすぐに改められるはずもない。

少しずつでも、状況を目に見えるかたちで変えていかなければ。

「奥方さま、ご安心ください。れんを静かにさせておくことは、そう難しいことではありません」

安は力のこもった口調で言った。

「すでにお話しいたしましたように、れんは、『はい』と『いいえ』をもう習得しています。それは、つまり、ものごとには、やっていいことと悪いことがある、ということを覚える準備ができているということです。今朝は失態をお見せしてしまいましたが、私も、気を抜かずにしっかり教えていかなければならないことを習得しました。どうか、いましばらく、れんを私にお任せいただけないでしょうか」

よしは、瞬きもせずに安の傷だらけの顔をみつめた。その瞳は潤んで震えていた。

「……なぜでしょうか」

消え入るような声で、よしは訊ねた。

「なぜ、先生は、そんなに、あの子を信じてくださるのでしょうか……」

なぜ、と問いかける言葉ではあったが、そこには喜びと感謝がこもっていると、安にはわかった。

いままで、誰にも振り向かれることなく、できそこない、けものの子と、ただただ疎まれ、蔑まれるだけだったわが子を、信じて導いてくれる人が現れた。言葉にはならないよしの気持ちを感じながら、「私には、わかるのです」と、安は答えた。そして、自分に言い聞かせるように、言葉をつないだ。

「れんは、不可能を可能にする人。……奇跡の人なのです」


こうして、安とれんの本格的な授業が開始された。

まずは、「やっていいこと」「悪いこと」を徹底的に教え込まなくてはならない。特に、この七日間においては、「静かにする」「大声を出さない」ことを、とにかく学習させるのだ。

ほんとうは、どんなものにも「固有名詞」が──名前があることをまっさきに知らせたいところだった。皮肉にも、辰彦に指摘された通り、れんは、安にも自分にも「名前」があることすら、まだよくわかっていないのだ。

けれど、それはおいおい教えることとして、まずは、辰彦の縁談相手の父親が介良家にやってくる日をどうにかやり過ごすこと、それが最初の関門なのだ。

安は、ハルに頼んで、小さく切った干し柿を準備してもらった。それを巾着袋に入れてきつく口を締め、着物の袂の中に隠し入れた。

昼寝から目覚め、空腹を感じたれんは、あう、あうと大声で食べ物を求めた。安は、すぐさま、自分の人差し指をれんの口の前にぴたりと立てた。れんは、それでも、わう、わうと声を発し続け、手足をばたつかせたり、尻をどすんどすんと床に打ちつけたりと、いつもの「ちょうだい」の行為を続けたが、安は断じてそれに応じず、「静かに」の意を込めて、人差し指を繰り返しれんの口の前に立て、声を発しづらくした。

れんは、何度も、人差し指に噛みつこうと大口を開けたが、そのつど、安はひらりと手を引っ込める。れんは、癇癪《かんしやく》を起こして、わあぁ、わあぁといっそう大声を発したが、安は動じることなく、何度も何度も、根気よく、人差し指をれんの口の前に立て続けた。

そうして、どれくらいの時が過ぎただろうか。ふいに、れんが、何かに気づいたように、人差し指を当てられた瞬間に、ふっと声をのみ込んだ。

その瞬間を逃さずに、安は、れんの右手を取り、自分の頬にぴったりと宛てがった。そして、うんうん、と二度、力強くうなずいた。

れんは、考え込むような素振りで、安に顔をじっと向けていたが、「あー、あー？」と、尋ねるような声を出した。安は、また、人差し指をれんの口元に当てた。れんが声を止めると、またすぐに右手を自分の頰に当て、二度、うなずいてみせた。
れんは、閉じたまぶたの内側で、何かをみつめているようだった。小さな頭の中では思考を巡らしているかのようだった。

安は、袂の中で巾着を開け、干し柿のかけらを取り出して、それを、そっとれんの右
の手のひらに載せた。れんは、手の中で干し柿の感触を確かめると、すぐにぱくりと口
の中に入れた。くちゃくちゃと嚙み締めて、たちまち、こぼれるような笑顔になった。
その顔を見た瞬間、安の中に、春風が吹いた。
そう。そうなのよ、れん。
それでいいの。ゆっくり、ゆっくり、覚えていきましょう。
あなたは若木。春の空に向かってぐんぐん伸びる、若い桜の木。
きっと、もうすぐ花が咲いて、たくさんの小鳥たちが、あなたのまわりに集まってく
るはずなのだから。

それから、五日後。
見違えるように、れんはおとなしくなった。「おとなしくする」ことは、自分にとっ
てもいいことなのだと学習したのだ。

匙を持って、飯碗からご飯をすくって食べることも覚えた。そうすることで、よりたくさんのご飯が食べられる。しかも食べやすいと知ったのだった。

れんの学習能力には驚くべきものがあった。やはり、と安は確信した。

この子には特別な能力がある。何より、勘が冴え渡っている。

辰彦さまのお相手の父上が来られるまで、あと二日——。

そうして、ハルがウグイスを持ってきた。安がよしに頼んで手に入れてもらった、格別に声のいい一羽。

声は聞こえないものの、はためく命の気配を、れんは喜び、何時間もかごの前に座り込んで、かごを両手で叩いたり、撫でたりしていた。

この小さなウグイスが、きっとれんを助けてくれる。

安の中で、ささやかな、そして大胆な計画が、静かに進行していた。

9

うららかな朝の光が、屋敷の廊下にこぼれている。

どこからか、かぐわしい甘い香りが漂ってくる。庭のあちこちで咲きこぼれた春の花が、芳香を温《ぬる》んだ空気に放っている。

大振りの枝をくねらせる松の針葉《しんよう》一本一本に、水滴が輝きを宿らせている。

昨夜の雨はすっかり上がり、絵に描いたような春の一日が始まった。

よしの部屋を訪れようと、安は中庭に面した廊下を歩いていた。

客人を迎える準備のために、女中たちが朝からあわただしく廊下を往来していた。かつてれん付きで、今は辰彦付きの女中になったテルが、向かいから角を曲がってきて、安とぶつかってしまった。

テルは、あっと声を上げて、手にしていた盆を落としてしまった。茶がこぼれ、盆に載っていた茶碗がころころと廊下を転がっていった。

「あいったーん、若旦那さまの湯呑みがそっくら返ったあ。けな、めでてえ日に、どんだあ、縁起のえぐねことだべし」

わざとらしく文句を言いながら、テルは急いで湯呑みを拾い上げた。

「すみません。大丈夫でしたか」

安が言うと、

「おら、若旦那さまのお茶っこお持ちせねばまいね。先生さま、お廊下、拭いでけへ」

ぷいっとして、厨のほうへ行ってしまった。

拭けと言われても、雑巾を持っているはずもない。安が立ち往生していると、

「わいっ。け、濡れでらぞ。あや、先生さま、なしてこったらとこで、ぼへらっとしてらんだば」

女中のいちがやってきて、しゃがむと、急いで廊下を手ぬぐいで拭いた。

「すみません。ここで、テルさんとぶつかってしまって……」

「まんず、困るっぺや。先生さまも知っての通り、今日は、大事なお客さまがお見えになる日でごぜえますよ。北の蔵さこもっででいただがねど……」

立ち上がると、大きなため息をついて、言った。

「お嬢《じょ》さと一緒に、おどなしぐしててけれ。ばやめがねで《うろうろしないで》」

つんとして、客間のほうへさっさと行ってしまった。

安は肩をすくめて、よしの部屋の前に正座すると、

「奥方さま。安でございます。少々お時間いただいてもよろしゅうございますか」

障子の向こうへ、小さく声をかけた。

「お入りくだせえ」

囁くような声が返ってきた。安は、障子に手をかけると、周囲を見回して、誰も廊下にいないことを確かめ、すばやくよしの部屋へと入った。

床の間のまえに、銀ねず色の品のいい着物に紋付の羽織を着込んだよしが、正座していた。その膝前には、畳紙《たとうがみ》に包まれた着物と、やはり小さな畳紙に包まれた香木《こうぼく》が置かれている。

「本日は、藤本さまのご来駕、まことにおめでとうございます」

両手を畳について、安は挨拶をした。よしも両手をついて、「ありがとうごぜえます」と返した。

その日、辰彦の縁談相手である藤本千栄《ちえ》の父、吉右衛門が、介良家へやってくることになっていた。

旧久保田藩家老の血筋である藤本家は、秋田は大館《おおだて》の城下町に広大な屋敷を構え、明治になってからは大地主として地元で繁栄し、また貸金業なども始めて資産を増やしていた。吉右衛門は、「大館の殿さま」と呼ばれている、秋田屈指の名士である。

娘の千栄が年頃になったので、嫁ぐ先を検討していたところ、介良家の長男、辰彦に目をつけた。辰彦の身辺について探りを入れてきたのを介良男爵が勘づき、周辺に金子《きんす》や物品を与えて、辰彦が介良家の由緒正しき御曹司であることを強調させ、障害を持つ妹のことは決して口外するなと命じた。その結果、藤本家はすっかり乗り気になった。

夏がくるまえに祝言を挙げることを前提に、いよいよ藤本家の当主が介良家にやってくる。一泊二日の滞在中、家をあげて吉右衛門をもてなし、祝言の日取りなども細かく決めた上で、大館へ帰さねばならない。

藤本吉右衛門は、和歌や聞香《もんこう》に嗜《たしな》みがあり、秋田きっての風雅な人物としても知られていた。介良男爵は、吉右衛門ほどは雅道《がどう》に通じていない。そこに引け目がないといえば嘘になる。なんとしても藤本さまが満足する接待をしなければお家の恥だとばかりに、準備に気合いが入った。

屋敷内は隅々まで塵ひとつも残さぬように掃除され、廊下も柱も磨き上げられて、春の花々が各所に色かたちよく生けられ、もてなしの食事の準備も、地元で取れる最高の食材はもとより、大館地方の伝統菓子である「かまぶく」などもこしらえる念の入れようであった。また、北陸から取り寄せた茶の湯道具の名物なども取り揃え、家人の衣服も、男爵と辰彦のものは日本橋《にほんばし》の呉服屋と銀座《ぎんざ》のテーラーで、よしの着物は京都《きょうと》の呉服屋で、それぞれに最高級のものを新調し、何をとっても介良家のものは一流であると納得してもらえるよう、ぬかりなく調《ととの》えた。

残る問題は、たったひとつ。れんの存在を隠し通せるか否か――。

「へば、先生。れんの様子は、どんだんです」

よしは、報告を待ち切れない、という感じで、身を乗り出すようにして尋ねた。安は、にこっと笑って答えた。

「ええ、大丈夫です。すっかり、おとなしくなりました」

そのひと言に、よしは、ほうっと全身で息をついた。

この五日間、安は一度もよしを訪ねることができなかった。よしは、夫や辰彦の手前、自分から北の蔵へ出向くことを遠慮していたようで、娘の様子をようやく知ることができて、心底安堵したに違いなかった。

「ときどき、突発的に大声を出すことはありますが、それは『してはいけないこと』なんだと習得しました。食事も、匙を握って、碗からご飯をすくって食べています。炊きたてのご飯は、とてもおいしいのだけれど、熱くて、手づかみではとても食べられないと知ったのです」

食事ばかりではない。排泄も、合図をすれば厠に連れていってもらえる。そうする方が気持ちいいことを知った。湯浴みも、れんのお気に入りになりつつあった。湯浴みのあとには、肌触りのいい手ぬぐいで全身をやさしく拭われて、ひんやりと甘いリンゴ汁を飲む。それがうれしくて、れんは進んで湯浴みをするようになった。

日中は、安とともに人形遊びをする。ハルがこしらえた抱き人形を、安はれんの腕に抱かせて、撫でたり、あやしたりを繰り返した。人形には眉毛、目、鼻、口、耳が、指先で触るとわかるように布でつけてある。ハル苦心の一作だった。

れんはそれが何なのか、最初はわからなかったが、安がれんの手を取って、人形の口を触らせ、安の口を触らせ、最後にれん自身の口を触らせて、それが「口」であることを知らせた。次に、目を触らせ、鼻を、耳を触らせた。人形が人間のかたちをうつし取ったものであることを、根気よく教えた。

安は、れんを膝に抱いてあやし、頭を撫でたり、頬と頬をくっつけたり、背中をやさしく叩いたりした。そして、今度は、れんを抱いたまま同じことを人形にもした。れんは、安が人形にやさしくすると、安の腕の中から人形を引き離そうとして、やっきになった。明らかに、焼きもちを焼いているのだった。

安は、れんに人形を抱かせて、膝に乗せ、れんと人形とを一緒にあやした。すると、れんは次第に人形にやさしくするようになった。やがて、安にあやされなくても、自分から人形を膝に載せ、腕に抱いて、安がれんにしてやるように、背中をやさしく叩いたり、頭を撫でたりし始めた。さらには、食事の時間に、自分が食べるご飯を匙ですくって、人形の口に持っていき、そのあとで自分の口に持っていく、という仕草をするようになった。これは、れんの中に、「他人を思いやる」「弱者を助ける」という感情が芽生えたことの表れだった。

安の報告を聞いて、よしの顔がみるみる光に満ち溢れた。劇的に変わりつつある娘の様子を知って、叫び出しそうなほど喜びでいっぱいの表情になった。

「ほ……ほんとうけ？　あの子が……あの子が、人形遊びを……」

よしは両手を口にあてがった。涙がこみ上げてしまって、あとは言葉にならないようだった。

「奥方さま、どうか驚かないでください。れんの能力はこの程度のものではありません。これから、ますます開花していきますよ」

安はおだやかに微笑んだ。よしは、指先で目元を拭うと、「あやっ、すみません」と詫びた。

「なんだがもう、信じられねぐて……夢ではねが、と思って……」

「夢ではありません。これから起こることのすべては、現実です」

きっぱりと、安が言った。

もっとすごいことを起こしてみせる、と心の中で誓ったが、口には出さなかった。あまり言い過ぎると、よしが気絶してしまうような気がして。

「ときに、奥方さま。ハルさんにお願いに出向いてもらいましたが、れんの晴れ着はご用意いただけましたでしょうか」

「ええ」とよしは、膝の前に置いてある畳紙に両手を添えて、差し出した。

「ここに用意してあります。お香も、京都から取り寄せたものです」

安は畳紙をそっと開いた。桜色の地に御所車と桜の花の絵柄が描かれた、世にもあでやかな振り袖。「まあ」と安は声を上げた。

「なんてきれいなの。イッツ・エレガント。ハウ・ゴージャス！」

思わず英語が飛び出てしまった。

「あら、ごめんあそばせ」

安が顔を赤らめると、よしが、「なも、なも」と、うれしそうに笑った。

「あの子は、春生まれだで……毎年、この季節になると、着物《べべこ》をひとつ、こしらえるのです。いままで、いっぺんも着せてやってはいねが……」

よしの思いが、安の胸に沁みた。せっかく女の子に生まれてきたのだ。きれいな着物のひとつも作って着せてやりたい。娘の成長に合わせて、春らしい意匠の振り袖を仕立てる母の願いが、その着物には込められていた。

「では、この着物、お預かりいたします」

安は、畳紙をもと通り閉じると、

「きっと、れんによく似合いますよ」

そう言って、もう一度微笑んだ。よしは、「ああ、見てみでなあ」と、ため息をつくと、「いつ着せるだか?」と訊いた。

「まあ、おいおいに、です」安は、はっきりとは答えなかった。

「けれど、お見せできると思いますわ。いえ、きっとご覧に入れましょう。楽しみになさっていてくださいね」

着物と香木の畳紙を両手に掲げて、立ち上がった。

「あの、先生……その、聞きてえごどが、あるんですけど」

その場を辞そうとする安を呼び止めて、よしが尋ねた。

「なんでしょう?」安が訊き返すと、

「ごーじゃす……って、どういう意味だべか?」

安は思わず笑みをこぼした。そして、答えた。

「とてもとても素敵、という意味ですよ」

その日の正午。

介良家の屋敷の中は、水を打ったように静まり返っていた。

「先生さま。藤本さまがお着きになられだようです」

北の蔵の扉を開けて入ってきたハルが、そう告げた。そして、「あんれ、まあ」と声を上げた。

蔵の中に畳を並べて作った座敷の上に、れんが座していた。

桜色のあでやかな着物。御所車と桜の花が描かれている振り袖を、畳の上にうつくしく広げている。髪はきちんと結い上げ、やはり桜の花のかんざしを挿《さ》している。唇にはうっすらと紅を差し、抜けるように白い肌を際立たせている。閉じたまぶたの上にもかすかに紅色をのせ、豊かなまつげがふんわりとまぶたの丸みを縁取っている。

そして、傍らに置いた香炉からは、なんともいえぬ雅やかな香りが漂っている。

「あやあ、お嬢さ……なんと、まあ。はあ、うだでぐ《とっても》、おきれいだなや……」

ハルは、ぽかんとして、すっかり見とれてしまっていた。すっと立ち上がった安も、やはり桜色の着物に真新しい臙脂《えんじ》色の袴をきりっと着こなしている。

「今日は特別な日ですからね。私たちも特別にお洒落《しゃれ》をしたのよ」

にこやかに安が言った。れんは、おとなしく座ったままで、膝の上にウグイスのかごを抱いている。愛らしい小鳥は、チチッ、チチッとさえずりながら、狭苦しいかごの中を飛び回っていた。

「わだば、たまげました。れんさまが、こんなにおきれいだったとは……」

ハルは顔を上気させて、つくづくとれんを眺めた。そして、安のほうを向いて、

「先生さまも……うだでぐ《ものすごく》、おきれいです」

もじもじしながら、そう言った。安は、いっそう微笑んで、

「あなたもすてきよ、ハルさん。今日は、よろしくお願いしますね」

ハルもまた、お屋敷から支給された真新しい着物を着て、頬紅をうっすらとさしていた。

「男爵家と藤本さまご一行との午餐《ごさん》は、一刻ほどで始まるのでしょう？」

安の問いに、ハルがこくんとうなずいた。

「では、その折に……段取り通りに、お願いします」

言われて、ハルは、もう一度、力をこめてうなずいた。そして、「へば、行って参ります」と、両手をついて挨拶をすると、蔵を出ていった。

安は、れんの近くに座ると、れんの膝の上からウグイスのかごをそっと取り上げた。

「あー？」と、れんが物問いたげな声を出した。

以前なら、力ずくで取り返そうとしただろう。しかし、いまのれんは、力に物をいわせることは必ずしもいい結果を生まないのだと、習得していた。

明かり取りからわずかに差し込む陽光が、畳の上に小さな日だまりを作っていた。安は、手にした鳥かごを、その日だまりの中に置いた。そして、背中を支えて、れんを立ち上がらせた。その手を引いて、日だまりの中に、もう一度座らせた。

れんの手に自分の手を添えて、かごの上を触らせる。チチッ、チチッとウグイスがさ

えずり、羽ばたく感触を、かごの竹越しに手のひらで確かめさせた。れんは、小鳥のはばたく感触が大好きだった。

日だまりのごとき笑顔を、れんは安のほうに向けた。安はやさしく微笑み返した。

そうよ、れん。その笑顔。もうしばらく、笑顔のままでいてちょうだい。

誰であれ、あなたのその笑顔を愛さずにはいられないはずだから。

ホー、ホケキョ。

うつくしいウグイスの声が響き渡った。名鳥の誉れ高いこのウグイスの鳴き声はよく響いた。

この蔵にやってきた日はなかなか鳴いてくれなかった。安は人知れず気を揉んだが、きのう、ようやく鳴き始めた。美しい声を聞きつけた女中たちが、蔵へ覗きにきたほどであった。お嬢さは聞こえもしねだに、先生さまのやることはわがんねと、女中たちはくすくす笑い合っていた。

そうよ、その通り。れんには、このうっとりするような声は聞こえない。かわいらしい小鳥の様子も、うつくしい鶯色も見ることはできない。

けれど、あなたたちがつい覗きにやってきたように、誰の耳にもこの声は魅力的に聞こえるのよ。

れんは、おとなしくかごの前に座って、いとおしそうにかごを撫でている。安は、れんの傍らに座し、その様子をみつめながら、やがて訪れるであろう客人を待った。

安には、ひとつの計画があった。

この蔵に、藤本吉右衛門を誘い込むのである。

もちろん、強要はできない。ごく自然に、吉右衛門自らの意志で、ここへ足を踏み入れてもらうのだ。

そのために、最高級の香を焚《た》き、県下いちばんの鳴かせ名人が育てたウグイスを連れてきた。

もうすぐ、午餐の声がかかる。それを潮に、吉右衛門は厠へ立つはずだ。

客人付きの女中が、吉右衛門を客人用の厠へ案内する。それは、この蔵と反対側、南の縁側の突き当たりにある。

ハルが見えないところで待機している。吉右衛門が厠に入っているあいだに、外で待っている女中に「旦那さまがお呼びだ、お客さまは自分が連れていくから」と急ぎ伝える。女中は、何かそそうがあったかと、主人のところへすっ飛んでいくはずだ。

厠から出てきた吉右衛門を、ハルが案内する。いま来た廊下を戻るのではなく、北の蔵へと巡っている屋敷の裏の廊下を通って。

時よく、吉右衛門の耳に、うつくしいウグイスの声が届く。同時に、馥郁《ふくいく》たる香りが漂ってくる。風流人の誉れ高い吉右衛門は、好奇心をあおられるだろう。

どこからか漂ってくる、都を彷彿《ほうふつ》とさせる香り。そして、めでたき春の訪れを告げるウグイスの声。

雅な姫君の存在を予感して、吉右衛門がやってくる。

この北の蔵に――。

その瞬間を、安は待った。息を殺して。全身の神経を、扉に集中させて。

もしも、れんに、生まれついての強運があるならば。

きっと、きっと藤本さまは現れることでしょう。

この子こそは、不可能を可能にする能力と、神が与えたもうた運を持ち合わせた、奇跡の人なのだから。

――ギイイッ。

扉が開いた。安は、背筋を伸ばして、その瞬間を迎えた。

扉を開けて入ってきたのは、ハル。続いて、髭をたくわえ、紋付袴を身につけた紳士が現れた。

――藤本吉右衛門、その人だった。

10

「おお、これは……」

隅々まで清らかにされた蔵の中の部屋に歩み入って、藤本吉右衛門は、いっとき忘我したようだった。

蔵の中央には、桐の家紋の畳縁《たたみべり》も麗しく、青々とした畳が敷かれている。壁際には、大振りの九谷《くたに》焼の花瓶に、満開になったばかりの桜の枝が、形よく生けられている。その前に座っているのは、御所車と桜の振り袖に身を包んだ、人形のごときうつくしい姫君。

ぼうっと赤らんだまぶたを閉じ、何か不思議なものの到来を察知したかのように、賢そうな小顔を吉右衛門のほうへじっと向けている。

「失礼いたしました。女子《おなご》の部屋とはいざ知らず、うっかり踏み込んでしもうて……」

京《みやこ》で茶の湯を学んだ経験のある吉右衛門は、秋田なまりではなく、京言葉を感じさせる言い回しで、恐縮して言った。

「とんでもないことでございます、藤本さま」

れんの傍らに座していた安は、両手をついて深々と一礼をし、臙脂色の袴をさばいて立ち上がった。

「本来でしたら、こちらからご挨拶に伺うべきところを……私のほうこそ、失礼いたしました」

そして、にっこりと笑いかけた。

「ようこそ、介良家へお越し下さいました。介良家のご長女、れんさまに代わりまして、心より歓迎申し上げます」

「介良家のご長女……？」

吉右衛門は、目を見開いてれんを見た。れんは、何かいつもと違うことが起こっていると気づき、全神経を吉右衛門のほうへ注いでいる。それがまた、いっそう少女を賢そうな様子に見せるのだった。

「この娘御が、介良家のご長女だと申されるのですか」

「はい」安はにこやかに答えた。

「介良れんさま。まもなく七つになられます。香や、花や、小鳥を愛でる、風雅なご趣味をお持ちでして、こうして特別のお部屋をしつらえて、楽しんでおられるのです」

吉右衛門は目を見張った。そして、

「そうでしたか。……介良男爵も、お人が悪いですな。かように可愛らしい娘御がおられるとは、ひと言もおっしゃらず……」

注意深くれんの様子を見ていたが、ふと、安のほうを向いて尋ねた。

「失礼ながら、あなたさまは、いったい……？」

「これは、大変ご無礼いたしました」

安は、にこやかな顔を崩さず、吉右衛門に向き合った。

「私は、れんさまお付きの教師、去場安と申します。かの伊藤博文公のご紹介で、東京よりこの津軽までやって参りました」

そう言って会釈すると、まっすぐに吉右衛門をみつめて、

「介良男爵のもとにたいそうおうつくしく典雅なご令嬢あり、天賦の才をお持ちゆえ、その才をいっそう伸ばしてやってはくれまいかとご依頼いただきまして……」

「なんと……」吉右衛門は、驚きを隠せないようにつぶやいた。

「伊藤博文公が……この娘御を？」

れんは、ウグイスのかごをぽんぽんと叩いた。ウグイスがはばたいて、かごの中を飛び回る。

「あー」

ひと声、発して、花が開くように笑みをこぼした。

安は、れんの傍らに座ると、小さな手を取って、自分の頬に当て、うんうん、と二回、うなずいた。れんは、もうひと声「あー」と発すると、満足そうに、うんうん、とうなずいて、かごをやさしく撫でている。吉右衛門は、もう一度、目を見張った。

「先生。ひょっとすると、この娘御……れんどのは、目が見えないのでは……?」

吉右衛門の質問に、安はうなずいた。

「ご明察の通りでございます。れんさまは目が見えません……そして、耳も聞こえず、言葉を話すこともかないません。一歳になるかならぬかで、熱病に冒され、視覚と聴覚を失ってしまわれたのです」

吉右衛門は、絶句して、れんをみつめた。れんは、おとなしくかごを撫でている。はばたきを止めたウグイスが、止まり木の上にじっとしていたが、のどを震わせてさえずった。

ホー、ホケキョ。

「……そうでしたか」

何ごとか悟ったかのように、吉右衛門が言った。

「娘御がおられることは、ついぞ伺っておりませんでしたが……なるほど、そういうことでしたか」

そして、れんから目をそらし、静かにうつむいた。

安は、正座した膝の上に揃えていた両手に自然と力が入るのを感じていた。

……藤本さま。

どのようにお感じになられたのでしょう。このいたいけな少女のことを。

驚き。戸惑い。憐憫《れんびん》。――強い感情の動きが、あなたさまのご様子に見て取れます。

けれど、ああどうか、お見捨てなさいますな。

この少女が「天賦の才」を持っているという真実に、どうかお気づきくださいませ。

声なき声で、安は吉右衛門に語りかけた。

この心の声が、どうにか届くよう――。

吉右衛門は、しばらくうつむいていたが、ふいに指先で目頭を押さえた。その様子を見て、安は、はっと息をのんだ。

――泣いている?

「当方にも、れんどのと同じような年頃の娘がおりました」

吉右衛門が言った。涙声だった。

「七つになるかならぬかで、熱病にかかり……あっけなく、命を落としてしもうたのです」

四歳より琴を、五歳より書を習わせていた。幼いながらに父の言いつけをよく守り、それはそれは利発な可愛らしい娘だった。

将来は秋田随一の典雅な娘に成長するであろうと期待を寄せ、いずれ京に住まうやんごとなき一族へ嫁がせるのが父の夢だった。

しかし、あまりにも突然に、別れのときは訪れた。

ほんの二年ほどまえの出来事だった。

吉右衛門の妻と、このたび介良家への輿入れを進めようとしている長女は、ともに自分の趣味を理解せず、どちらかというと味気ない女子たちだった。

吉右衛門はそれを残念に思い、この次女こそは自分の思い通りに京の姫君を写し取ったかのような女子に育て上げたいと、生まれたときから期待を込め、手をかけ贅をつくして慈しんできた。

それなのに……。

娘をなくした吉右衛門の悲しみは深く、いっときは仕事にも趣味にも身が入らず、かくなるうえは事業を十八歳の長男に引き継がせ、自分は早々に隠居するべきではないかと思い悩んだ時期もあった。

しかし、昨年、長男が嫁を娶り、今年長女の輿入れ先を探すうちに、もう少し頑張ってみようと心を入れ替えた。

この邸《やしき》へ向かう道々、絢爛《けんらん》と花開いた桜並木を通り、ごく近くの枝で声色よくウグイスがさえずるのを耳にした。

これは吉兆にちがいないと、明るい気持ちになって、今日、ここに到着した。そして、厠に立った折に、廊下でとらわれた。どこからともなく漂ってくる京を彷彿させるみやびな香りと、世にもうつくしいウグイスのさえずり――。

「れんどのをひと目見た瞬間に、思ったのです。まるで、あの子が……我が娘が、蘇ったのではないかと」

目を潤ませて、吉右衛門はれんを見た。

と、そのとき。

「あー、あー」

あどけない声を発して、れんが、無邪気に両手を吉右衛門に向かって突き出した。抱っこ、抱っことねだる仕草である。

吉右衛門は驚いて、戸惑いのまなざしを安に向けた。安もまた、潤んだ目で吉右衛門をみつめながら、そっとうなずいた。

吉右衛門は、れんのそばへと行き、しゃがむと、少女を抱き上げた。春の彩りの振袖がふわりと宙を舞った。

れんは、吉右衛門の口ひげに触ると、「あー」と発声して、おもしろいものを発見したように、笑い声を立てた。

「おお、そうか。おじさんのおひげが、おもしろいか。うん?」

やはり涙声で吉右衛門が言った。れんは、ひげの手ざわりがよほど気に入ったのか、きゃっきゃっと楽しそうに声を上げた。

「不思議ですわ。……普段は、こんなふうに楽しげな笑い声を立てたりなさいませんのに。藤本さまには、すっかりお気持ちを開いておられます。まるで、お父さまに抱っこされているようですわ」

安は、湧き上がる感動を隠せずに言った。

ほんとうに、不思議だった。

首尾よく吉右衛門をこの蔵に誘導できたら——そのさきは、もはや運を天に任せるほかはない。そう思っていた。

れんが、いつまでもおとなしく座しているとは限らない。騒ぎだして、かつてのように乱暴に振る舞う可能性がないわけではない。

いかに見た目に麗しく、いたいけな少女であっても、目も見えず、耳も聞こえず、しゃべることもできない彼女を見て、吉右衛門がどう感じ、どんな反応をするかまでは、予想することは不可能だった。

吉右衛門と、れんとの、一期一会《いちごいちえ》。失敗に終われば、介良男爵や辰彦の怒りを買い、れんは、このさき一生を北の蔵から脱することなく終えてしまうかもしれない。

危険極まりない出会いの演出。が、安は、れんが生まれ持つ運の強さに賭《か》けた。

熱病に冒され、失いかけた命を奇跡的に取り留めた。その後、「三重苦」に苛《さいな》まれながらも、それに屈することなく、のびのびとした魂を持つ子として成長した。

そして、はるか東京から自分をここまで引きつけた、強烈な磁力。

この少女は、ただものではない。将来、世の中をあっと驚かせるような天賦の才を持ち合わせている。

人間としての魅力も。そして強運も。

吉右衛門は噂に違わぬ趣味人であった。それをまえもって知り、彼の気持ちを引きつけるところまでは、自分の演出が成功したといえよう。

しかし、かくも人間味あふれる心優しい人物であったとは。

安は、神に感謝せずにはいられない気持ちでいっぱいだった。

「先生。ひとつ、お願いがあります。聞き入れてくださいますか」

れんを腕に抱いたままで、吉右衛門が言った。

「はい。なんでございましょう」

安が訊き返すと、吉右衛門は驚くべき提案をした。

「れんどのを、このまま午餐の席へお連れしたい。もちろん、先生にもご同席いただきたいと思います」

三重苦の娘御がいることを、おそらく、介良男爵も辰彦どのも、自分の娘との婚姻を決める席では隠したかったのだろう。

が、当方が介良家に娘を嫁がせたいという気持ちは、れんどのの存在があっても微塵も変わることはない。

れんどのが介良家の長女であるのならば、このめでたき席に並ぶのは当然のことではないか。

吉右衛門はそんなことを述べた。その間も、れんは、立派な口ひげを触りながら、おとなしくその腕に抱かれていた。

安は、思わず胸の前で両手を組み、一瞬まぶたを閉じた。

ああ、神さま。——なんという幸運なのでしょう。

ハルに導かれて、吉右衛門と安は廊下を客間へと進んだ。

れんは吉右衛門の腕に抱かれている。小さな両手は、しっかりと、吉右衛門の羽織を握りしめている。一歩進むごとに、振り袖がふわりふわりと軽やかに舞う。

客間前の廊下にずらりと控えて、吉右衛門の帰りを待っていた女中たちは、その腕にれんが抱かれているのを見て、はっと息をのんだ。女中頭のしづは、立ち上がって、「あんれ、まあ……」と、あんぐり口を開け、あとの言葉が続かない。

れんを抱いたままで、襖の前に立つと、吉右衛門はしづに向かって言った。

「開けてくれるか」

「は……だ、だども……」しづが戸惑うと、

「ええから、早《はよ》う」吉右衛門は語気を強めた。

さっと襖が左右に開いた。客間に座し、いまかいまかと吉右衛門の帰りを待ちわびていた顔が──介良貞彦、妻のよし、辰彦の顔が、いっせいにこちらを向いた。

吉右衛門は、一座を見回してから、落ち着き払って言った。

「長らく席を外しまして、大変失礼いたしました」

驚きが、疾風のようにそれぞれの顔を駆け抜けた。

「──れん?!」

よしは、思わず身を乗り出して娘の名を呼んだ。貞彦と辰彦は、驚きのあまり声も出ない。

「ど……どったらこど……なんということだ……いったい、なして……」

どうにか言葉を絞り出した貞彦だったが、戸惑いを隠しようもない。

吉右衛門は、余裕の笑みを浮かべて、立ったままで貞彦に向かって会釈をした。

「これは、失礼いたしました。介良家の大切な娘御を、わたくしの一存で、こうしてお連れいたしまして……」

廊下に出ましたところ、京を思い出させるかぐわしき香と、めでたきウグイスの声が、わたくしを誘うかのように漂い、響いて参りました。

これはいずこからかと、香りとさえずりのみなもとを探して参りますと、蔵にたどり着きました。

扉を開けてみたところ、思いがけず、このようにいたいけな娘御と、その先生にお目にかかったのです。

聞けば、れんどのは、幼少の頃に熱病にて三重苦のお身体になられたとか。にもかかわらず、かようにおとなしく、賢く成長されたとは、驚きではありませんか。

吉右衛門はそう述べて、自分が心からの感動を覚えたことを、介良家一同に伝えたのだった。

「せっかくのめでたい席です。ご家族全員に臨席をたまわりたいと、こうしてお連れいたしました。……ご無礼を、なにとぞお許しください」

あらためて頭を下げると、吉右衛門は、れんをそっと下ろした。そして、後ろに控えていた安を振り返った。

安はうなずいて、れんの手を取ると、一歩、一歩、確かめるように、れんをよしのもとへと導いた。れんは、まぶたを閉じたままで、冒険への一歩を踏み出すかのごとく、片手を前に突き出している。やがて、よしの羽織の肩に触れた。

よしは、こみ上げる涙を必死に堪え、れんをみつめると、肩に触れた小さな手を両手で包んだ。たちまち、れんの顔に、満開の桜のような笑みが広がった。

「……れん……！」

堪え切れずに、よしは娘を抱きしめた。れんは、あー、と小さく声を出すと、小鳥が巣に帰り着いたように、母の腕の中に甘えたのだった。

その様子をみつめていた吉右衛門の目は、新たな涙で潤んでいた。貞彦は、もはや言葉もない。辰彦だけが、燃えるような憎悪の色を目に浮かべていた。

安は、ただただ、感謝の思いでいっぱいだった。

思いがけず、れんを晴れの場に連れ出し、母の胸に抱かせてくれた吉右衛門の機転と寛大さに。

幸いあれ。安は祈った。

この大きな人、藤本吉右衛門さまに幸いあれ。

この壊れかけた家族に幸いあれ。

幸いあれ。れんに。世にも稀なる、聖少女に。

11

邸の南の庭に、一本の桜がすっくと立ち尽くしている。

満開だった花はすっかり落ちて、根元を覆うやわらかな杉苔の上を花びらが白く彩っている。盛りを過ぎてもなお、桜はこの家の人々の目を楽しませてくれるのだった。

弘前には、城跡周辺を中心に多くのソメイヨシノが植えられている。まだ若い木が多く、冬にはか細い枝をどんよりと寒々しい空に懸命に持ち上げているのだが、春になればけなげに薄紅の花弁を開いて、北国に春の到来を告げる。いっせいに花開く弘前の春は、生きとし生けるもの、すべてが深呼吸をし、新しい季節の到来を喜ぶ光に満ちている。

「まあ、すっかり花が落ちでしまって……そんでも、花びらが苔の上さ覆って、きれいでなす」

庭に面した障子を開け放ち、ため息をつきながら、よしが言った。

その傍らには、れんが寄り添っている。庭に向かって、まぶたを閉じた顔を突き出し、何があるのかと、興味深そうに、匂いを嗅ぎ、太陽に温んだ空気を感じようとしている。

「あー、あー」

れんが声を発すると、よしは、その手を取って、自分の頬に当て、うんうん、とやさしく二度、うなずいた。れんは、たちまち花がこぼれるような笑顔を見せ、母の頬をぺちぺちと小さな手で叩くのだった。

「さぞやうつくしいことでしょう。盛んに咲いているのも見事ですけれど、散ってもなお楽しませてくれるのが、桜なのでございますから」

ふたりの背後に正座していた安が、よしの言葉を受けてにこやかに言った。弱視の目には、苔の上を彩る桜の花びらを見ることはかなわない。それでも、光あふれる庭に向かって並んだ母娘の後ろ姿こそが、一幅の絵のようにうつくしく映るのだった。

「もう、お城の桜も散ってしまったことでしょう。……奥方さまのお望みをかなえて差し上げることができず、申し訳なく存じます」

安は、畳に両手をついて、よしの背中に向かって詫びた。それが見えでもしたかのように、「そったらこと……なさらんでくだせえ」と、よしが言った。

「確かに、私は、この子と一緒に満開の桜の下を一度でいいから歩いでみでと言いましだ。だども、じゅうぶんです。こうしで、この子と、散ってしまった桜の花びらを眺められる日が、こったら早くにくるとは、思いもしねかっだで……」

そして、れんの絹糸のように滑らかな黒髪をそっと撫でた。小さな娘は、気持ちよさそうにあくびをすると、そのまま母の膝にもたれて、子猫のようにうたた寝を始めた。

「あんら、れん、眠くなっだが。そうが、そうが。寝んねご、寝んねご。お眠りなされ」

よしは、れんの肩を、ぽん、ぽんとやさしく叩いている。れんは、そのまますやすやと眠ってしまった。

平和そのもののふたりの姿をみつめて、安は、自分の胸もあたたかく満たされるのを感じていた。


辰彦の縁談相手の父、藤本吉右衛門が、自らの歓迎の午餐にれんを連れ出してくれたことで、れんの前で重苦しく閉じられていた介良家の扉が、一気に開いた。

決して吉右衛門にはその存在を知らせまいと、安とともに北の蔵に押し込めていたれんを、吉右衛門自らが見出し、祝いの席に連れ出したことで、介良家当主の貞彦は、「三重苦」の娘がいることを認めざるを得なくなってしまった。

貞彦は、娘の存在を隠匿しようとしていたことを、率直に詫びた。そして、かくなるうえは長男・辰彦との婚儀の一件が破談に付されようとも致し方がない、どうか本件はなかったこととされたい、と申し出た。辰彦は顔から血の気をなくして岩のようにこわばり、よしはれんをかき抱いて涙を流すばかりだった。

吉右衛門がれんを連れ出してくれたという予想外の事態に、安はいっとき驚きと喜びで弾けんばかりになったが、急転直下、まさかの貞彦からの破談申し入れに、ただ、たじろぐことしかできなかった。

ところが、吉右衛門は落ち着き払っていた。そして、言った。

ご長女の一件と婚儀の一件は、まったくもって別ものである。ご懸念には及びません。くにの家内と娘にも、包み隠さずすべてを伝えます。そのうえで、御家さえお認めならば、婚儀の準備を進めていただくことはできませぬか。

そして、晴れて婚儀が調いましたら、うつくしく賢いあなたさまの娘御にも、何卒《なにとぞ》ご列席を賜われますよう——。

かくして、介良家、藤本家の縁談は、婚姻の儀に向けて大きく前進したのだった。

吉右衛門が郷里への帰途に就いたのち、貞彦は安を自室に呼んだ。

安は低頭して入室した。まずは自分の「仕掛け」を詫びるべきなのか、それとも、藤本家との縁談がうまく運んだことに祝辞を述べるべきなのか、迷った。が、安が何か言うまえに、貞彦が口を開いた。

礼を、申し上げます。

娘は……れんは……見違えるようになりました。

その日には、うっすらと涙が光っていた。

その日を境に、貞彦のはからいで、れんは、日中来客のない限り、邸の中で自由にしてもよい、ということになった。これは大きな進展だった。

娘に会うのを憚《はばか》っていたよしの部屋には、安がれんを連れていくことにした。安は、できるだけ母娘《おやこ》のふれあいをしてもらったほうがれんの教育にはよい、母に愛情を注がれてこそ子供は成長するのですと、よしに言った。れんの心の目を、心の耳を開かせるのは、あなたさまなのですよ――と。

よしは、喜びのあまり、やはり涙をこぼすばかりだった。娘のためにどこまでも清らかな涙を流す人なのだと、安は、よしに、ふと自分の母を重ね合わせた。

わが母も、私を思って、人知れず涙を流し続けていたのかもしれない。

いまでも、こうして遠い北国で苦難の道を歩もうとしている娘を案じて、泣いているのかもしれない。

けれど、私の母は、決して娘には涙を見せない。それもまた、母の愛なのだ。

そして、辰彦はというと、藤本吉右衛門が帰ったのちは、ひっそりと静まり返って、両親にも、安にも、「れん登場」の一件については何も言うことなく、さりとて縁談がほぼ決まったという喜びを体現するわけでもなく、まるで自分の存在を消してしまったかのごとく、影を潜めた。

辰彦の心情は、安には計りかねた。どうにか結婚にたどりつけそうだと安堵しているのは間違いないが、「三重苦」の妹の存在が先方に知られてしまって、ほんとうに婚儀が調うのだろうかと、疑心を抱いているようでもある。

また、突然の妹の登場で——しかも、予想だにしなかった変貌を遂げて——午餐の主役の座をすっかりさらわれてしまったことに、憮然としている雰囲気もあった。

これらのことは、すべて安が辰彦周辺の空気を感じたまでで、ほんとうのところはわからない。

しかし、藤本吉右衛門の来訪をきっかけに、少しずつ、れんを取り巻く状況が好転していることは間違いない。

この追い風が吹いているあいだに、次の段階に進ませよう。

邸の自由な空気に触れさせ、母の愛情をじゅうぶんに受けて、れんは、きっともっと見違えるように明るくなり、進歩を遂げるはずだ。

その時期を見計らって、さらなる学習を始める。

「言葉」を教えるのだ。思考し、表現できる人へと成長させるのだ。

春の終わり、のどかなひなたで、母の膝の上で和む幸せなひとときを見守りながら、それでも安は、間近に迫り来る嵐の気配を感じずにはいられなかった。

藤本吉右衛門の来訪から十日間が経過した。

その日、介良家の邸内は、吉右衛門が訪れたときに劣らず、慌ただしい朝を迎えていた。

約束では、きっかり十日ののちに、婚儀に関する使者を藤本家より差し向ける、ということになっていた。邸の中は、再び隅々まで掃き清められ、床の間にはつつじの生け花が彩りを添えた。

貞彦、辰彦、よしは、正装をして、客間で使者の到来を待った。れんもいちおう正装して、安とともに、よしの部屋で待機した。

正午ぴったりに、使者として、藤本家の大番頭《おおばんとう》である庄野久兵衛《しょうのきゅうべえ》が到着した。廊下を忙しく女中たちが行き交う足音を耳にして、安は客人の到来を察知した。

――いいお返事でありますよう。

この縁談が、両家にとって、大いなる幸いをもたらさんことを……。

安は、思わず胸の前で両手を組んだ。祈らずにはいられなかった。

れんは、手を伸ばして、固く組まれた安の手を触り、「あー？」と不思議そうな顔になった。

安は、ふと、れんの手を取り、小さな手のひらの上に、指で文字を書いてみた。

イ・ノ・リ
れんは、何かを一心に考える表情になった。手のひらの上を、指でくすぐられたと思ったのだろう、安の手を取ると、手のひらを開けさせた。そして、自分の指で、ぐちゃぐちゃと、安の手のひらの上をなぞったのだ。

——あっ。

安は、その瞬間を逃さずに、再びれんの手を取り、小さな手のひらの上にもう一度書いた。——イ・ノ・リ。そして、両手を胸の前に組み、それをれんに触らせた。

れんは、きょとんとしている。安は、構わずに、その行為を続けた。

手を組んでは、指でイ・ノ・リと文字を書く。組んでは、文字。組んでは、文字。安は、それを、何度も何度も、繰り返してみせた。

れんは、おもしろがって、真似をした。安の手のひらに、ぐちゃぐちゃと指を走らせ、胸の前で両手を組む。その仕草を繰り返した。安は、胸の鼓動が次第に早くなるのを感じた。

——すごい。この子は、なんと強い好奇心の持ち主なのだろう。

もちろん、「祈り」の意味を理解しているわけじゃない。けれど、新しい「何か」をわがものにしようと、たちまち自分の全部を開いてくる。

ああ、れん。私は祈る。あなたのために祈るわ。

あなたが「祈り」という言葉を、あなた自身のものにできるようにと――。

どのくらいの時間、指文字遊びを続けていたことだろう。いつしか、安は夢中になって、れんに「祈り」のひと言を教えようとしていた。

「――先生さま」

廊下から、ハルの声がした。はっとして、安はすぐさま襖を開けた。

ハルが座していた。そして、「これを……」と、一通の封書を畳の上に差し出した。

「藤本さまのお使者さまより、先生さまにお渡しくだせえとのことでごぜえました」

ハルの気配で、何かよからぬ伝達があったのだと、安は察知した。ハルは、うつむき加減にその場を辞した。

安は即座に封を開いた。流麗な文字の手紙が現れた。藤本吉右衛門からの親書だった。

安は、顔を近づけて、舐《な》めるように、一文字一文字を追った。

此度《こたび》、縁談の儀、真に残念乍《なが》ら、破談と相成りしを申し奉り候。――このたびの縁談の一件は、まことに残念ではありますが、破談とすることとなりました。

介良家ご当主、また辰彦どのには、娘の持病が思いがけなく悪化し、とても嫁がせる状態ではなくなってしまったとお伝えいたしました。

わたくしといたしましては、当代きっての名門であるご当家に娘を嫁がせることは、またとない良縁でありましたから、大変無念に感じております。

また、れんどののあどけないお姿を思い出すたびに、亡き娘を偲び、胸が張り裂けそうな思いです。

先生にだけは、ここに真実を申し上げます。どうか、決してご当家のどなたさまにも知られぬよう、御身の胸の内にのみお留めください。

家内と娘に、れんどのとの邂逅《かいこう》について打ち明けました。そういう娘御がおられることを重々受け止め、心して嫁ぐようにと諭しました。嫁いだのちは、血を分けた妹のごとく、れんどのをかわいがるようにと。

ところが、娘はこの一件を気に病み、床に臥《ふ》せってしまいました。どうやら、その後、家内が内々にれんどのについて調べたところ、もともと病を持って生まれた娘御であるとの噂があり、それゆえにいままで辰彦どのは良縁に恵まれなかったと。これを知って、娘はすっかり気落ちしてしまったのです。

幾度となく娘を説得し、嫁ぐようにとどうにか諭し続けたのですが、もはや娘は食事も喉を通らず、痩せ細り、泣き続けて、見る影もなくなりました。これ以上の説得は娘を追いつめるばかりであると、ついにわたくしもあきらめざるを得なくなった次第です。

このたびの一件、ご当家、また、れんどのには、なんの落ち度もございません。すべては、下手な説得に終始してしまったわたくしの責任です。真に慚愧《ざんき》に堪えぬ思いであります。

れんどのと、またあなたさまと、このさきお目にかかることは二度とありますまい。

しかしながら、れんどのの健やかなご成長を願ってやみません。より賢く、うつくしく、立派な女子になられますよう。切に、切にお祈り申し上げます。

藤本吉右衛門

去場　安　先生

「なんてこと……」

読みながら、安はつぶやいた。恐ろしいほどの震えを感じた。最後の一文字まで読んで、がっくりと全身から力が抜けてしまった。

……なんてことだろう。

れんの存在が、良縁を切り裂いてしまったのだ。

唯一の救いは、厳しい内容の手紙ながらも、吉右衛門の高潔さが隅々まで表れた文面であること。そして、介良家に対しては破談の建前をとり、自分には真実を伝えてくれたこと。

――藤本さま。

なんと大きな御仁であられることか。この期《ご》に及んでも、れんの行く末を思いやってくださっている――。

それゆえに、藤本家との縁が断ち切られてしまったことが、安にとっては何にも増して痛恨の極みであった。

「先生さま。おいでてごぜえますが？」

廊下で、声がした。辰彦付きになった女中、テルの声だった。安は、我に返って「はい」と返事をした。

「お客間で……旦那さまと奥方さまがお呼びでごぜえます。お嬢さも、お連れくだせえどのごどでなし」

日だまりに座して、れんは、ひとりで文字遊びを続けていた。安は、このときばかりはれんを抱き上げて、急ぎ客間へと向かった。


その夜、介良家の邸内は、まるで通夜のように静まり返っていた。

れんは、しばらくひとりで文字遊びを続けていたが、安が妙に落ち着かず、自分の相手をしてくれなくなったことを不満に感じたのか、ぐずり始め、次第に機嫌が悪くなった。安は、早めの時間にれんに食事をさせ、どうにか落ち着かせて眠らせた。れんは人一倍こちらの変化を敏感に感じとる。気をつけなければならないとわかってはいるのだが、その日、安は、介良家にやってきて以来感じたことがなかったほど、激しく動揺していた。

藤本吉右衛門からの手紙の行方が、わからなくなってしまった。

よしの部屋で、ハルから受け取り、すぐに読んだ。その直後、貞彦に呼ばれて客間へとれんを連れていき、それっきりなくしてしまった。

どうしたのだろう。廊下で落としたのだろうか。それとも……。

あの手紙が、万一、介良家の人間に読まれてはまずい。

ハルに捜すよう頼んだが、どこにもみつからなかった。安は、緊張と不安で胸が張り裂けそうになった。

貞彦とよしは、藤本家からの破談の申し入れがあったことを安に伝えた。ふたりとも沈痛な面持ちだった。が、貞彦は、先方の都合であるから致し方あるまい、と結論した。そして、言った。

「決して、れんのせいではありません。お気になさいますな」

それで、安は——きっと、よしも——救われた。そのひと言を言うために、貞彦が、れんとともに自分を客間へ呼んでくれたこと自体、大きな変化だった。

が——。

辰彦は、その場にいなかった。その後も、邸の中で姿を見かけなかった。

さぞや落胆していることだろう。安は辰彦の心情を思いやった。

考えてみると、自分は、今回の縁談の一件で、れんのことばかりを心に懸けて、吉右衛門をこちらの味方につけようと画策してしまった。

——結婚されるご当人である辰彦さまのお気持ちを、少しでも考えたことがあっただろうか。

辰彦の心のうちを思い描いたとき、安の背筋をひやりと冷たいものが走った。

どうにも消しおおせぬほどの深い憎しみ。

血を分けた妹だからこそ、その血を呪い、どうにか抹消したくなる。

凍えるように冷徹な、慈悲なき心。

それが、辰彦のれんに対する真の感情。

そう思いついたとき、安は、思わず傍らに眠るれんを抱きしめた。

いけない。——そんなことでは。

辰彦さま。れんは、あなたさまの妹なのです。こんなにもか弱い、守るべき存在なのです。

それに気づき、受け入れなければ、あなたさまに一生良縁は訪れますまい——。

安の思いが、辰彦に届こうはずもなかった。けれど安は、心の中で叫ばずにはいられなかった。

どうか、れんを受け入れてください。

か弱きものに、慈しむべきものに、気づいてください。——どうか。

翌朝、いつもと同じ時刻に、北の蔵の扉が、ぎぎい……と音を立てて開いた。

すでに起床して身支度を整えていたれんは、「あう!」と叫んで立ち上がった。食事の匂いに、何よりも敏感なのだ。安は、れんの手を取って頬に当て、いやいやをした。

れんは、おとなしく、またもとどおりにぺたんと座った。

「おはようごぜえます。お嬢さの朝餉を、お持ちしたでなす」

れん専用の朱塗りの膳を掲げて入ってきたのは、ハルではなく、テルだった。安は、はっとして立ち上がった。

「どうしたのですか。……ハルさんは?」

「へえ、なんだがしらねど、腹っこさ壊しだで、厠にこもっだきりで……悪い病気だっだらいげねがら、今日はわたすがお持ちしました」

ほかほかと湯気の立つ味噌汁と、碗に盛られた白米、香の物。いつも通りの献立だ。

テルは、れんの目の前に膳を据えると、うやうやしく頭を下げた。そして、

「おがしなことでなす、おハルどん、おまんまを盛りつけてすぐ、厠へこもってしまったで……ちょっくら、おまんま冷やっこくなってしまったかもしれねけど、まんず、お味に変わりはごぜえませんで……」

にやにやと笑って、

「先生さまのお膳も、すぐにお持ちしますで……」

と、去っていった。

安は、膳の上の白飯を見た。こんもりと、つややかなご飯。しかし、ハルがこれを盛ってすぐに厠へこもったと、なぜわざわざテルは口に出して言ったのだろうか。

「あー、あー」

待ちきれないように、れんが、お尻をどすんどすんと畳に打ち付けて、「早く食べたい」と催促する。最近では、安が手を取って匙を握らせるまでは——つまり、安からの「食事始め」の合図がない限りは、れんは食事に手を出さないようになっていた。

何か、おかしい……。

安は、なかなかその合図をできなかった。れんは、辛抱強く待っていたが、とうとう我慢できなくなった。いきなり手を出して、ご飯をわしづかみにした。

そのとき。

安は、とっさにれんの右手をつかんだ。ぎゃっと叫び声を上げて、れんがひっくり返った。安は、れんが握りしめたご飯のかたまりをむしり取ると、それをウグイスのかごに投げ入れた。

すぐさま、ウグイスが、かごの中に落とされた飯粒に飛びつき、ついばんだ。やがて、おかしな動きを始めた。

ばささっ、ばささっ。かごの中をぶつかりながら飛び回ったウグイスは、ぽとりと落ちて、ひくひくと体を震わせ、動かなくなった。

かすんだ視界の中で、安は、その一部始終をみつめていた。

脈絡もなく、辰彦の顔が浮かんだ。憎悪に燃える冷たいまなざしが、脳裡をかすめて消えていった。

12

あまりの驚きに、安はしばし呆然とした。目の前で起こった出来事がいったい何を意味しているのか、理解することができない。

手にしたご飯を奪われて、れんの不機嫌は頂点に達していた。安に背中から抱えられて、両手足をばたばたさせて暴れている。安は、力の限りれんを抱きしめた。

——どういうこと？

胸の中で心臓が早鐘を打つのを感じながら、安は懸命に自分を落ち着かせようとした。

ハルさんがよそったご飯に、毒が入れられていた？

誰が、そんな恐ろしいことを？　——ハルさんが？

いいえ、いいえ。そんなこと、あり得ない。

ハルさんを出し抜いて、誰かがそうしたに違いないわ。

なぜ？　なんで、そんな恐ろしいことを？

まさか……まさか誰かが、れんを殺そうとして——。

「は……ハルさんっ！　ハルさんっ！」

れんを抱きしめたまま、安は力の限り叫んだ。

いけない。危ない。早く、なんとかしないと。

このままでは、れんが殺される――！

れんは、安が尋常ではない様子であることを敏感に察知し、ああう、ああうと叫びながら、いやいや、いやいやと頭を激しく振り、安の腕の中からすり抜けようとする。安は、れんがひっくり返した飯碗からご飯を食べるのをどうにか阻止しようと、必死でれんを押さえつけた。

「痛っ……！」

右手に激痛が走った。れんが、思い切り嚙んだのだ。ここのところ、見違えるように進歩したれんだったのに、空腹に耐え切れなかったようだ。安がひるんだ隙に腕の中からすり抜け、床に両手をあわただしく這《は》わせて、散らばったご飯の固まりをつかもうとした。

「だめっ！　れん、お願い、やめて！」

すんでのところでご飯をつかみかけたれんを、安は後ろから羽交い締めにした。その拍子に、ぎゃあっとれんが叫んだ。

ぎゃーっ、ぎゃーっ。ぎゃあああーっ。

がたんと大きな音を立てて、蔵の扉が開いた。転がるようにハルが飛び込んできた。

「お嬢《じょ》さっ！　どうなさっただか、お嬢さっ⁉」

安に後ろから覆い被さられて、れんは両手を動かすこともできず、涙と鼻水を流しながら、顔を真っ赤にして、ぎゃあああ、ぎゃあああと泣き声を上げ続けている。

「ハルさんっ。れんが……れんが……殺されるわっ……！」

息も絶え絶えに、安は低い声で言った。ハルの顔色がさっと変わった。

「こ、殺される……？　なして、そんな……」

ハルの声が震えているのを感じながら、安は尋ねた。

「ハルさん、あなた、朝、れんの朝餉の準備をしてから、どうしていたの？」

ハルが息をのむのがわかった。ぶるぶると体を震わせて、消え入るような声でハルが答えた。

「わ……わだば、お嬢さの飯《まま》ば盛ってらきゃ、急に腹っこ痛ぐなって……厠にしばらくこもってまった……」

朝餉の準備をしていたところ、テルが近くにやってきた。そして、袂からこっそりとまんじゅうを出した。

里に帰っていた女中が土産に持ち帰ったまんじゅうだと言う。女中頭のしづにみつかるとうるさいから、いますぐ食べろと言われた。

ハルは遠慮したが、食え、食えとテルが急かす。あまりにもうまそうだったので、つい口に入れてしまった。

それからしばらくして、ご飯をよそっていたところ、急に腹具合が悪くなり、我慢ならずに厠へ駆け込んだ。しばし苦しんで、どうにかおさまり、厨へ戻って来ると、れんの朝餉は運ばれたあとだった。

申し訳ないことをした、お膳を下げる際にはお詫びをせねばと気を揉んでいたところ、れんの泣き叫ぶ声を耳にして、駆けつけた——と、ハルは今朝方起こった出来事の一部始終を、つっかえつっかえしながら語った。

聞きながら、安は、れんを抱きしめている腕にいっそう力をこめた。

やはり、よからぬことが謀《はか》られたようだ。

テルが、れんのご飯に毒を盛ったのか。それとも、別の誰かが……女中がれんをなきものにしようとしたのか。

いや、そうではない。女中ではなくて、れんの存在を疎む人物がそうしたのだ——。

「……れんっ！」

突然、背後で叫び声が上がった。はっとして、安は振り向いた。

よしが血相を変えて駆け込んできた。そのあとに、顔を強ばらせたテルが続いて入ってきた。安が何か言うまえに、よしは、泣き叫ぶれんを安の腕から奪い、自分の胸に抱き寄せた。

「れん！　ああ、れん！　大丈夫だ、大丈夫だ、怖ぐね、怖ぐねぞ。おっ母《か》あがいる、おっ母あがお前《め》を守るがら！」

母の言葉はれんの耳には届きようもない。それでもよしは、火がついたように暴れる娘を必死になだめ、背中をさすった。テルは、鬼の形相になって、金切り声を上げた。

「ハルっ！　お前《め》、お嬢さのおまんまに何しただかっ⁉」

ハルはびくりと体を震わせた。そして、「わ……わだば、何《な》も……」と消え入るような声で言った。テルは逆上して叫んだ。

「嘘つくなっ！　お前が支度したおまんまを食べなすって、お嬢さは死にがけなすってるでねがっ！」

「違うっ。違います！」

安が、急いで割って入った。

「れんは口にしてないわ。それに、朝餉を持ってきたのはハルさんじゃない……」

「いんや、おまんま盛りづげだんはハルでなす。お嬢さは、ほれ、ご覧の通り……」

テルが言いかけると、よしが必死の声でさえぎった。

「早ぐ、お医者さまを！　早ぐ！」

テルは、得たりとばかりに蔵から駆け出した。その後から、あわててハルが出ていった。

安は、小さく息をついた。それから、娘を抱きしめて震えるよしに声をかけた。

「奥方さま、れんは大丈夫……」

次の瞬間、よしの手のひらが頬に飛んできて、ぴしりと鋭い音を立てた。

安は、頬を押さえて絶句した。怒りに燃え立つ目で、よしは安を見据えていた。

「この子を守るのが、お前《め》さまの役目でねだが」

よしの言葉が、鋭い短刀のように安の胸に突き刺さってきた。

ひっく、ひっくとしゃくり上げているれんを抱きかかえると、よしは立ち上がった。

呆然とする安をひとり残して、母子は蔵を出ていった。

その日、昼近くまで、邸の中は不気味なほど静まり返っていた。

れんはよしに連れられて出ていったきりだった。母の部屋で落ち着きを取り戻し、食事も済ませたのだろう。泣き声や叫び声は一切聞こえてこなかった。

一方、安のほうは、とてつもない不安に押しつぶされてしまいそうだった。

かごの中にはウグイスの小さななきがらがひっそりと残されていた。うつくしい鳴き声を響かせていた小鳥は、冷たい塊となって落ちていた。

いったい、れんの身の上に何が起こったのか。

かろうじて命拾いはしたものの、一歩間違えば、こうして冷たいなきがらになっていたのはれんだったかもしれない。

何者かの悪意を感じて、安は背筋がぞっとした。

よしとともにいる、いまこの瞬間は、れんは無事である。何者の毒牙も及ぶことはないのだ。

そう思うことで、安は自分を落ち着かせようとした。そうでもしなければ、不安でどうにかなってしまいそうだった。

もしかすると、れんは、もはや自分の手を離れる潮時を迎えているのだろうか。

自分と一緒にこの北の蔵にいれば、このさきも、れんは危険な目に遭うかもしれない。

それよりも、母の庇護のもと、よからぬものを寄せつけぬ環境で、自然の成り行きに任せて成長していくほうが、れんのためにはよいのかもしれない。

けれど……。

れんと自分は、ようやく、どうにか意思の疎通がはかれるようにはなった。とはいえ、れんは言葉を理解しているわけではないし、この世界に言葉があるということも、かたちのあるもの、ないものを含めて、あらゆる事象に名前があるということすら、まだわかってはいない。

自分たちは、長い長い道程の一歩を踏み出したばかりだというのに。母の膝に甘えるようになっただけでも進歩だと、よしは言っていた。ただそれだけで、目に涙を浮かべていた。

もうじゅうぶんですと、あるいは、貞彦もよしも言うのかもしれない。

もうこれでいいのだと——。

安は、唇を噛んだ。

いいえ、違う。れんが持つ能力は、可能性は、こんなものではない。

確かに、つぼみは膨らんだ。けれど、花開くには至っていないのだ。

なぜ、私はここへやってきたのか。

介良れんという、ひとりの女性を——人間を、開花させるためではないか。

決して一筋縄ではいかない。茨の道を歩むと知りつつ、それでもやってきたのではないか。

ここであきらめてしまっては、だめなのだ——。

ごとり、と扉が開く音がした。安は、我に返って振り向いた。

血の気の失せたハルが、ひっそりと立ち尽くしていた。朝、テルの後を追って蔵を出ていったきりだったのだ。安は、ほっと安堵の息を放った。

「ハルさん……どこへ行ってしまったのかと思っていたわ。れんは、どうなりましたか」

安が近寄ると、ハルは、わなわなと体を震わせて、崩れるようにその場に手をついた。

「お……お別れでごぜえます……」

安は、耳を疑った。

ついさっき、ハルは、女中頭のしづに呼び出されたという。そして、「今日限りでくにへ帰るように」と言い渡された。理由は一切明らかにされなかったが、主人、介良貞彦からのお達しであるとだけ聞かされた。

しづは、巾着に入れられたいくばくかの金子をハルに手渡した。郷里へ帰るための足代ということだった。

かくなるうえは、すぐに荷物をまとめて出ていかなければならない。荷物といっても、わずか二枚の粗末な着物と長襦袢《ながじゅばん》だけだった。ハルの傍らには、すでに風呂敷包みが置かれていた。安に挨拶を済ませたら、すぐにも出ていく様子であった。

「そんな……ハルさん、あなたがいなくなってしまったら、れんはどうなるの。お里へ帰る必要なんて、これっぽちもありません。お願い、帰らないでちょうだい」

動揺を隠し切れずに、安は思わず嘆願した。

ハルがいなくなってしまったら、れんと自分の生活を支えてくれていた大切な柱を失ってしまうにも等しい。

邸内は、気がつけば、安に敵対心を抱く者ばかりになっていた。突然東京からやってきて、いままで押し込められていた「けものの子」を表舞台に引っ張り出した女教師を快く思わぬ人間がいるのは当然だろう。けれど、女中たちにいじめられて傷ついたれんを、また、慣れない環境で生活を始めた自分を、懸命にかばい、支えてくれたのは、誰あろう、ハルではないか。

ハルの郷里は青森の最北、三厩村《みんまや》だということだった。貧しい小作農家の二男三女の四番目として生まれ、子供の時分から両親の手伝いや子守りをして働いてきた。十三の頃から下働きとして介良家に女中奉公に上がり、以来、十年ものあいだ世話になっている、という身の上話を、安はハルから聞かされていた。

さいはての地である郷里に帰ってしまったら、もう二度と、ハルと会うことはできなくなるだろう。

突然の「おくに下がり」をすんなり認めることなど、安には到底できなかった。

「帰ってはいけません……絶対に」

安は、自分もくずおれてしまいそうになるのを必死に堪えながら、きっぱりと言った。

ハルが帰ってしまったら……れんは、人生の味方をひとり、失うことになってしまう。

何より、こんな理不尽な仕打ちを阻止しなければならない。

「男爵に、直接、私から掛け合ってみるわ。あなたの『おくに下がり』を取りやめていただきたい、あなたにはれんと私をこれからもお世話してもらいたいと。しばらく、ここで待っていてちょうだい。いいわね」

ハルは血の気の失せた顔をして、黙ってうつむくばかりだった。


主の間で、安は、介良貞彦に向き合って座していた。

畳に手をつき、貞彦の目を正面に見据えた。そして、震える声で、しかし、はっきりと言った。

「どうか……どうか、何卒、お願い申し上げます。ハルさんには、なんの落ち度もありません。私も、ハルさんがいなくなってしまったら、どれほど困り果てることでしょう。どうか本件はお取り下げいただきますよう、切にお願い申し上げます」

切実な声色であった。心からの嘆願であった。畳に額をこすりつけるようにして、安は頭を下げた。

貞彦は、眉間に皺《しわ》を寄せて、両腕を羽織の懐に入れて組んだまま、沈思黙考の様子だった。

貞彦が色よい返事をするまではと、安はただただ低頭した。しかし、貞彦はなかなか言葉を発さなかった。

長い沈黙ののちに、ようやく貞彦が口を動かした。

「……ハルの一件は、家内の意志です」

信じ難い言葉を耳にして、安は、思わず顔を上げて貞彦を見た。その目には、怒りのような、あきらめのような、また戸惑いのような、複雑な色が浮かんでいた。

「テルの話では、れんを不憫に思ったハルが、いっそなきものにしようと、れんの朝餉に毒を盛ったと……。女中の言うことゆえ、どこまでがほんとうかわからないが、よしは、今後ハルをれんの側付きにするのはどうしても許せぬから、一刻も早くひまを出してほしいと言うのです。私としても、致し方があるまいと……」

「違います！」

安は貞彦の言葉をさえぎった。

「ハルさんはだまされたのです。れんの朝餉の準備をしているとき、テルさんにもらったまんじゅうを食べて腹を下したと、本人は言っていました。実際、れんの朝餉を運んできたのはテルさんでした。ハルさんが厠にこもっているあいだに、誰かがれんのご飯に毒を……」

「誰が？」

今度は、貞彦が安の言葉をさえぎった。

「誰が、なんのために？　れんに毒を盛って、いったい、なんの得があるというのです？」

氷のように冷たい声だった。安は、絶句した。

誰が、なんのために？　それは、まさしく、安自身の胸中に渦巻いている疑問だった。

そして、安には、その答えが見えかけていた。

……辰彦が。

れんと血を分けた兄、辰彦が、れんをなきものにしようとしているのではないか。

忌まわしい妹がいる限り、自分は良縁に恵まれまい。しからば、その妹を抹殺するのみ――と。

しかし、その嫌疑を口にできるはずもない。口が裂けても言えるはずがなかった。

再び、沈黙が立ち込めた。安と貞彦は、向き合ったまま、それぞれに重苦しくうつむいていた。

「……私とて、心からハルを疑っているわけではありません」

長い沈黙を破ったのは、貞彦のほうだった。安は、もう一度顔を上げて、貞彦の重苦しい表情を見た。

「しかし、ハルをくにへ帰らせなければ、家内の気持ちも収まらず、女中たちも互いにいらぬ嫌疑を胸に抱いたままで、さらによからぬことが起こるやもしれぬ。当方へ来られて間もないあなたにはおわかりにならないかもしれませんが、家中には目には見えぬ掟《おきて》のようなものがあるのです。聞けば、ハルは、くに下がりを黙って受け入れたそうだ。あれも、ここに勤めて長い。……わかってくれているのです」

ハルには、わかっていたのだ。

もしも自分がくに下がりを受け入れなければ、再び、れんが、そして安が危険にさらされる。

ハルは、自分が身を引くことで、安とれんとを守ろうとしているのだ――。

――ハルさん！

安は、心の中で、その名を呼んだ。

新参者の自分に誰も見向きもしなかったこの邸で、最初に心を開いてくれた人。

陰ながら静かにれんを支えてくれた人。

れんの、もうひとりの先生であった人。

そして、いまでは自分の同志となった人の名を。


翌朝早く、ハルは、勝手口からひっそりと出ていった。

安は、蔵の中で、ひとりぼっちでそのときを迎えた。布団に横たわり、ずっと遠くで勝手口の戸が開く音に、息を凝らし、耳をそばだてていた。

さようなら。

口の中で小さくつぶやいた瞬間、涙が一筋、まなじりを伝って落ちた。

13

弘前城址、東内門近くに、すっくりと立つ一本の桜の木がある。

「正徳桜《しょうとく》」と呼ばれるその名木は、五代藩主・津軽信寿《つがるのぶひさ》の時代に植えられた。正徳五年（一七一五）、御家中が十一本の桜を献上し、さらに二十五本の桜を追加して、城の周辺に植樹した。

このときに植えられた桜がもととなって、明治の世、廃藩置県となったあとも、地元の名士が桜を次々と寄付し、次第に成長して、みごとに花開くようになった。桜を寄付した名士の中には、当然、介良貞彦も名を連ねている。

北国の春は遅いので、城址の桜は、五月の初め頃に満開になる。花が終われば、若々しい萌黄《もえぎ》色の葉がいでて、目にもさわやかな風景へと移り変わる。

桜の若葉は、徐々に色濃い緑の影を落とすようになっていた。

介良家の名を告げて城内へ入ったあと、青々と葉を繁らせる正徳桜のそばに佇《たたず》んで、安は清々しい香りを胸いっぱいに吸い込んだ。

桜は、花もいい。けれど、花が落ちて、若々しい緑を風に揺らす風情も、安は好きなのだった。

この世に生を享《う》けたことをいっぱいに喜んでいるような、青葉を繁らせる桜の若木。

樹木は、聞くことも、見ることもない。話すことも、もちろんかなわない。けれど、太陽の光を受け、風に枝をそよがせながら、全身で表現しているのだ。——生きていることを。生きる喜びを。

桜を見上げながらも、安の胸に去来するのはれんのことだった。

あの子は、まさに若葉萌えいずる樹木そのもの。青空へ、光射すほうへと、枝を放ち、どんどん伸びていく。その力、その輝き。すべてが若木のよう。

しかも、樹木にはない底知れぬ可能性を、れんは持っている。

れんには感情がある。学ぶ能力がある。人間らしく生きていく権利がある。言葉を知り、それを操って、自立する必要性がある。

人を愛し、信じて、誰かのために祈る。

そういう人に、あの子はなる。

それが、介良れんという人間の運命《さだめ》なのだ。

心ゆくまで正徳桜を見上げてから、安は後ろを振り向いた。

新しく安付きの女中となったキクが、惚《ほう》けたように立っている。桜の木を見上げて、ぽかんと口を開けていた。

「お腹が空いたわね。そろそろ、お昼にしましょうか」

なごやかに声をかけると、キクは、はっとして顔を安のほうへ向けた。

「はあ。へば、こごらへんさ、お座りになれすが」

桜の木の下をうろうろとして、草の上に木綿の風呂敷を広げた。それから、「あいったーん、おまんまぁ……どごだあ」と、風呂敷の裏表をひっくり返している。

どうやら、昼食用にとこしらえてきた握り飯が、途中で風呂敷から転がり落ちてしまったようだ。

「先生さま、かに《ごめんなさい》。かに……で、ごぜます」

立ったままでひょこひょこと頭を下げる。いいのよ、と安は笑った。

ハルが去ってのち、まだ屋敷勤めに上がって間もないキクが安の身辺の世話をすることになった。

屋敷のしきたりも女中としての作法も何ひとつ身についてはいないキクだったが、ハルさんの代わりには新入りの人をお願いしますと、安は女中頭のしづに頼んだのだった。

当初から勘づいていたのだが、介良家内には明らかに派閥のようなものがある。女中たちは、それぞれに付いている主人の顔色を常々うかがい、その言いなりになっている。あるいは、何も命じられなくとも、主人のためにと、先走った振る舞いも行うようなのである。

先だっての毒入り飯の一件も、まさに、辰彦とその女中たちが仕組んだのではないかと、安はにらんでいた。——もちろん、そんなことは口が裂けても言えるはずはなかったが。

ところが、辰彦付きの女中のテルは、ハルに濡れ衣を着せた。そのせいで、とうとう、ハルは屋敷を追われてしまった。

違うと言い張れば、今度は嫌疑の目が安に向けられる。そうならないためにも、黙って身を引くことをハルは選んだのだ。

ハルとの別れは、血を分けたきょうだいと別れるような心持ちがした。唯一の味方を失って、安は心細く、また悲しかった。

しかし、結局は、ハルの決意を受け止めることが、安にできる精一杯のことであった。

このさき世話になるのであれば、できるだけ色のついていない人のほうがいい。そう思って、安はしづに依頼した。直接介良男爵に申し入れてもよかったのだが、なぜ新入りがいいのかと問われれば答えに窮してしまう。それよりも、女中頭のしづを立てて、「自分の世話などは、よくできる人たちにお願いするのはもったいない。新入りでじゅうぶんだから」と謙遜《けんそん》してみせた。それで、都合よくキクが付いてくれることになった。

キクは、津軽地方の北部、金木村の出身だった。一家は小作農で、二男五女の四番目の娘である。去年十六歳になったばかりだった。

金木には介良家の別邸があるということで、キクはそこへ奉公に出されたのだが、介良家の人間はめったに現れなかった。老女中のひさとともに、冬のあいだ別邸に詰めていたが、弘前の本宅の女中がひとり辞めた――つまり、ハルが――ということで、本宅へ呼ばれ、つい先頃、安付きの女中になったのだった。

どことなくぼんやりとして、いつも居眠りしているような感じの少女だった。ハルが周囲に気を遣い、おどおどと落ち着かなかったのに比べると、何も知らない強さというのか、あまり構えてはおらず、言われたことはどうにかこなすが、言われなければ何もしない、ぼうっと突っ立っているだけ、というありさまだった。

それでも、安にしてみれば、自分の立場をできるだけよくしようと画策する老獪《ろうかい》な女中たちに比べれば、はるかに好感が持てる気がした。

その日は天気がよく、風もさわやかだったので、おむすびをこしらえてお城址へ行ってみましょうと、安がキクを誘ったのだった。

キクは、たいそう喜んで、さっそく大きな握り飯をふたつ作って、風呂敷に包み、竹筒には井戸水を入れて、出かける準備をした。安の先をいそいそと歩いて、自分も初めてという正徳桜の下までやってきた。そして、いざ昼時ということで風呂敷を開け、握り飯が途中で転がり落ちてしまったことに気がついた、というわけだった。

安はキクを伴って、城址近くの蕎麦《そば》屋で昼食をとることにした。

キクは店の出入り口近くにある縁台に腰かけようとしたが、「一緒に食べましょう」と安が誘うと、おずおずと店の中に入った。

蕎麦屋で主人と昼食をともにすることが初めてだったのだろう、あきらかに緊張している。かけ蕎麦のどんぶりが出てきても、なかなか箸を手に取ろうとしない。

安は、いきおいよく蕎麦をすって、「おいしい」と言ってみせた。

「キクさんも早く食べないと、のびちゃうわよ」

キクは、あわててひと口すすった。そのあとは止まらずに、一気に食べた。

「ねえキクさん。教えてほしいんだけど」

キクがつゆの最後の一滴まで飲み干すのを見計らって、安は尋ねた。

「金木のお屋敷はどんな感じだったの？　大きなお宅？　周りはどんな感じ？」

はあ、とキクは気の抜けた返事をして、

「まんず、立派なお屋敷でごぜます。本宅ほどではねども、お部屋もいぐづもござって……けんど、旦那さまも、だぁれも見えねで、わだば、毎日お掃除しだども、はあ、だぁれも使わねがら、きれいなもんで……」

金木は貞彦の母・つるの出身地であった。つるの実家は大地主で、いまなお金木では権勢を誇っている。

介良家別邸は貞彦が母のために造ったもので、実家の近くにあった。夫に先立たれたつるは、晩年を故郷にあるこの家で静かに過ごしたということだった。

つるが他界してのち、貞彦は最後までつるの世話をしていたひさに邸を預けて、たまには来るから家をぬかりなく維持してほしいと頼んだ。ひさは、この言いつけをよく守り、つるの生前のままに屋敷を保って、貞彦の到来を待ちわびる日々を過ごしていた。

キクは、北向きの四畳半の女中部屋でひさとともに寝起きしていた。ひさは、屋敷の切り盛りをするためにいくばくかの金子を本宅から預かっており、自分たちの食いぶちもそこから捻出していたが、それはそれは切り詰めた生活を心がけていた。

キクの主たる仕事は邸の内外の掃除だった。来る日も来る日も掃除ばかりして、厠の床など自分の顔が映り込むほどに磨いていた。ひさは、いつ本宅の方が来てもご満足いただけるように仕事を怠るなかれと、キクを厳しく指導した。ふたりは、田畑で自分たちが食べる米や野菜を作り、夜は繕い物などして、規則正しく、つましい暮らしをしていた。

ひさは、にこりともせず、ただ黙々と自分の仕事に没頭し、必要以上のことはしゃべらなかった。だから、キクはひさとの生活にすっかり退屈していたという。

本宅に来るようにとのお達しは、ひさから聞かされた。キクは躍り上がって喜びたかったが、ひさの手前、がまんした。ひさは、眉ひとつ動かさずに言った。

ご本邸でも、ここでやってらのどおんなじごどして、けっぱって《がんばって》お勤めに励め。だばって、もし、まいねぐ《どうしようもなく》なっだら、さとさ帰《け》るでね。こさ《ここ》帰《け》ってきへ。

キクの話を、安は黙って聞いていた。それから、店の仲居を呼んで、蕎麦代を払うと、

「いいお話を聞かせてくれて、ありがとう。もう少し、歩いてから帰りましょう」

再び明るい日差しの中へと、キクを伴って出ていった。

毒入り飯の一件以来、れんは、母親のよしの部屋で寝起きするようになっていた。よしは、れんを自室にかくまうようにして、決して外へ出すことはなかった。よし付きの女中がれんの身辺の世話をするようになり、用事でよしが出かけるときは、その女中がれんに付きっきりになった。

ときおり奇声が聞こえてくることがあったが、れんは概《おおむ》ねおとなしくしている様子だ。ひとり北の蔵に取り残された安は、次第に焦燥を募らせていった。

奥方さまのお部屋に連れられていったきり、介良男爵からも奥方さまからも、今後れんをどうするのか、なんのお達しもない。

おとなしく母の部屋にこもるようになっただけでも格段の進歩であると、お二方とも思っておられることは確かだ。

けれど、それは私が目指していた到達点《ゴール》ではない。出発点《スタート》に過ぎないのだ。

バルが去って一週間も経たぬうちに、新入りのキクが身辺の世話をしてくれることになった。安は、北の蔵で本を読んだり、キクを伴って邸周辺を散歩したりして、時間を過ごしていた。

しかし、無為な時間を過ごせば過ごすほど、安の胸中には焦燥と不安が募るばかりだった。

自分は、れんの教育係としてここへやって来た。

それなのに、れんと別々に暮らすなど、なんの意味もないではないか。

れんと離ればなれになって、北の蔵でひとり過ごす夜。安は、れんの境遇を思った。

もっとも母の愛を必要とする幼い年頃、れんは、ひとりぼっちでこの蔵で過ごしていた。

眠り、目覚め、与えられた食事を手づかみで食べ、手当たり次第に壊し、垂れ流し……檻に入れられ放置されたけものの子のように、ただ、生きていた。

母を恋しがって、泣くこともあっただろう。檻の外へ出たくて、暴れたこともあっただろう。

いったい、自分の身辺で何が起こっているのか。いったい、自分は何ものなのか。知ることすらできずに、たったひとりで、三年間もの長きを、この蔵の中に押し込められて過ごしたのだ――。

そう思うたびに、暗闇の中、ふとんにくるまって、安は身震いをした。畏怖にも似た感動が体を震わせたのだ。

なんて強い子なのだろうか。

私だったら、きっと耐えられなかっただろう。

夜ならば、やがて朝がくる。小鳥のさえずりも聞こえてくる。けれど、あの子は永遠に続く闇の中を、真夜中よりも深い無音の世界を、たったひとり、手探りで、ここまで歩んできたのだ。

いかなる境遇をも乗り越えるまっすぐな魂と、ひたすらに生き抜く強さとを、あの子は持って生まれてきた。

なんのために？

――知るために。

この世界を生きる限り、闇を照らす光があることを知る権利が、あの子にはある。

人として生まれてきた限り、人に愛される資格が、あの子にもある。

そして、いつかきっと、人を愛する気持ちが、あの子にも芽生えるはずなのだ。

ああ、私は。――私は、私は。

私は、あの子に知らせたい。この世界の広さ、うつくしさ、まばゆさを。

この世界に存在するもの、ひとつひとつの名前。

空。山。花。鳥。太陽。月。朝。昼。夜。

腕。手。指。足。体。笑顔。涙。

あたたかい。冷たい。やわらかい。すがすがしい。気持ちよい。

怖い。痛い。悲しい。せつない。

眠る。目覚める。食べる。歩く。走る。笑う。怒る。泣く。考える。思う。

愛する。

祈る――。

この世に生きとし生けるもの。存在するもの、しないもの。目に見えるもの、見えないもの。触れて感じるもの。心で感じるもの。

ひとつひとつに、名前がある。

それらのものを、かたちづくりたもうたのは、神だ。そして、名前を与えたのは、人間なのだ。

私は、そんなあたりまえのことを――あたりまえの奇跡を、教えたい。

れん。あなたに。

梅雨の走りの雨が降り始めた朝。

大切な話があるので、男爵と奥方さまのご両人に揃ってお目にかかりたいとの安の申し出がようやく受け入れられた。

安は、心にひとつの決めごとを抱いて客間へ向かった。

この提案を受け入れてもらえなければ、れんの未来は閉ざされてしまうかもしれない。

いいえ。決してそんなことになってはならない。

なんとしても、承諾を得なければ——。

客間の上座に、貞彦が着いていた。脇によしが座っている。その前に正座して、安は低頭した。そして、顔を上げると、すぐに尋ねた。

「しばらく会ってはおりませんが、れんは元気にしているのでしょうか」

よしが、ちらりと安を見た。が、目が合うと、すぐに視線を逸らしてしまった。

「無事にしております」と、貞彦が落ち着いた声で答えた。

「泣きも騒ぎもせず、母に甘えて、おとなしくしておるようです。先生の来る前と後では、天地ほどの差があります。先生に来ていただいた成果は大いにあったと、家内も私も、満足しております」

お世辞ではなく、ほんとうに満足している様子でもあり、感謝の念を伝えようとする態度であった。

しかし、安は、表情を引き締めたまま、貞彦を見据えて言った。

「お言葉ですが、いかなる成果もまだ出ていないと、私は思っています」

貞彦は、眉をぴくりと動かした。よしは黙ってうつむいている。安は、ふたりの様子を注意深くみつめながら、言葉を続けた。

「確かに、れんは見違えるほどおとなしくなりました。けれど、それは、男爵や奥方さま、この家の大人たちにとって、都合よく振る舞ってくれる子供に変わった、というだけのことです。あなたさまも、奥方さまも、ご自分たちの娘御に、この世界の何も見せず、何も聞かせず、しゃべらせようともしていない。ただ、お人形を膝に載せてかわいがっているようなものではありませんか」

挑発的な物言いに、男爵の顔色がさっと変わった。かすかに怒気を含んだ声色で、貞彦が返した。

「これは、おかしなことを言いなさる。あれが、はたして、この世の何かを見、何かを聞き、また何かをしゃべると言うのですか。東西に名を知られた天下の名医、何十人に診てもらっても、もはや見るも聞くも話すもあたわず、と言われたあの娘が？　神仏にいかに祈禱しようとも、いかなる薬のたぐいを服そうとも、何ひとつ、あれの耳目を開き、しゃべらせることができなかったというのに？」

言いながら、貞彦はせせら笑った。いままで自分たちが尽くしてきた努力を思い出して、空しくなったかのようだった。

「それとも、先生、あなたは……それでも『できる』と言いなさるのですか」

貞彦の問いに、まっすぐに前を見て、安は答えた。

「はい。できます」

貞彦とよしの顔に、稲妻のように驚きが走った。安は、真剣な面持ちを変えずに言った。

「確かに、視力や聴力が戻ることはないかもしれません。けれど、れんの心は健全です。心の目と耳を開き、言葉を理解させ、指で話をさせるのです」

「指で……？」

よしが、初めて声を漏らした。安は、よしのほうを向いて、うなずいた。

「アメリカには、『手話』という、手の動きで言葉を作り、会話をする方法があります。日本では、まだ広くは知られていないようですが……私は、手話をアメリカで学んできました。それを日本語に置き換えるのは、難しいことではないと思います」

安は、言葉を口にしながら、いくつかの英語の手話をしてみせた。

私は・食べたい・りんごを
買いに・行き・ませんか・りんごを・いまから

貞彦とよしは、驚きを隠せない様子だった。貞彦は、「しかし……」と口ひげに手をやって、考え込むそぶりをした。

「その手話とやらは、耳は聞こえずとも見える者にはいいでしょう。しかし、娘は目も見えぬのですから……」

「けれど、かたちを作ることはできます」すかさず安が言った。

「作ったところで、その指のかたちが何を意味しているか、理解できぬでしょう」間髪を容れずに貞彦が返す。

「いいえ、理解できます。この世のすべてがもつ『意味』を理解する能力は、いかなる子供にも備わっています。その能力は、周りの働きかけで引き出すことができるはずです。その働きかけを、私にさせていただきたいのです」

一気に言ってしまってから、安は、あらためて両手を畳についた。

「お願いでございます。どうか……どうか私とれんを、ふたりきりで、いま一度向き合わせていただけませんでしょうか。このお屋敷の中ではなく、金木の別邸で」

貞彦とよしは、再び、驚きに顔を強ばらせた。

安は、決めていた。

いかなる邪魔も雑念も入らないところで、一対一、れんと徹底的に向き合う。そして、能力のすべてを開かせてみせる。

そのために、金木にある介良家別邸は理想的な場所だった。その場所に移って初めて、本格的な授業を開始することができるはずなのだ。

部屋の中は、水を打ったようにしんと静まり返った。安は、低頭したまま貞彦の返事を待った。

その返事は、「是」か、「非」か。

いいや。「是」のひと言以外は、決して聞くまい——。

「その申し出を聞くまえに、伝えるべきだった」

独り言のような貞彦のつぶやきが、安の耳に届いた。安は、ゆっくりと顔を上げた。

沈鬱な表情で、貞彦は重々しく口を開いた。

「こちらにおいでいただいたのは……あなたに、告げるつもりだったからです。——今日限りで、東京へお引き取り願おうと」

14

北の蔵の中、行灯の光がか細く点《とも》っている。

しとしとと降り続ける雨音だけが安の耳に響いている。

いかなる物音も人の声もない。屋敷全体が、川辺の岩にでもなってしまったかのように、動きを止め、時間を止め、静かに雨に打たれている。

いまごろ、れんは――と、柳行李《やなぎごうり》に着物を畳んで入れる手をふと止めて、安は思いを巡らす。

れんは、母とともに、やわらかなふとんにくるまり、すやすやと穏やかな寝息を立てているのだろうか。

慈しみ深い彼女の母は、彼女の絹糸のようになめらかな黒髪をやさしく撫で、胸元に抱き寄せて、母と娘、ふたりきりの、心安らかな時間を過ごしていることだろう。

安の胸に、甘酸っぱく切ない思いが去来する。

自分にもそんな時期があった。母の胸に甘え、母に抱かれてさえいれば、何も考えず、安心していられた時期が。

生きているだけで、存在しているだけで、愛され、守られ、大切にされる。それが、子供というものなのだから。

けれど――と、安は思い出す。

けれど、父も母も、ただ無条件に子供を慈しむだけの人たちではなかった。

私が弱視であることを気にかけ、いずれこの世の光が我が子の目には届かなくなる日がくると、彼らは理解していた。

それゆえに、あえて、幼い私をアメリカなどという途方もない遠方へ、ひとり、留学にいかせたのだ。

私を留学させるにあたっては、当初、母が猛反対したことをうっすらと覚えている。私をかき抱いて、絶対にこの子をどこへもやりません、この子はずっと私と一緒です、とたぎるような勢いで、父に向かって叫んでいた。

私は、わけがわからずに、怖くて、心細くて、母の腕の中で震えていた。いったい、自分はどうなってしまうのだろうと、不安でいっぱいだった。

動揺する母に対して、父は落ち着き払っていた。母がなんと言おうが、私がどんなに不安がろうが、父の意志は微塵も揺るがなかった。

いずれ視力を失う運命にある娘には、特別な体験をさせ、特別な技能を身につけさせる必要がある。

それがこの子の人生を、行く末までも導いてくれるはずだ――。

父はそう信じて、私をアメリカへと旅立たせた。母も、結局、父の一言に納得した。しっかり勉強して、立派な人になって帰っておいでなさいと、父も母も、送り出すときには涙もなく、笑顔で見送ってくれた。

私の中に不安がかけらもなかったかといえば、嘘になる。何しろほんの九歳で、まだまだ母の膝に甘えたい時分だったのだから。

それでも、これから始まる冒険に大きく期待が膨らんで、わくわくと胸を沸き立たせていたのも、ほんとうのこと。

そして、アメリカで私を待っていた体験の数々。ホイットニー一家との心あたたまる生活、苦難続きの英語の学習、日本人かつ女性であることによる困難、容赦のない差別――そして「自由」という言葉。

男性であれ女性であれ、アメリカ人であろうと日本人であろうと、人間としてこの世に生を享けた限り、その者は「自由」なのだ――とホイットニー家の家長、アーノルド父さまは教えてくださった。

アン。君は、自分が女性だから、日本人だからと、ときに卑屈になっていないかい？

しかし、女性にしかできないこともある。美しく装うこと、母親になること。それは、私たち男がどんなにがんばったってできないことだ。

日本人であることも、君の個性だ。私たちの国はまだ若い国だが、君の母国は千数百年もの歴史を持っているのだろう？　豊かな歴史と、それに培われた文化。それはアメリカにはないものなんだよ。アメリカと日本とは、もっと交流をして、お互いの国益を高め合えるはずだ。

だから、女性であることを、日本人であることを誇りにしなさい。

その上で、自分にしかできないことをみつけて、それを高めてゆくための努力を惜しまない人になりなさい。

君は、アメリカにいても、日本に帰っても、きっと存分に活躍できる。なぜなら、君がそうすることは、君の「自由」なのだから——。

自分を送り出してくれた両親と、自分を受け入れてくれたホイットニー夫妻のあれこれを思い出し、安は自然と胸が熱くなるのを覚えた。

両親は、断腸の思いで自分をアメリカへ留学させたことだろう。弱視の上に言葉もわからないわずか九歳の娘を、ひとりきりで異国へ渡らせることは、決して容易《たやす》いことではない。

日本に帰ってきてからは、父には嫁ぐことを勧められたが、私がもはや「普通の女性」と同じ道を歩むつもりがないことを、結局は認めてくれた。

伊藤博文さまのご推薦を受けて、男爵家の「難しい状況にある」ご長女の教育係になることを許してもくれた。そうと決めたら志を貫くように、それまでは帰ってきてはならないと、父も母も、再び私を送り出してくれたのだ。

ホイットニー夫妻も、祈り続けてくれていることだろう。自分の子供たちと等しく愛情をかけた「黒髪の娘」が、母国にあって、きっと活躍するようにと。

結果、どうだったであろう。

運命の糸に絡め取られるようにして、ここまでやってきた。

その糸を手繰《たぐ》っていたのは、六歳の少女、れん。

ひとりぼっちで海を渡った、あの頃の私とたった三つしか違わない彼女。

私は、彼女とともに小さな舟で大きな海へ漕《こ》ぎ出した。

どんなにはるか彼方であっても、まだ見ぬ大陸を目指して、きっとこの航海をやり遂げる決意だった。

けれど、結果は——座礁であった。

こんなにも、あっけなく。はかなく。ふがいなく。

れんと私を乗せた舟は、二度と再び、自由の海へ漕ぎ出すことはできないのだ——。

何枚かの着物、袴、襦袢などを、丁寧に畳み、行李に入れていく。一番上に便箋と羽根ペンを載せて、蓋《ふた》をした。

この家に到着した直後、ホイットニー家の長女、アリスへ手紙をしたためた日々をなつかしく思い出した。

人間としての尊厳を彼女に取り戻すために。どこまでも、彼女とともに、私は闘っていきましょう――と手紙に綴った。

夢の中をさまようよりも、現実を生きることのほうがはるかに心躍ることなのだと、彼女に知ってもらえる日がくるまで闘い続けることを、私は神に誓います。

一言一句を、はっきりと思い出すことができた。便箋に覆い被さり、舐めるようにして綴った一言一句。それらは、安自身の心に血を流しながら刻み付けた言葉だったのだから。

神への誓い。

それは、れんへの、そして自分自身への誓いでもあったはずなのに――。


その日の朝、安は、介良貞彦に告げられた。

今日を限りに、東京へお引き取り願いたいと。

そう申し渡されることを、ほんの少しも予想していなかったわけではない。毒入り飯の一件が起こってから、介良夫妻、特に夫人のよしは、れんのもっとも近くにいる人間

――つまり自分――に嫌疑のまなざしを向けている感じがあった。

その証拠に、れんを北の蔵から出し、自室に「匿《かくま》って」いる。ほぼ四六時中つきっきりで、決して部屋かられんを出そうとしないし、安に会わせようともしない。そればかりか、よし自身も、安を避けるようにして、廊下ですら行き合わぬようにしている様子だった。

安は、授業を再開することがかなわず、為すべきこともなく、ひとり空しく時間を過ごすほかなかった。

娘はすっかりおとなしくなったのだから、これでよい。もはやあなたに用はない。そんなふうに言われるかもしれないと、落ち着かぬ心持ちでいた。

そうなるまえに、こちらのほうから動き出さなければならない。

安は、どうすれば理想的な授業を行うことができるか、よくよく考えてみた。

この屋敷の中にいては、れんを甘やかす誘惑が多く、また、いまや命の危険にすらさらされる状況でもある。

誰にも邪魔されず、いかなる不安も生じさせることなく、自分とれんと、どこまでも一対一で向き合える場所にしばらくのあいだ隠遁するのがよい。

そんなふうに思い始めていた矢先、新しく安付きの女中となったキクから、金木村にある介良家別邸の話を聞いたのだった。

かつては貞彦の母親が起居していた家には、いまは老女中がひとり、家の管理をしつつ住んでいるという。安は、直感的にその場所だとひらめいた。

そこへれんとともに移り住んで、半年か、できれば一年、あるいはもっと、徹底的に授業を行う。

弘前の介良夫妻には、授業の内容とれんの学習の様子の一部始終を定期的に手紙で知らせる。

そして、会いにいらしてくださいとこちらから申し出るまでは、一切面会せずにいてもらう。

いわば、外国に娘を留学させるつもりで、れんを金木に預けてもらうのだ。

そうすれば、れんの能力はじゅうぶんに開く。きっと開く。開かせてみせる。

もはや、これ以外の手だてはない。

難しい交渉になるだろう。けれど、根気強く説得しなければ。

私は、神に誓って「闘い続ける」と決めたのだ。私の運命の少女、れんとともに。

もう、後へは引けない。進むしかないのだ――。

確固たる思いを胸に、安は介良夫妻との面談に臨んだ。

しかし、介良男爵から言い渡されたのは、今日を限りに東京へ引き取ってほしいとの最終通告だった。

安はしばらく呆然として、すぐには返事ができなかった。

両手を揃えて畳につき、頭を下げたまま、なかなか顔を上げられない。貞彦の顔を見るのが怖かった。いや、貞彦に自分の顔を見られるのがやり切れなかった。怒りとやるせなさ、絶望と戸惑いとで、自分の顔が歪むのを感じていた。

「……れんは、じゅうぶんにおとなしく、ある程度の聞き分けも、どうやらできるようになりました。家族の誰もできなかったことを、あなたはやり遂《おお》せた。大変な成果であると思います」

貞彦は、落ち着き払った声で、淡々と安に伝えた。

けものの子だ、狂った子だと囁かれ、長男の縁談にも影を落としていた娘だったが、人前に出せるまでではないにしろ、ともかく家中を騒動に巻き込むようなことは起こさぬまでにはなった。

自分も家内も、いったいこの子をどうしたものかと途方に暮れ、三重苦であるがゆえに将来にはなんら明るい展望を持てずにいたのは、あなたもご存じの通りである。

教師としてあなたにこの屋敷へお出でいただかなければ、このような改善は決してなされなかったのは間違いない。

しかし、あなたにもご自身の将来のことがあり、また、お年を考えても、老婆心ながら、そろそろ嫁ぐ準備をされるべきなのではないかと思う。

東京のご両親もさぞやご心配なさっているであろうから、とにかくいったんお帰りいただくのがよかろうと判断した。その旨、すでにご尊父に宛てて電報も打った。

あなたをご紹介いただいた伊藤博文公にも、無論、手紙をしたためた。近々、東京でまみえる予定なので、衷心《ちゅうしん》より御礼を申し上げるつもりである。

明朝、迎えの馬車が来る。御者と女中のキクを随行させ、東京までの鉄道が通っている黒磯駅まで送らせるので、気兼ねなく使っていただきたい。道中、宿や飲食に必要な金子はじゅうぶんに準備するので、なんら心配なきように——。

安は、ぐっと唇を噛んだ。

すべてが周到に準備されていた。つまり、介良男爵は、とうに自分を東京へ帰還させる腹づもりでいたということだ。

なんということだろう。

自分の夢は、祈りは、ただひとつ。れんの能力を開花させること。ただ、それだけだった。

それは、いかなる困難を背負った人間であれ、必ず花開かせることができるという、人間の可能性を証明することへの挑戦でもあった。

そのために闘い抜くと、神に誓った。

——それなのに。

貞彦は、うつむいたまま動かない安の様子を注意深く見守っていたが、やがて、よしに目配せをした。よしは、つと立ち上がって、書院の棚に載せていた漆塗りの文箱を取り、貞彦の肘掛けのそばへ置いた。

貞彦は、介良家の紋が描かれた黒光りする蓋を開け、箱の中から白い紙に包まれてずっしりとした束を取り出した。それとは別に封書も取り出した。その両方を足高の膳に載せ、安の前に置いた。

「どうぞ、お納めください。帰京のための足代と御礼の小切手です。……ご満足いただける額であると思います」

安はようやく顔を上げた。膳の上の包みを確かめるためではない。貞彦の目をまっすぐにみつめて、安は言った。

「なんの御礼でございましょうか」

その声色の強さに、貞彦もよしも、はっと表情を硬くした。強い調子で、安は続けた。

「私は、ここで、為すべきことを何ひとつ為してはおりません。確かに、れんは、『大人にとって都合のよい子』にはなりました。けれど私は、れんを膝の上におとなしく抱かれている人形にするために、ここへやってきたわけではありません。……もしも私が、れんを、人間ではなく、人形にしたということへの御礼とおっしゃるのであれば……私は、断じてそれを受け取ることはできません」

自分の言動が礼儀を欠くことを重々承知で、安は言った。

「お願いでございます。いま一度、れんを私にお預けいただけませんでしょうか。かわいいだけの『人形』ではなく、気品と、知性と、尊厳を備えた『人間』になってもらうために」

貞彦は鈍痛に耐えるような顔つきになった。そして、「なりません」と、ひと言、返した。

「男爵さま。どうか、どうかお願いでございます。この通り……」

安は、なりふり構わず、必死に額を畳にこすりつけた。ほとんど、土下座の体だった。

「ならぬ！」

吐き捨てるように短く叫ぶと、貞彦は突然立ち上がった。そして、

「とにかく、明朝、馬車が着く。それまでにお支度なさるよう」

そう言い残して、足音も荒々しく座敷を出ていった。よしは狼狽《ろうばい》を隠せなかったが、あわてて立ち上がると、夫の後を追いかけるようにして去った。

安は、その場に座り込んだまま動かなかった。すっかり動けなくなってしまっていた。

何も見えず、何も聞こえず、何も語らぬ人となってしまったかのようだった。

きっちりと蓋を閉めた柳行李と、革の鞄と、風呂敷包とが、男衆の手で北の蔵から運び出された。

安は、この屋敷に来たときと同じ洋装で北の蔵を出た。扉の外で待機していたキクは、「あんれ、まあ。先生さま、おきれいだあ」と初めて見る洋装に声を上げた。キクは、安に同行して旅に出られるのが嬉しくてたまらず、少しはしゃいだ様子だった。

「先生、どんぞ、お手を……こちらでごいす」

玄関まで手を引いていこうと思ったのだろう、キクが右手を出した。安はそっと微笑んで、「ありがとう。大丈夫よ」と返事をした。

まったく見えないわけではないし、この屋敷の中での移動は感覚的にすっかり覚えている。目をつぶったって歩けるくらいだ。

ここへやって来たのは、ほんの二月《ふたつき》まえのこと。おぼつかない足取りで、長い廊下を少しずつ進んでいったことを思い出す。

この屋敷のどこかに、私を運命の糸で導いた少女がいる。いったいどんな子なのだろうかと、期待と希望に胸がはち切れんばかりになっていた。

はたして、その少女は、まぶしいばかりに光放つ人だった。

いかにも、彼女は三重苦である。けれどその苦悩を苦悩ともせず、まっすぐに伸びていこうとする無限の力を秘めた人だった。

私は、彼女にあらゆる可能性を見た。人間の神秘を見た。うつくしさを、厳かさを見た。

世間には打ち捨てられ、家族に疎まれようとも、それでも生きていく力強さを見た。我が身に起こってしまった不幸に抗《あらが》わず、純然と生き延びるしたたかさを見た。

ああ――れん。

いま、わかった。

あなたは、私。私は、あなた。

私たちは、合わせ鏡のように、互いを映し合う存在だったのだ――。

長い廊下を進む安の足が、ぴたりと止まった。よしの部屋の前だった。そのまま、安はその場に正座をした。

「せ……先生さま。早ぐ行がねど、旦那さまが表玄関で、もうお待ちでごいす」

キクが小声でせかした。支度ができたらすぐに先生を連れてくるように、畏れ多くも旦那さまが表玄関でお見送りのためにもう待っておられるからと、女中頭のしづに言われていたのだ。

「先に行って、すぐに参りますと旦那さまに伝えてください。私は、ここで奥方さまにご挨拶をしていくから」

キクは、へえ、と返事をすると、大急ぎで廊下を走っていった。

安は廊下に両手をついた。そして、いまはもう落ち着いた穏やかな声で、障子の向こうへ語りかけた。

「奥方さま。安でございます。これにて、おいとまいたします。れんさまにおかれましては、お健やかに、ご立派に、ご成長なされますよう」

障子の向こうの人影が、うっすらと動いた。無論、安の目にはよく見えない。人影が、頭を下げる素振りをしたようだ。

「ありがとうございます。……どうか、先生も、お元気で……」

か弱い声がした。よしは、れんを膝に抱いているようだった。娘に聞こえるはずもないのに、何を憚ってか、それ以上何も言わなかった。

——れん。

安は、心の中で呼びかけた。

お別れです。このさき、私とあなたは、もう会うことはないでしょう。

……けれど。

私は、祈っています。あなたが立派に成長して、誰もが驚くような、賢く、うつくしく、気高き女性となることを。

人として生まれた喜びを、自由を、あなたが享受することを。

あたう限りの愛をこめて——祈っています。

「あー。あー」

部屋の中から、れんの声がした。安は、伏せていたまぶたを上げて、ぴっちりと閉まった障子をみつめた。

障子の向こうで、人影がうごめく。あー、あー、れんが声を出し、激しく体を動かす気配がある。

「れん、静かにせへ。な、静かに……まいね、そったらこと……あっ」

安は、はっと息をのんだ。

障子を隔てた向こうに、小さな人影が立った。いつもなら、安の視力では見えないほどのうっすらとした影。けれど、不思議なことに、それがはっきりと見えたのだ。

——れん！

がらっと障子が開いた。目の前に、れんが現れた。

まっすぐな黒髪、赤い木綿の着物を着た姿。まるで見えているかのように、焦点を結ばぬ瞳を安に向けて、静かに立ち尽くしていた。

よしが、れんの背後にあわてて立った。母が後ろから抱き上げようとした、その瞬間。

何かを求めるようにして、れんは、両手を安に向かって突き出した。

安は、息を止めたまま、れんをみつめた。そして、震える両手で、れんの手を取った。小さな手のひらに、ゆっくり、ゆっくり、指で綴った。心に浮かんだ、たった三文字を。

イ・ノ・リ

れんは、じっと安の顔にまなざしを向けたまま、動かない。やがて、突き出していた両手を引っ込めた。

そして、安は、確かに見た。れんの小さなふたつの手が、胸の前で、しっかりとひとつに組み合わさるのを。

ああ——神よ！

安の目に、涙があふれた。もう、誰も彼女を止めることはできなかった。

安は、れんをかき抱いた。強く、強く抱きしめた。流れ落ちる涙は、れんの艶やかな黒髪を伝い、ぽつぽつと廊下に染みを作った。梅雨の走りの雨にも似て。

明治二十年（一八八七）六月　青森県北津軽郡金木村

1

土埃を舞い上げて、二台の馬車が介良貞彦の別邸の門前に停まった。

一台は幌付きの馬車、もう一台は荷馬車だ。荷台には柳行李や木箱がいくつも積まれて、筵がかけられ、縄で括《くく》りつけてある。停車してすぐ、御者の男が縄を解き始めた。

安は、幌付きの馬車に乗っていた。

御者が幌をたたむと、まぶしい西日が差し込んだ。安は空を見上げた。

うっすらと紅が溶けた茜空《あかねぞら》が、どこまでも広がっている。安は、空に向かって大きく息を放った。

「さあ、着いたわよ。ここが、私たちの新しい家。新しい人生を始めるところよ」

独り言のようにつぶやいた。そして、隣の席に向かって言った。

「行きましょう、れん」

安の傍らには、れんが座っていた。

道中では母が布で作った人形を膝に抱き、撫でたり揺さぶったりしていたが、幌がたたまれると、頬に西日が当たるのを感じたのか、安と同時に空を見上げた。くんくんと鼻を動かし、頭を巡らせて、あたりの様子を探っている。安は、その様子に微笑んで、れんに語りかけた。

「どう？　違うでしょ。空気も、匂いも。弘前のお屋敷とは違うのよ。ここは金木というところ。私たちは今朝早くお屋敷を出て、いまはもう夕方よ。あなたはね、れん。旅をしたのよ」

れんは、安のほうに顔を向けると、あー、とひと声、発して、笑顔を見せた。

よかった、と安は胸を撫で下ろした。

れんにとっては生まれて初めてのことである。弘前の屋敷を出て、丸一日馬車に揺られ、旅をしたのは。

ひょっとすると、怖がったり、癇癪を起こしたり、暴れたりするかもしれない。れんの母、よしも、それを心配していた。

いや、そればかりではない。親元を離れて、はたして無事に暮らしていけるのかどうか。いままで北の蔵に閉じこもった生活ではあったが、父と母はすぐ近くにいた。娘が求めるものは、なんであれ、すぐに与えることができた。しかし、離れてしまっては、それもかなわない。

けれど、安はよしに言った。

奥方さまのご心配は、よくわかります。

けれど、昔の人は言ったものです。かわいい子には旅をさせよと。どうか、れんが新しい人生の旅路につくことを、お見守りくださいませ。

「さあ、れん。手を出して」

安は、れんの手首を、とんとん、と指先で二度、つついた。れんは、はっとしたように、右手を差し出した。

その小さな手のひらの上に、安は、指で「ア・ル・ク」と書いた。れんは、不思議そうな顔つきをした。

安は、ふふっと小さく笑った。

「いいのよ。いまはわからなくても。一緒に、歩いていきましょう」

御者がれんを抱き上げようとするのを、安は制した。

「いいんです。この子は、自分で降りますから」

そして、れんの手を取り、その手を座席から車の床、ステップと触らせた。次に、れんの足をとんとん、と二度、軽く叩いて、手のひらにもう一度、指で文字をゆっくりと書いた。

ア・ル・ク

「ああ、あー」

声を出して、れんは、自分の足で床とステップの位置を探り、まったく迷いなく、地面に向かってぴょんと飛び降りた。

「そうよ、れん。できたわ！」

安は、れんを抱き上げて、頬ずりをした。れんは、飛び降りたことが面白かったのか、きゃっきゃっと声を上げて笑った。

自分の足で歩いて、馬車を降りる。ただ、それだけのこと。

それでも、れんと安にとっては、大きな一歩だった。


二月《ふたつき》を過ごした介良貞彦邸から追い出されるようにして、安が帰京の途につこうとしたのは、七日まえのことだった。

迎えの馬車が到着し、介良家当主自らに見送られて、いましも出て行く、そのとき。よしの部屋に立ち寄った安の目の前に、れんが現れた。そして、「祈り」の文字を理解したのである。

イ・ノ・リ、とのつづりに、れんは即座に反応した。両手を胸の前に組み、祈るしぐさをしたのである。

その姿に、安は涙が止まらなかった。

やはり、自分がしてきたことは間違いではなかった。そして、れんには無限の可能性が秘められていると信じてきたことも。

滂沱《ぼうだ》の涙を流す安と、何かを悟ったかのように、静かに安に抱きすくめられるれん。いつしか自分も涙しながら、ふたりの様子をみつめていたよしは、ついに口を開いた。

先生。この子は、ほんとうに、人形でなく、人間になれるでしょうか。

聞こえねども、しゃべれねども、言葉を勉強して、一人前のおなごになれるでしょうか。

安は、泣きはらした目をよしに向けた。そして、力強くうなずいた。

もしも、男爵さまと奥方さまとが、ほんとうにれんをそうさせたいと願われるのであれば——必ず。

よしは、安の瞳をみつめた。深く、まっすぐなまなざしで。彼女の目には、強い決意がみなぎっていた。

つと立ち上がると、よしは、無言で廊下を玄関に向かって早足で歩いていった。ややあって、夫を連れて戻ってきたのだった。

れんを胸にしっかりと抱きしめて、安は、廊下に座したまま、介良貞彦を仰ぎ見た。

紋付袴姿の男爵は、山がそびえるように立っていた。安とれんを見下ろしたまま、怒りからか、驚きからか、なかなか言葉が出ないようだった。

——この子が、言葉を、理解したと……家内が申しました。

ようやく発した声は、しゃがれて震えていた。

まさか……ほんとうではありますまいな?

安は、いいえ、とかぶりを振った。

ほんとうです。あなたさまの娘御は、この世でもっとも大切な言葉をひとつ、理解しました。

それは、祈り——です。

けれど、まだ、たったひと言を理解したに過ぎません。

この世にあふれる言葉、すべてのものが有する名前を覚え、理解する能力が、この子にはある。

私の願いは、その能力を開くこと。ただ、それだけなのです。

それだけを——祈っています。

介良貞彦は、ついに折れた。

娘を安に託し、誰にも邪魔されずに授業に専念できるよう、ふたりで向き合う生活を金木の別邸で送ってもらう。

そのために惜しみない援助をすると、貞彦は安に約束したのだった。

介良家別邸は、弘前の北にある小村、金木の中心部に、圧倒的な存在感を持って建っていた。

周辺には、小さな茅葺《かやぶ》きの家々や、寺院、防風林、そして見渡す限りの田畑があった。風通しのいい風景の中にあって、屋敷をぐるりと囲むレンガ塀や、赤瓦の屋根は、一種異様であった。「一里先からでも介良様のお屋敷が拝める」と、地元で知らぬものはないそうだ。

正面玄関の木戸を開けると、土間の向こうに吹き抜けの天井の広々とした板の間がある。れんの手を引いて到着した安を出迎えたのは、老女中のひさであった。

上がり框にぴたりと両手の指を揃え、深々と白髪頭を下げたまま、ひさは出迎えの挨拶をした。

「ようこそ、お越しくだせえました。今日から、れんさま、先生さまのお世話いだします、ひさでごぜえます」

安のほうも、立ったままていねいに頭を下げると、

「はじめまして、去場安です。今日から、れんと一緒にお世話になります」

ひさは、顔を上げて安を見た。安は微笑みかけたが、ひさはにこりともせず、

「お湯をとったで、おみ足を洗うべや。ちょっくら、しづれいします」

そう言って、湯を張った桶を両手で抱えて、土間へ降りた。そして、安が履いている革靴を見て、ぎょっとした。

「ああ、これね。簡単に脱げないんですよ。せっかくですけど、足を洗っていただこうなんて、思っていませんので……」

言いかけて、安は言葉を止めた。

来客の足を洗うというのは、ひさなりの歓迎の表れであったのだろう。わずか一日の旅であっても、ひさにとっては、弘前の本邸からやってくる大切な客人であり、遠来の旅人なのだ。

金木は何もないところです、と貞彦が言っていた。

年老いた女中がひとりっきりでいるばかりの、あんな何もないところでの暮らしなど……退屈すぎて、あなたのほうが音を上げてしまうかもしれん。

確かに、何もない。なんの楽しみもなく、どんな事件も起こりそうにない、見捨てられたような場所だ。

聞けば、この場所で、この家で、ひさはもう何十年も暮らしているという。貞彦の母に仕え、彼女亡きあとは、いつ来るかもわからない貞彦とその家族を待って、隅々まで怠りなく家中を磨いているという。

そういう人ならば、と安には直感があった。

自分とれんの容易ならざる暮らしを、支えてくれるに違いない。

「すみません。私のほうは、よろしいので……れんの足を洗ってくださいますか」

桶を土間に置いてしゃがみ、ひさは、れんを見た。

絣《かすり》の着物に赤い帯を締め、足袋に赤い鼻緒の草履を履いたれんは、安と手をつないだまま、顔をあちこちに向けている。鼻をひくひくさせ、いったいここがどこなのか、感じとろうとしているようだ。

「お嬢《じょ》さ、お座りくだせえまし。さ、ここへ」

本邸からの連絡で、もちろん、ひさはれんが三重苦であることを承知している。それでも普通に話しかけて、臆することなくれんの手を取った。

れんは、ぴくりと体を震わせたが、おとなしくひさに手を引かれ、上がり框に座った。

ひさが足袋を脱がそうとすると、いやがるように足をばたばたさせた。しかしひさは、素早く足袋を脱がせ、素足を取って、桶の湯に入れた。と、たちまち、れんの表情が緩んだ。

「あら、気持ちがよさそう。れん、よかったわね」

安は、すかさずれんの手を取り、両手で包んでぎゅっと握った。れんの顔に、笑みが浮かんだ。

「ありがとう、ひささん。れんは、湯浴みが大好きなんです。足をお湯に入れてもらって、とても喜んでいるわ」

安が礼を述べると、「何《な》も、何も」と首を横に振った。

「当たりめえのこってす。お礼を言われるようなごどでは、ね」

つっけんどんな態度だったが、少し照れているようでもあった。

「風呂も沸かしてごぜえます。夕餉のまえに、お入りくだせえまし」

「まあ、うれしい。じゃあ、まず、れんに入ってもらいましょう。不慣れなので、ひささん、お手伝いいただけますか」

そんな会話をしていると、足を拭いてもらったれんが、板の間に上がって、突然ばたばたと走り出した。

安もひさも、一瞬のことで、止められなかった。れんは、そのまま、まっすぐ走っていき、正面の壁に思い切りぶつかって、後ろにひっくり返った。

「お嬢さ！」

ひと声叫んで、ひさが大あわてで飛んでいった。うわあああ、と火がついたように、れんは激しく泣き出した。

「あんれ、まあ。おっきなたんこぶ、こさえでがら……だいじょぶ、だいじょぶ、泣かねでくだせえ。さっと、軟膏持ってくるはで……」

ひさは、必死に撫でたりさすったりして、なだめている。安は、上がり框に腰掛けて、革靴の紐を解きながら、「いいんですよ、それで」と言った。

「何が危険で、何が安全か、その子は身をもって知るんです。上がり框から、まっすぐに突進すると、痛い目に遭う。いま、きっとそれを覚えたはずです」

泣き止まないれんのそばへ近寄ると、

「さあ、れん。お風呂をいただきましょう。さすがに私も、今日は疲れたわ。……とはいえ、お風呂上がりに、この子のたんこぶに軟膏をつけていただけますか？　ひささん」

にっこりと言った。ひさは、ぽかんと安を見上げたが、やがて、ふっと笑って、

「へえ。かしこまりました」

土間の奥へと急いで行った。


こうして、安とれんのふたりで向き合う生活が始まった。

安は、毎日の暮らしのすべてが授業であると考えていた。

弘前の屋敷では、よくも悪くも、蔵の中がれんの世界のすべてであった。れんはまさしく「かごの鳥」であった。しかし、ついにかごの戸を開け、広い世界へと鳥を羽ばたかせることができたのだ。

もちろん、これは始まりにすぎない。乗り越えなければならない山が数え切れぬほど自分たちの行く手に待ち受けている。

もはや帰る道はない。——進むほかはないのだ。

しかし安は、いままでにないほど明るく、晴れやかな気持ちでいた。

どんな苦労があろうとも、いかに険しい山であろうとも、登ってみせる。れんとともに。

山の頂で、この広い世界を、れんとともに眺め渡す日まで、決して歩みを止めまい。

安の思いを知らぬれんは、最初の数日間は、ひどくぐずって、激しく暴れ、手がつけられないほどだった。

弘前の屋敷を出るときには、やってきた馬車の馬の鼻に触らせてもらって、驚いたりはしゃいだりしていた。移動中も、さして暴れることもなく、おもしろそうに馬車に揺られていた。いままでに体験したことのない「旅」というものを、好奇心をもって楽しんでいるようだった。

母のよしは、娘が目の届かないところへ行ってしまうことを、一度は認めたものの、やはり不安を覚えているようだった。いざ出立のときには、涙ぐみながら、ただ一度だけれんを力いっぱい抱きしめた。そのあとは、れんをよろしくお願いいたしますと、安に向かって深々と頭を下げた。泣いたり取り乱したりせずに、もはや娘の命運は安に預けたとばかりに、静かに見送ってくれた。

れんのほうは、母とのしばらくの別れを知るはずもなく、離れるのをいやがる様子もなくて、あっさりしたものだった。

しかし、金木へやってきてから、あきらかに弘前の屋敷とは様子が違うことに不安を抱いたようだった。

安は、自分とれんとの部屋を、一階の日当たりのいい客間に定めた。そして、ひさに言って、床の間に掛けてあった軸や花瓶をどけてもらい、部屋の中をからっぽにした。他の部屋に飾ってある書画骨董《こっとう》のたぐいもすべて撤去してもらい、れんがどこへ行っても何も壊すことのないようにした。卓や火鉢なども、れんがつまずいたりぶつかったりしないように、蔵に入れておくように指示した。


金木に到着した日は、疲れもあってのことだろう、風呂から上がって食事をすませると、れんはすぐに眠ってしまった。安は、さっそく弘前の介良夫妻に、無事金木に到着したこと、れんが道中終始落ち着いていたことなどを書き綴った。

それから、さすがに自分も疲れ果て、すぐに深い眠りに落ちたが、明け方、日が昇るまえにふと目が覚めた。すべてにもやがかかって薄暗い視界の中で、安は目を見開き、これから始まるれんとの日々、授業について思いを巡らせた。

自分は日本人女性の身の上ながら、アメリカで最高の教育を受けた。

しかしながら、特に女児教育を学んだわけではない。これから自分がしようとしていることは、いってみれば、すべてが手探りである。

こうすべきだ、という自分の勘にたよりながら、あとはれんがもつ可能性、才能に賭ける。それは、彼女自身をひとすじに信じる、ということにほかならない。

信じて、始めよう。やっていこう——。

六時。「れん。朝よ、起きなさい」と語りかけながら、安はれんの肩をぽんぽん、ぽんぽん、と四回叩いて、目覚めさせた。

いつもは、体内時計があるかのように、六時ぴったりに目覚めるれんであったが、その日はなかなか起きようとしない。が、台所から味噌汁の匂いが漂ってくると、ようやく起きて、ふとんからすっくと立ち上がると、匂いのするほうに向かって、走り出した。すぐに襖に突き当たってぶつかり、開けて出ていこうとしたので、安が後ろから抱きすくめ、手を取って、自分の頬に当て、いやいや、いやいやと繰り返した。

れんは、安に取られていた手を無理矢理振り切ると、乱暴に襖を開け、廊下を走っていってしまった。そしてまた、廊下の突き当たりで壁にぶつかり、後ろにひっくり返って、わあぁ、と泣き声を放った。

「お嬢さ！　どうしただか!?」

たすきがけのひさが走ってきて、すぐにれんを抱き上げようとした。

「助けないで！」れんを追ってきた安が、鋭く制止した。

「ほうっておいてください。自分でぶつかったのだから、痛い目に遭って当然なのです。昨日、そう言ったでしょう？」

「だども……」

足をばたつかせて大泣きするれんを足元に見ながら、ひさは戸惑いを隠せない様子だ。

「大丈夫。そのうち、覚えますから」

安は、泣きじゃくるれんの手を取って、自分の頬に当て、何度も、いやいや、いやいやを繰り返した。が、れんは一向に泣き止まず、安の手を振り払って、だだっ子そのままに、両手両足で廊下を激しく叩き、顔を真っ赤にして、怒りをあらわにするのだった。

泣きなさい。怒りなさい。もっと。

泣いても怒っても、いいことは何ひとつないと、まずは体で覚えるのよ。

安とれんの金木での壮絶な日々が、こうして始まった。

2

金木にある介良家別邸に移り住んでしばらくのあいだ、安もれんも生傷が絶えなかった。

というのも、弘前の本邸ではすっかりおとなしくなり、めったなことでは乱暴な振舞いをしなくなっていたれんが、金木にやってきてからというもの、まったく元どおりの野生児に戻ってしまったからである。

著しい環境の変化に、いままで積み上げてきたものが退化してしまったのだろう、と安は考えた。もちろん、それであきらめる気など毛頭ない。もともと予想していた事態だった。

振り子のように、退化の幅が大きければ大きいほど、きっと一気に進化する。むしろいい徴候だわ、と安はいっそう奮起した。

朝起きてから眠るまで、一日じゅう、れんは不機嫌だった。英語でいうところのホームシックにかかっているのだと安は理解した。だからといって、授業を怠るわけにはいかない。

もう一度、基礎からのやり直しである。何かを教えるには、れんの好物を使って、根気よく繰り返すのがいちばんいい。

そんなわけで、安は、朝食の時間をまずは一時間目の授業と定めた。

弘前の北の蔵で体得したことをすっかり忘れてしまったかのように、れんは、女中のひさが用意してくれた食事を手づかみで食べようとする。その都度、安はれんの手を素早くつかみ、軽くぴしゃりと叩いてから、自分の頬にその手を押し当てて首を振り、「いいえ」と伝える。れんは、安の手を振り払って、またご飯をわしづかみにしようとする。安がその手を取る。ぴしゃりと叩いて「いいえ」をする。そんなことを何度も繰り返すうちに、しまいにはれんが膳をひっくり返す。畳にこぼれたご飯をつかもうとする手を、安が押さえる。れんが激しく抵抗し、いつのまにか取っ組み合いになる。

ひさは、最初こそ、あいだに割って入ろうとしたが、「放っておいてください!」と厳しく安に制されてからは、部屋の外、廊下に座して、ただ成り行きを見守っていた。よほどひどいことにならない限りは静観すべきである、と悟ったようだ。安は、この老女中に多くを頼むことはなかった。ひさは勘がよく、あれこれ言わずとも状況を察して、適切な手を打ってくれるのだった。

一度、安が制するのが間に合わず、れんが熱い味噌汁の中に手を突っ込んでしまったことがあった。ひさは、ものも言わずにさっと立ち上がり、水の入った桶を持ってきて、暴れるれんの手を力ずくで取り、無理矢理桶の中に入れた。泣きわめくれんの体を押さえつけ、腹を蹴られようと噛みつかれようと、声ひとつ上げずに、れんの手を水に浸し続けた。なんという肝の据わった頼もしい人なのだろうかと、これには、さすがに安も感嘆させられた。

なんといっても食事を巡る闘いが、一日のうちでもっとも安を消耗させた。れんもそのたびにぐったりしている。しかし見方を変えれば、食事の時間こそもっとも効果的に教えることが、そして学ぶことができるのだ。疲れた、もうやめたなどと言うことは、双方ともに許されない。

箸を持たせるまでに半時がかかることもままあった。箸をいつまでも持たずに暴れ続けていれば、安はひさに食事を引き上げさせてしまう。そうなると、れんは烈火のごとく怒り、顔を真っ赤にして、わあわあ叫び声を上げ、憎しみを安にぶつけてくる。安は逃げることなくそれを受け止め、爪で顔をひっかかれようと、肩や腕に噛みつかれようと、ひたすら彼女の手を取り、自分の頬に当てて「いいえ」を繰り返す。ようやくれんが箸を取ると、ひさに食事を持ってこさせる。れんはまたもや箸を放り出して手を出そうとする。その手を叩いて「いいえ」。また怒り出す。何十回となく、これを繰り返す。

さすがに根負けして、れんが箸を握り、手放さなくなると、すっかり冷えてしまった食事が出てくる。どうにか箸でご飯を口に運んだところで、闘いが終わる。あとは思い切りほめて、食事が済んだら「はい」の行為——手を取って頬に当て、うなずく——を、一度だけ、愛情を込めてする。

食事の取っ組み合いで疲れ果てたれんは、しばらく暴れるのを止めるが、やがてまた、勝手に走り回っては壁や柱にぶつかり、ひっくり返り、大泣きをし、「いいえ」をしにきた安を叩いたり大声を出したりして、当たり散らすのだった。

一日を終えると、れんは、あきらかに何かを習得している様子だった。つまり、食事は箸を使ってしなければなかなか食べることができない、ということや、部屋からまっすぐ走り出ると壁にぶつかり、痛い目にあうのだ、ということなど。朝と夕方では、彼女の行動には変化が見られた。朝食のときには箸を放り出しても、夕食のときには自分から箸を持って食べる。突然部屋から走り出たりしない。きちんと学習しているのだ、と安はその都度確認をした。

けれど、一夜眠って朝になると、すべてを忘れたように、またもや不機嫌な少女に逆戻りしてしまう。いつ終わるともわからぬ闘いが、こうして毎日繰り返された。しかし、安は決して弱音を吐かなかった。

——すべては始まったばかりよ。ここで負けてしまったら、この子の一生はどうなるの。

信じているわ、れん。あなたがもう間もなく、心を開いてくれることを――。

そんな状態が一週間ほども続いただろうか。

ある昼下がり、昼食をどうにか済ませたあと、安が厠から戻ってくると、れんの姿がない。また部屋を駆け回っているのかと思ったが、騒々しい足音がしない。邸の中はしんと静まり返っている。

「ひささん……ひささん」

安は、大声でひさを呼んだ。へえ、と返事があって、前掛けで手を拭きながらひさがやってきた。

「れんがいないんです。どこへ行ってしまったのかしら。玄関の戸は鍵をかけていますか?」

「へえ、かけどります。だども、ちょっくら見てきます」

ややあって、玄関のほうから、先生さま、とひさの声が響いた。

どきりと胸が鳴った。まさか、鍵を開けて出ていってしまったのだろうか。大急ぎで、安は玄関へと移動した。

玄関の戸は、ぴっちりと閉まったままだった。その戸にすがるようにして、れんが土間に佇んでいた。

かたかた、かたかたと木戸を揺らして、ときおり片手で頬をさすっている。さびしげな表情が白い顔に浮かんでいる。ああ、と安は、すぐに理解した。

れんは、母が恋しいのだ。

戸口に立っているのは、母がやってくるかもしれないという期待の表れ。頰をさすっているのは、母がれんにしてやっていたしぐさだ。

たちまち、悔恨の思いが安の胸を突いた。

れんは、ほんの七つなのだ。母が恋しくて当然だろう。

その気持ちに気づいてやれなかったなんて……。

安は、れんの背後に近づいて、肩にそっと手を置いた。小さな肩が、ぴくりと動く。

れんの体の向きを変えて、安は、頰をやさしく撫でた。

れんの目が、安を見ている。見えてはいないとわかっていても、その目は、安の心の奥底まで見透かしているように感じられた。

安は、れんの手を取って、手のひらに文字を綴った。

ハ・ハ
それから、もう一度、れんのやわらかな頰を撫でた。そして、また手を取って綴った。

ハ・ハ
れんは、ぴたりと動きを止めたままで、手に綴られたのがいったいなんなのかを、全身で考えているようだった。やがて、安に向かって手を突き出した。安はそれが「手を出して」という意味なのだと気づいた。

安の手のひらを、れんの細い指先がなぞる。安は、目を凝らして、その様子をみつめた。

ハ・ハ
正確に、二文字、綴った。安は、頬が熱くなってくるのを感じた。れんの手を取ると、頬に当て、こくりと一度だけ、大きくうなずいた。

れんの表情が、ふわりと緩んだ。ひさしぶりに見る笑顔だった。


れんは、次第に「単語」を覚え始めた。

言葉の意味を理解しているわけではない。ものに「名前」があると知ったわけでもない。ただ、遊びのように、ある「もの」を示す「単語」が存在していることを、れんは、ふいに習得したようだった。

れんにとって「母」を示す仕草は、頬を撫でること。それは、母がいつもしてくれていたことで、れんはそれをよく覚えていた。

れんにとっての「母」の印象と、体で覚えた感覚と、文字の「ハハ」。この三つが同じものであるということに、れんは気がついたのだ。

同じ方法で、安は、れんに身近な単語を教えていった。

たとえば、人形。人形を触らせ、その形を確認させた上で、手のひらに「ニンギョウ」と綴る。それを何度も繰り返す。れんは、自分も綴ってみたくなり、安の手のひらに「ニンキヨ」「ニンコワ」などと綴る。何度か繰り返した上で、正確に「ニンギョウ」と綴れると、安はれんの手を取って、頬に当て、大きくうなずく。たちまち、ぱっと花が開いたような笑顔になる。

この「遊び」に、れんは夢中になった。時間を忘れて、安とれんは文字綴りに没頭した。

金木の邸に引っ越してきて三週間、れんはすでに十一の単語を習得し、綴れるようになっていた。母、人形、ご飯、箸、菓子、目、鼻、口、耳、手、足。以前覚えた「祈り」と「歩く」も思い出した。綴りが成功すると、安の顔を触って、笑っているかどうか確かめるようにもなった。この遊びを心底楽しんでいるのだと知って、安はうれしかった。

綴りばかりではなく、「もの」を探す遊びも安は考え出した。

まず、れんの手のひらに「ニンギヨウ」と綴ってから、人形を部屋のどこかに置く。れんは、畳にはいつくばり、手探りでどこかに人形がないか、一生懸命に探す。ようやく探し当てると、うれしそうにぎゅっと抱きしめ、安のところへ持ってくる。自分から手を差し出して安の頬に触り、「はい」とうなずくのを確認すると、大喜びして飛び跳ねるのだった。

もう少しだ。

安は、根気よく「綴り遊び」「探しもの遊び」を繰り返しながら、れんが「すべてのものには、ひとつひとつ名前がある」ことを理解する機会を待った。

この世界のすべてのものには名前があり、意味がある。いままで言葉を教えられることもなく、言語を操ることもなかったれんには、そもそも「名前」や「意味」という概念が育っていない。

さらには、「食べる」「笑う」「眠る」といった行為を示す言葉や、「うつくしい」「痛い」「あたたかい」など、ものの様子や感覚を表す言葉などを、いかにして習得させるか。難しい課題だった。

越えなければならない山は、まだまだ次々にある。

朝、窓の外でさかんにさえずるほととぎすの鳴き声で目が覚める。闇が次第に青く明るくなっていき、やがて朝日が差し込んでくる。さわやかな一日の始まり。

ああ、この世界のすばらしさを——どうやってれんに伝えたらいいのだろうか。

気がつけば、夏が、もうすぐそこに迫っていた。

七月に入り、梅雨の晴れ間の青空が清々しいある日のこと。

いつものように、安とれんは探しもの遊びに熱中していた。

その頃、れんはさらに新しい単語を覚えた。顔、首、髪、筆、お椀、走る、食べる。一ヶ月間で十八の単語を習得したことになる。ただし、やはり「名前」「意味」という概念が、彼女の中に芽生えた様子はなかった。

安は、なかなか次の段階に移れないことに焦りを感じ始めていた。

介良男爵夫妻には、相当な無理を言って、れんとふたりきりで向き合える環境に移り住ませてもらった。

老女中のひさは実に気が利いて、出しゃばらず、かといって無視するわけでもなく、安とれんが過ごしやすいように、常に先回りして日常のさまざまなことを準備してくれている。

自然豊かな村の様子も気に入ったし、村民と接触するわけでもないので、周囲の目を気にせずに授業に集中できる。何より、いつぞやの「毒入り飯」のような恐ろしい企てにおびえずにすむ。

教育するための、れんにとっては学習するためのすべてが整っている。にもかかわらず、れんはなかなか「言葉」を習得してくれない。

いまは新しい環境にも慣れたようだし、機嫌よく遊びもする。少ないとはいえ、単語を覚えたというのも、弘前での状況から比べると格段の進歩だ。

介良夫妻がこのことを知ったら、きっと涙を流して喜ぶことだろう。

しかし安は、介良夫妻には、無事に金木に到着したという手紙を送ったきり、あえて連絡を絶っていた。

れんの能力はまだまだこんなものではない。もっと開花してから、介良夫妻には知らせたほうがよい。

れんの両親、特に母のよしは、さぞや心配していることだろう。夜も眠れぬほどかもしれない。

そう思えば、早く知らせてやるべきなのでは、という気もする。

いや、いまはまだ早い。もっともっと、大きな変化が表れてから……。

けれど、それは、いったいいつのことだろう?

明日にでも、いや、今日にでも、その瞬間が訪れればいいのに……。

じりじりとした気持ちを胸に、安はれんと探しもの遊びを続けていた。その日は帯を隠して、「オビ」とれんの手に綴った。れんは、じぶんの腰周りに手をやって、ぽんぽん、と叩いている。それから、自分の手を安に向かって突き出す。その手を取って、頬に当て、こくりとうなずく。れんは、たちまち部屋のあちこちを移動して、帯を探し始めた。

帯は腰に巻くもの、ということを、れんはすでに理解している。箸はご飯を口に運ぶもの、人形は抱いてかわいがるもの。「ハシ」と綴れば口に指を入れる。「ニンギョウ」と綴れば抱っこの素振りをする。綴りと自分の知っているものが、れんの中で明らかに結びついている。

しかし、やはり安には確証が持てなかった。それぞれの「名前」と「意味」が、きちんと結びついているのかどうか——。

畳にはいつくばって帯を探すれんを、少し離れたところで見守っていると、ふと、裏庭のほうから冴え渡る音が響いてきた。

デン。デンデンデン、デデンデンデン。デデン。

三味線をかきならす音だ。安は、音の聞こえてくるほうへ顔を向けた。

三味線は、ただかき鳴らすばかりの音で、旋律にはなっていないようだった。が、ほとばしるような力強さだった。続いて、よく通る澄み渡った唄声が聞こえてきた。安は、はっとして、思わず立ち上がった。

——これは、子供の声ではないか。

愛宕《あたご》山　ホーハイ　ホーハイ　ホーハイ

高けりゃナーエ　雲に橋かけて
稲の花　ホーハイ　ホーハイ　ホーハイ
白けりゃナーエ　白い花実る
リンゴの花　ホーハイ　ホーハイ　ホーハイ
赤けりゃナーエ　赤い花みごと
婆《ばば》の腰ァ　ホーハイ　ホーハイ　ホーハイ
曲がたナーエ　稲の花実る

なんという声。

青空に高く舞い上がりながらさえずるひばりの声にも似て、その声は、突き抜けるように響き渡った。

「あー。あー」

れんが帯を探し当て、それを持って両手を振っている。安は、すばやくれんのそばへ行くと、その手を取って頬に当て、ひとつうなずいた。たちまち、れんはうれしそうな顔を見せる。

「れん、ちょっと行ってみましょう。唄い手はまだ子供みたいよ」

安はそう語りかけて、れんの足をぽんぽんと叩き、手のひらに「アルクーイク」と、ふたつの言葉を続けて綴った。れんは、不思議そうに首を傾げていたが、安がもう一度足を叩いて、手をつなぐと、一緒に歩き出した。

唄声は勝手口のほうから聞こえてくる。厨へ行くと、ひさが、小さな布袋に枡ですくった米をつめているところだった。

安とれんがふたりして厨に現れたのを見て、ひさは手を止めて布袋を丸めた。頭を下げると、「なんぞ、ご用事でごぜえますか」と訊いた。安は、勝手口のほうに視線を投げながら言った。

「この唄声……三味線の音もしていますね。子供が交じっているのですか？　いま、お邸の裏に来ているのかしら？」

唄声がぴたりと止んだ。ひさは、へえ、とうなずいて、

「ここいらにときどき門付《かどづけ》にくる、ボサマんどでごぜえます」

「ボサマ……？」

ひさによると、ボサマとは、津軽地方の旅芸人のことをいう。その多くは盲人の男性で、ときに女性や子供も一行に加わり「門付」をする。三味線を弾きながら、各戸の勝

手口や門前で民謡などを唄い、米や小銭を恵んでもらうのだそうだ。

「お許しくだせえませ。大旦那さまに頂戴しだ大事な米コだども……これは、私《わ》の食べるぶんでごぜえますで、どうか、ボサマの子にやらせでくだせえ」

ひさは、布袋をぎゅっと握りしめて、もう一度頭を下げた。安は、にっこりと笑って、

「いいえ、いけません」と返した。

「ひささんのお米は、ちゃんとひささんが食べてください。その代わり、私の分をボサマにあげましょう」

「そんな……いげねす、そったらごど」ひさがあわてて言うと、

「いいのよ、私は。だって、きのうも今日も、ひささん、お団子を作ってくれたでしょう？ いつもお腹がいっぱいだと、授業中に眠くなってしまうわ。今夜はご飯抜きでも構いません。さあ、そのお米、私からボサマに手渡させてちょうだい」

安は布袋をひさから受け取って、れんの手を引き、勝手口から外へ出た。

邸の裏手の小門の前に、大人の男女と小さな女の子がひとり、立っていた。

もつれた髪、土埃で黒ずんだ顔。三人とも、汚れたぼろを身にまとい、裸足に粗末なわらじを履き、三味線を提げている。そして、三人ともまぶたを閉じたままだった。

安とれんが出ていくと、気配を感じたらしい三人は、小さくなって辞儀をした。安は真っ先に少女をみつめた。

年の頃は七、八歳そこそこだろうか、背は小さく、手足は骨と皮ばかりで、痩せこけている。不安を浮かべた顔には幼さがにじみ出ている。安は、れんの手を引いて少女の前に立った。

「さっき、唄っていたのは、あなたですか」

少女はぴくりと肩を震わせた。恐れをなしたように、少女は身を縮めた。少女の両親だろうか、彼女の背後に立つ男女も、身をすくめている。

「ここに、あなたと同じような年頃の女の子がいます。……この子は、目が見えません。音を聴くこともできません。もしよかったら、三味線を触らせてあげてくれませんか?」

少女は驚いたように顔を上げた。「いいですか?」と、もう一度問われて、少女はこくんとうなずいた。

安は、つないでいたれんの手を放して、その手のひらに「シヤミセン」と綴った。初めての綴りに、れんは首を傾げている。もう一度綴ってから、安は、れんの手をそっと三味線に触らせた。

指先が、弦に触れた。ビーン、と低い音が響く。びくっとして、れんは手を引っ込めたが、再び指を伸ばすと、ブーン、ビーンと弦を弾いた。

それまでじっとしていた少女が、右手に持ったばちで、弦をぽつん、ぽつんと爪弾いた。れんの手が、ばちに触る。少女の手に触れる。少女は、れんに手の甲を触られたまま、ぽつん、ぽつんと旋律を奏でてみせた。ぽかんとしていたれんの顔に、雲間から光が差すように微笑みが広がった。

介良れん、このとき七歳。「女ボサマ」狼野キワ、このとき十歳。

運命的な出会いの瞬間は、こうして訪れたのだった。

3

清々しく晴れ渡った夏の空が、青ひと色をたたえて広がっている。

日が高く昇るにつれ、セミの声が響き始める。最初はしみじみとした音色で、やがて大音量となって、屋敷の中をも満たす勢いだ。

梅雨が明けてからは、鳥の声ではなく、セミの声で目覚めるようになった安は、布団から抜け出すと、手早く身支度をする。れんはまだ眠っているが、まもなく起きることだろう。そうしたら、すぐに朝いちばんの授業、つまり食事の時間になる。

セミの大音量も、強さを増した夏の太陽の光も、れんを眠りから呼び覚ます効果はない。けれど、体内に時計を持っているように、ちょうど安が身支度を済ませた頃に、れんはぴたりと目覚める。六時に起きて、八時に寝る。七時、十二時、六時に食事。そのあいだに遊び——つまり授業——昼寝、風呂。毎日の規則正しい生活が、彼女に健康と気力をもたらしているのは間違いない。

金木に越してきてからしばらく続いたれんの「ホームシック」は、次第に影を潜め、野生児のような乱暴なそぶりもいまではすっかりなくなった。「綴り遊び」や「探しもの遊び」も定着し、言葉も三十以上覚えた。確実に、れんは学習し、めざましく成長しつつあった。

けれど——。

すべての事物には呼称があり、意味がある。それを、れんがわかっているかどうか——。

やはりまだ、安には確信がなかった。

たとえば、人形と、指文字の「ニンギョウ」が、れんの中で一致しているのは間違いない。しかし、それが固有の意味を持つ「名詞」であることを、れんが理解しているかどうか。

ありとあらゆるものには名前があり、名前があるすべてのものには機能がある。それらは繋がり合い、連鎖連動して、この世界を作っている。

深遠なこの世界の仕組みを、それにつながる「言葉の意味」を、どの段階で、どんなふうに習得させればいいのか。

安は、胸の中に立ち込める一抹の不安をかき消せずにいた。

ふと、自分はたとえようもなく大それた試みをしているのではないか、と思うことがあった。

アメリカで最新の心理学の勉強はしたものの、女児教育を学んだわけではない自分が、ひとりの少女――ひとりの人間に「言葉」を習得させようとしている。

しかも、その少女は、見えず、聞こえず、話せない。まっさらな、生まれたての感性を維持して成長した少女。無邪気で無防備な、素のままの人間。どんな色にも染まるし、どんな形にも変化する、可能性の器なのだ。

少しでも自分の指導が間違えば、とんでもなく暗い色のいびつなかたちの器になることだろう。それだけに責任は重大だ。

思う存分授業をできる環境になり、ある程度れんに進化が見られた頃になって、安は、れんではなく自分自身が見えない壁に突き当たったのを感じていた。

ほんとうに、この子はこのままでいいのか。

ほんとうに、私たちは、このまま果てしない道を手探りで歩んでいくだけでいいのだろうか。

たとえ道が険しかろうと、どんなにぬかるんでいようと、構わない。

こわいのは、その道が正しい方向を向いているか、ということ――。

れんが目を覚まして、自分で寝間着を脱ぎ始めた。安はその様子を注意深く見守った。

この子はもうすでにわかっている。長い眠りから覚めたあとは、まず、いま着ているものを脱ぎ、別のものに着替えるのだ、ということを。

「れん。それはね、朝がきた、ということなのよ」

安は、そう語りかけて、れんのそばへ着替えを持っていった。ひざまずいて肩に着せかけてやってから、手を取って、「オビ」と指文字を書いた。れんはすぐにしゃがんで、いつも足下に準備されている帯を手探りして摑んだ。安はそれを受け取って、れんの腰に巻き、れんの手をもう一度取り、「アリガトウ」と綴った。

れんは、不思議そうに首をかしげて、ぽかんと口を開けている。安は、「アリガトウ」と小さな手のひらに再び綴って、頭を深く下げた。

れんは、両手を伸ばして、安の様子を探ろうとしている。顔があるべきところで、宙をつかんだ。両手を下げていって、安の髪に触れると、また不思議そうな顔をした。

安は、「アリガトウ」とまた綴って、頭を下げた。れんは、ひょこんと下がった安の頭を確認すると、自分も真似をして、ひょこんと頭を下げた。

「そう。それでいいのよ。ありがとう、れん」

安はつぶやいて、れんをぎゅっと抱きしめた。れんは、おもしろそうに、きゃっきゃっと声を上げて笑った。

——ありがとう。

この言葉の意味を、近い将来、理解する日が必ずくる。

いまは、ただ信じよう。信じて待とう。その日がくるのを。

夏が到来してから、安とれんには毎日楽しみにしていることがあった。昼食を終えてしばらくすると、屋敷の裏あたりから、三味線の音色が聞こえてくるのである。

デン。デンデンデン、デデンデンデンデン。デデン。

「あ。来たわ」

その音が始まると、何をしていても、安は途中でやめて、れんに教えることにしている。れんの手を取って、「シヤミセン」と綴るのだ。

たちまち、れんはうれしそうな顔になって、勝手口に向かって駆けていく。途中、何度かぶつかったり転んだりするものの、れんは、食材や水の匂いのするほうへ向かっていけば、そこに勝手口があることをすでに習得していた。

十三《とさ》の砂山ナーヤーエ　米ならよかろナ
西の弁財衆にゃーエ　ただ積ましょ　ただ積ましょ
弁財衆にゃナーヤーエ　弁財衆にゃ西のナ
西の弁財衆にゃーエ　ただ積ましょ　ただ積ましょ

「あんれ、まあ、お嬢《じょ》さ。よぐ、わがりなさるなあ。ボサマが来ちゃあごと」

厨で布袋に米を入れているひさが、顔を上げて言った。れんの後を追いかけて、安も厨に入りながら、

「だって、三味線の音も、キワの声も、空気を震わせるみたいでしょ。きっと、れんにはそれがわかるんだわ」

そう言うと「へえ、そったらごど、わがるんだが?」と、ひさは驚いている。安はくすくす笑った。

三味線の音や唄声が空気を震わせているのが、れんには感じられるのではないか。安にはそんな気がしてならなかった。

ここのところ、ほぼ毎日、屋敷の裏にやってくる盲目の芸人の家族。いや、正確には家族のかたちを借りた、赤の他人同士の大人の男女と少女がひとり。家族に見られるほうが米や銭を恵んでもらいやすいので、大人の男女と子供という構成で各戸を回っているのだ――とは、「ボサマ」と呼ばれる旅芸人の男、彦六《ひころく》が、正直に教えてくれたことであった。

彦六、スエ、キワの三人は、五所川原を中心に、夏から秋にかけて「門付」をしながら旅をしているということだった。三人とも、幼い頃に五所川原にある「親方」の家に

預けられ、そこを拠点に旅して回っている。冬になったら親方の家へ戻り、「上がり」を納めて、春先にはまた門付の旅に出る――その繰り返しだった。

梅雨の頃に一度、介良家別邸にやってきた彼らと遭遇してから、安は、ボサマの三味線と唄に興味を抱いた。ひさによれば、いつも彼らは梅雨の頃から初秋にかけての一時期、金木周辺へやってきて、この屋敷にも毎年門付に来るということだった。

ボサマは乞食《ほいと》同然であると、蔑まれる存在であった。家によっては追い返されることもままあった。しかし、介良貞彦の母が存命だった頃には、この屋敷では、ボサマ一行に米や野菜をいつも施していたと、ひさが言った。それどころか、雨の日には一行に屋敷の敷居をまたがせ、土間に立ってひとしきり三味線と唄を披露してもらって、いつも以上に食料を渡したということだった。

貧しい家庭では、目の見えない子供が生まれると、小さいうちにボサマの親方に預け、それっきり引き取らないというようなことがあった。その身の上を理解していた貞彦の母は、特に子供には優しく、あんころもちまで分け与えてやったこともあったそうだ。

安は、ボサマたちの身の上を不憫に思うと同時に、この地においては、それでも盲人に一芸があることは幸運だとも考えた。そしてそれを人々が受け入れる文化がある。東京などの都会では、まず成立しない。裏木戸に三味線と唄を披露する盲《めしい》の家族が現れたところで、拒絶されるだけだ。都会人はとかく聞く耳を持たないのだから。

安とれんが揃って裏木戸に現れると、その気配を感じた彦六が、三味線をかき鳴らすのを止めて、スエとともに頭を下げた。キワも唄うのを止めて、少し遅れて頭を下げた。安は、ボサマがやって来たときにはいつもそうしているように、れんの背中に、「キ・ワ」と指で綴った。「ワ」の字が終わらないうちに、あー、とひと声上げて、れんは人の気配があるほうへ向かって駆け寄るのだった。

「れんさ、ほれ、三味線コだ、しゃ、み、せん」

キワは、れんが近くにくると、うれしそうに言って、その手を取って自分の三味線に触らせた。

「これ、キワ。『お嬢さ』だべ、お名で呼ぶでね、なんぼ、つかしい《馴れ馴れしい》べ」

すぐに彦六がとがめて、「申し訳ごぜえません」と頭を下げる。自分たちのような者が、介良家の令嬢にまみえるだけでももったいないことなのに、親しげに名前を呼ぶなどもってのほかだと、彦六は厳しくキワに言うのだが、キワは、いつもれんに呼びかけてしまうのだった。——聞こえないとわかっていても。

「いいのよ、彦六さん。あなたにも、私にも、誰にも名前があるのだから、呼びかけるのは当たり前よ」

安はにこやかに言った。へえ、と彦六は、なおも申し訳なさそうに体を縮ませた。それぞれんの中では、キワと三味線と指文字の「キワ」が確実に結びついている。

の「名前」という概念がうっすらと芽生え始めているような気配があった。

十歳のキワは、れんにとって、生まれて初めて接する近い年頃の少女だった。三味線の音や唄声が聞こえなくても、不思議なかたちの何かを持ってこの屋敷を訪れる少女であるということを、れんははっきり意識しているようだった。

れんは、キワの三味線ばかりでなく、キワ自身にも手を伸ばしてあちこち触った。身につけたぼろを引っ張ったり、汗と埃で汚れた頬を撫でたり、ごわごわの髪の毛に触ったりして、彼女が自分と同じような背格好であることを認識し、自分に近いものを感じているようだった。

キワは、いつもおとなしく、されるがままになっていた。最初のうちこそ、緊張して体を強ばらせていたが、次第に慣れて、あちこちを触られるとくすぐったがって笑い、体をねじってれんの手から逃れようとした。その都度、れんは、おもしろそうに声を上げて笑い、余計に触ろうとする。次第に興奮してきて、抱きついたりもした。そうすると、「れんさ、れんさ、やんだ、やめてけろ」と、キワは声を上げて、一緒になって笑い出すのだった。

彦六とスエは、当初、困惑した様子だった。どこの家に行っても、子供はボサマに近寄るなと言われるので、出てくるのは大人だけだったし、こんなに近くに接してくれる者など、まずいなかった。ところが、介良家の令嬢は、大喜びでやってきて、キワに親しく接し、ともに遊びさえする。後見役の女教師も、それをちっともいやがらず、それどころか、むしろ積極的に触れ合わせようとする。ボサマとして長いこと虐げられてきた彦六たちには、生まれて初めての体験だった。

安は、れんが近い年頃の少女と初めて触れ合うことで、彼女の内面が次第に開いていくのに気づいていた。

「キワ」「シャミセン」は、れんにとって、とても楽しいもの、好きなものなのである。キワが帰ったあとは、さびしそうにして、三味線を抱えてつまびくふりをする。安の手を取って、手のひらに「キワ」と何度も綴る。安は驚きを隠せなかった。

ああ——そうだ。

キワは、れんにとって、生まれて初めての「友だち」。

見えなくても、聞こえなくても、しゃべれなくても——心を通わせることのできる初めての友だち——なのだ。

安は、れんが「キワ」と綴ると、その手を開かせて、「トモダチ」と綴り返した。そして、「スキ」と。

キワ。トモダチ。キワ。スキ。

トモダチ。スキ。

何度も何度も、その三つの言葉を綴って、れんは、うれしそうに笑うのだった。

ある昼下がりのこと、いつものようにボサマたちがやって来た。一曲披露したあと、彦六がかしこまって言った。

「お嬢さと、先生さには、たいしたお世話さなりまして、ありがどうごぜえます。わんどは、今日から、弘前のほうさ渡っていぐです。金木には、しばらぐ来ねです。まんず、お名残惜しいごどでごぜえます」

えっ、と安は、思わず驚きの声を出した。

「弘前へ？　どうしても行かなければならないのですか？」

彦六は、申し訳なさそうに答えた。

「へえ。おっき《大きな》夏祭りで『唄会』があるだはんで、行かねばまいねのす」

ボサマにとっては、夏祭りがある時期はもっとも稼ぎ時なのだ。各地へ渡っていき、できる限り多くの門付をしなければならない。祭りでは、「唄会」といって、ボサマたちが演奏や唄を披露する機会が設けられる。

やがて来る冬には、ほとんど活動できなくなる。いまのうちに冬の分まで稼いでおかなければならなかった。

「もう少し……あと何日かだけでも、この村の周辺にいてもらうことはできないかしら。

このあたりでも、まもなく大きなお祭りがあるということだし」

川倉地蔵尊という寺でもうすぐ夏祭りがあると、ひさに聞いていた。夏祭りのときには着せてやってほしいと、れんの母のよしから、特別に仕立てた浴衣が届いていた。それを着せてれんをお祭りに連れていってやろうと、安は考えていた。

できればキワも一緒に行けるといい。そう思った安は、ひさに頼んで、自分の浴衣を子供用に仕立て直してもらっていた。ひさは、何も言わずに、安の言う通り、れんの体形よりも少し大きめな子供用の浴衣を作り上げてくれていた。祭りに誘って、キワにも着せてやろうとこっそり準備していたのだ。

それなのに……行ってしまうなんて。

厨から出てきたひさが、安に小声で言った。

「彦六らは、もう、この村で門付でぎねす。とっくに一通り回ってしまったはで……お嬢さが、あんまり楽しげにしとられるはんで、この家のためだけに、残ってけだんです。川倉のお地蔵さのお堂に寝泊まりしで、ここさ通ってけだんです」

安は、はっとした。

まったく気がつかなかった。この家のためだけに……れんのために、彦六たちが金木に留まってくれていたとは。

毎回米やイモなどをあげていたから、十分だろうと思っていた。けれど、この家からの施しだけでは冬を越すのは厳しいだろう。

それでも、彦六たちはひと月近くもこの村に留まってくれたのだ。

安は自分の身勝手さを恥じた。そして、「ごめんなさい」と、彦六とスエに向かって詫びた。

「れんのことを思って、留まってくれたのね……私、ちっとも気がつかずに、いつまでもいてくれるものだと、勝手に思っていたわ……」

彦六は、「なも、なも」と恐縮した。

「わんどは、たんだ、世話になってばっかりで……ありがだぐ思でるなし。これも、お嬢さにお会いするんば、へえ、毎日毎日、心底楽しみにしどっだす」

そう言って、「ほれ、汝《な》も、お礼言わねが」と、突っ立ったままのキワの頭を小突いた。

「……ありがとごぜえました」

消え入るような声で言って、キワは小さく頭を下げた。

いつも通りに、キワの三味線の弦を触っていたれんは、いつもと違ってキワが相手になってくれないことを不審に感じているようだ。三味線の胴を盛んに叩いて、「あー、あー、あー」と声を発している。遊ぼうよ、と誘うかのように。

キワは、じっと唇を噛んで動こうとしない。

旅芸人がひとところに留まることは許されない。行かざるを得ない運命に、幼いキワがさからえるはずもない。

キワは、五所川原の貧しい小作農の家に生まれ、先天的に目が見えなかった。働き手にもならない子供は家族の中でも疎まれる。食い扶持《くぶち》を減らすためにと、六つの年にボサマの親方のところへ修業に出された――と、安は彦六から聞かされた。

今のれんとそう変わらない年で、同じように家族から離れて、厳しい道を歩み始めたと知って、安はいっそうキワに同情を寄せた。

それはまた、生まれは違えども、自分の境遇にも重なる部分があった。

見えない――ということが、人生のすべてを決定的に狭めてしまう。いかなる可能性を秘めていようとも、どんなに豊かな才能を持っていようとも。

自分は、それにどうにか抗って生きてきた。

いつか見えなくなることを心のどこかで恐れながら、その運命に全力で抵抗してきた。このさき何があろうとも、私は生きる。そして、必ず花開く。そのために生まれてきたのだから。

その思いを、自分は、いま、れんに託している。必ず花開くと信じて、この子と一緒に闘っている。

そして、ここに、もうひとり――いずれは開くつぼみでありながら、閉じたまま生きていかざるを得ない運命の子がいる。

「あの……もひとつ、唄コ、唄っでもええが」

キワが、うつむけていた顔を上げて、言った。安は、じっとキワをみつめてうなずいた。

弦を触っていたれんの手を、そっと外すと、キワは三味線を持ち直して、ばちで弦を勢いよく弾いた。

デン、デン、デデンデン。

呼応して彦六とスエも、三味線をかき鳴らした。大きく息を吸って、キワが唄い始めた。

ハアー　ここにおいでの　皆様方よ
さあさ　これから　じょんがら節を
歌いまするは　お聞きとなされ
ハアー　岩木《いわき》お山を　こずえに眺め
続くりんごの　緑の中は
右も左も　じょんがら節よ

ハアー　恋しなつかし　わが家を離れ
逢ったよろこび　別れるつらさ
ほんに浮世は　ままにはならぬ

初めて聴いたその唄は、「津軽じょんがら節」だった。

安は、キワの澄み渡る唄声に聴き入った。そして、わずか十歳の少女とは思えぬばちさばき、激しくも美しい三味線の響きに、胸が高鳴るのを感じた。

魂を揺さぶるような唄声、そして、炎のごとき演奏。

——すごい。

なんという……この子は、なんという才能の持ち主なんだろう。

このまま別れるのは、あまりにも惜しい。もっと、ずっと聴いていたい。この子の唄声を、演奏を。

安は、こみ上げる涙を指先で拭った。アメリカから日本に帰ってきて、一度も体験したことのなかった感動の涙だった。

唄声も三味線も聞こえるはずのないれんは、ほんとうに空気の振動を確かめるかのように、じっと、ただじっと立ち尽くして、キワに向き合っていた。れんとキワのあいだには、確実に通い合う何かがあった。

高らかに唄い上げ、演奏が終わった。キワは頰を紅潮させ、肩で息をついて、深々と頭を下げた。

安は、思わず拍手を送った。厨の戸の陰で聴いていたひさも、前掛けでそっと目頭を押さえた。

「ありがとう、キワ。……すばらしかったわ」

安は、キワの両手を取ると、力を込めて握った。それに気がついたれんが、キワの近くに歩み寄って、三味線の胴に触った。安は、れんの手を取って、キワの手を握らせた。

「れんさ。……おら……おら……」

キワは声を詰まらせた。れんの手の上に、ぽつりと涙が落ちてきた。れんは、不思議そうな顔をキワに向けて、「あー、あー」と手を伸ばし、キワの顔を触った。汚れた頰の上を幾筋もの涙が伝っていた。

その様子を見守っていた安は、こぼれ落ちそうな涙を再びぬぐうと、きっぱりと顔を上げて、彦六に向かって言った。

「彦六さん、お願いです。夏のあいだだけでもいい。この子を——キワを、うちで預からせてくれませんか。——れんの友だちとして」

4

屋敷の北側にある浴室から、楽しげな女の子たちの笑い声がときおり響いてくる。そのたびに、安は、日誌を書く手を止めて顔を上げる。自然と微笑が頬に広がる。ふふっ、やってる、やってる。もうすぐひささんの声がしてくるはずだわ。

「あんれ、まあ、お嬢《じょ》さ！　そっだら引っ掻き回しだら、風呂桶のお湯コなくなってしまうべ！　これっ、キワ！　調子に乗るでね！」

案の定、ひさの声が聞こえてきた。少女たちの笑い声はいっそう大きくなって、今度は、ひゃああとひさの叫び声が上がる。やれやれ、とそこでようやく安は立ち上がり、体を拭く大判の木綿の布を手にして、浴室へと出向く。

浴室の戸をがらりと開けて、

「れん、キワ。さあ、もう上がりなさい。それ以上、ひささんをからかってはだめよ」

落ち着き払って言った。見ると、ひさの尻は洗い場の木桶にすっぽりとはまり込んで、たすきがけにした着物をびしゃびしゃに濡らしている。れんとキワ、ふたりの少女は丸裸で、きゃっきゃっと笑い声を上げながら、風呂桶の湯を両手ですくってはかけ合いっこをしている。

「せんせ！　安せんせ！」

キワは、安のところへ駆け寄ると、

「おら、れんさのごど、布コで拭いて差し上げる！」

そう言って、安の手から布を受け取り、れんの声がするほうへ行って、

「ほら、れんさ、もうお湯浴みはおしめえだ。べべ着ましょ、着ましょ」

頭から布を被せかけて、ごしごしと拭く。れんは、おとなしくされるがままになっている。安は、にっこりと微笑んで、

「さあ、あなたもね、ひささん。お湯浴みは、おしまいよ」

安は手を差し出して、よっこらしょ、とひさを立ち上がらせた。布を受け取って、ひさは、「申し訳ごぜえません」と頭を下げた。

「まんず、このわらしはお調子もんで……お嬢さがお優しいのをえぇごどに、まあ、悪さばっかりしで……」

ひさに「お調子もん」と言われたキワは、ていねいにれんの体を拭いてやっている。するとれんも布を手に取って、「お返しに」キワの体を拭いてやるのだった。安は、ふたりの少女のやり取りを微笑ましく眺めて、言った。

「ねえ、ひささん。あなたにはいい迷惑かもしれないけど……キワが来てくれたおかげで、れんはずいぶん優しい女の子になったわ。キワがお手本を示したことを、なんでも真似してやってみるようになったもの」

ひさは、はあ、とため息をついて、

「まったく、このわら子《たち》はどさは、お地蔵さまのご加護がついでるようでごぜえますなあ」

そう言って笑った。

キワは、体を拭いてもらうと、れんの右手を取って、手のひらにたどたどしい指文字を綴った。

ア・リ・ガ・ト・ウ
れんは、うれしそうな笑顔になって、今度はキワの右手を取り、同じように指文字を綴る。

ア・リ・ガ・ト・ウ

キワもまた、うれしそうに笑って、れんの手を再び取り、自分の顔に当てて、うんうん、と二回、うなずく。

「あんれ、まあ。キワもすっかり先生さまの真似コでぎるようになっだだなあ」

ひさが頼もしそうな声を漏らした。安はいっそう微笑んで、うなずいた。

盲目の旅芸人、ボサマ三人組で「子役」を務めていたキワを、しばらく介良家別邸で預かりたい。

三人が弘前へと旅立つその日に、安は「父役」の彦六に申し入れた。

キワは、れんが生まれて初めて出会った近い年頃の「友だち」だった。キワと触れ合っているときのれんには、目覚ましい変化が見られ、彼女の能力がぐっと深まる気配があった。

安は、これは大きな「チャンス」であると理解した。

いままで、れんは大人ばかりに囲まれて、なんでも先回りして準備されている中で生活を送ってきた。同じ年頃の少女が、つたないながらも自分の面倒を見てくれるという状況に、れんは間違いなく喜びを感じるだろう。

同時に、ともに学ぶことができれば、彼女の能力は飛躍的に開いていく可能性がある。

安の申し出に、彦六も「母役」のスエも戸惑った。親方に告げずにキワを置き去りにすることはできないと……。そこで、安は、キワを預かる期限を設けること、彦六たちが迎えに戻ってきたときにはお礼もたっぷりすることを条件にした。

彦六は、キワにどうするか尋ねた。ひょっとすると、このことを親方に知られたらひどく折檻されるかもしれない、それでもいいかと。キワは大きくうなずいた。

おら、れんさと一緒にいで。れんさのそばに、いで。

そうして、秋祭りの頃まで——という約束をして、キワは介良家別邸で暮らすことになった。

介良家の誰にも相談せずに、安の独断でボサマの子供を預かると決めてしまったことを、ひさは危惧した。

もしも本邸に知られたら、大変なことになる。乞食《ほいと》の子供を介良家の令嬢のおそば近くに置くなどもってのほかだと、下手をすると安の立場も危うくなるかもしれない。

かといって、相談をしたところで受け入れてもらえるはずもない。お嬢さまの気持ちと先生様の気持ちはわかるけれども、やはり預かるべきではないと、ひさは珍しく意見した。

わかっています、と安は言った。なんの相談もなくこんなことをしてしまっては、本邸に申し訳が立たないことは。

けれど、どうしてもいま、れんにはキワが必要なんです。

もし、キワを預かったことで何か起こったら、その責任はすべて私が負います。

だから、ひささん、お願いです。キワのことは、本邸には言わずにいてちょうだい――。

安の強い思いに、ひさは心打たれたようだった。そして、本邸には決して伝えない、自分もお嬢さまに変化が現れるように見守っていくと約束してくれた。

れんは、その日以来、キワがもうどこにもいかずに自分のそばにいてくれるようになったことに気づき、喜び、興奮して、なかなか寝つけないほどだった。

キワも――おそらく、彼女にとっても、れんが初めての友だちとなったのだろう――たいそう喜んで、おら、れんさのためになんでもして差し上げる、と張り切るのだった。

安は、まず、キワを湯浴みさせた。キワは、目が不自由ではあったが、幼い頃からなんであれ自分でするようにしつけられていた。おっかなびっくり、大きな風呂に入って、体じゅうを、ごしごし、ごしごし、へチマでこすり、一生懸命に髪を洗い、埃も垢も全部落として、さっぱりとした。

それから、ひさが仕立て直した安の浴衣を着せてもらった。糊のきいたきれいな浴衣を身につけて、なんだかええにおいがする、と頬を紅潮させた。

風呂に入って新しい浴衣を着たキワは、見違えるほどかわいらしい女の子になった。

安は、れんとキワを分け隔てしなかった。同じ時間に同じ部屋で同じ食事を取らせた。

キワには、れんとの「綴り遊び」「探しもの遊び」に参加させた。その中で、安がもっとも興味深く感じたのは、キワが驚くほどの早さで文字を覚えたことだった。

貧農の家庭に育ったキワは、当然無学であった。文字というものがあるということも知らなかった。

キワは先天的に目が不自由だったので、物のかたちは手で触って確認し、匂いや肌の感覚で時間や季節を感じるのが普通のことだった。物に名前があることはわかっていたが、それを触ったり感じたりする以外に知る方法――つまり、「文字で読む」ということを、まったく意識したことはなかった。

安は、キワに、れんともっと楽しく遊ぶ方法として、「探しもの遊び」を教えることにした。

「文字？　文字って、なんだ？」

キワは、あどけない表情で訊いた。

「物には名前があるでしょう？　たとえば、着物。たとえば、団扇《うちわ》。……じゃあね、キワ。ここに団扇があります、ってことを、どうやってれんに教えてあげる？　ただし、団扇をれんに渡しちゃだめよ」

キワは、うーんと首を傾げた。そして、れんに向かって、

「れんさ、れんさ。ここに団扇があるべ」

と言った。

「それじゃあだめよ。伝わらないわ。れんは、耳が聞こえないんだもの」

「あ、そだべ」キワが笑った。そして、

「やっぱり団扇を持っていってけだほうがええ。団扇をあげなかっだら、わがんねだ」

「そう思う？　それがね、団扇を持っていかなくても、教えられる方法があるのよ。こうして……」

安は、キワの右手を取って、手のひらに「ウ・チ・ワ」と綴った。キワは、「ひゃっ、くすぐってえ」と、くすくす笑った。

「くすぐったがらないで、キワ。いま、あなたの手のひらの上で、私の指が動いたでしょう？　どんなふうに動いたか、もう一度、ゆっくりやるから、追いかけてみて」

そう言って、安はもう一度綴った。今度は、もっとゆっくりと。ウ－チ－ワ。

「はあ、なんだあ、これ？」

安は、ふふふ、と笑って、

「これがなんだか、れんがいまから教えてくれるわよ。さあ、れんに団扇を取ってきてもらいましょう」

と、近くに座っていたれんの右手を取り、同じように「ウ・チ・ワ」と綴った。

れんはたちまち立ち上がり、部屋の中をあっちこっちして、いつも団扇が置いてあるところへたどりつくと、素早くそれを手に取り、あーあー、と声を発しながら、安のもとに持ってきたのだった。

「ほら、れんが何を持ってきたか、触ってごらんなさい」

安は、キワの手を取って、れんが握っている団扇を触らせた。キワは、あっと声を出した。

「……団扇だぁ」

心底驚いたように、キワが言った。

「れんさ、なしてわかっただだか？ 聞こえねし、見えねのに？」

「それはね。れんが『文字』を知っているからよ」

この世の中のひとつひとつの事物には、かたちがあるものでもないものでも、名前があること。その名前を示す「文字」というものがあること。その「文字」を勉強すれば、「本」というものを読んで、ここにいない人の話を知ることができるし、世界中を旅するような気分になることもできる。勉強をして、知らないことをどんどん知って、新しい世界を広げることができるのだ、と、安は易しく説いた。

キワはぽかんとして聞いていたが、やがてまぶたをとじた顔に、ほんのりと光が広がった。キワは、頬を紅潮させて、安に尋ねた。

「安せんせ。その……文字コ、れんさは知ってるだが？」

「ええ。全部ではないけれど、いくつかの文字は知っているわ」

安は答えた。そして、

「あなたの名前も知っているのよ。さあ、手を出して。文字では、こう書くの」

キワの手を再び取って、「キ・ワ」と綴った。

「もういっぺん」とキワが言った。安は、「指の動きを、よく覚えておいてね」と言って、もう一度綴った。

「さあ、今度はれんの手に同じ文字を書くわ。れんは、どんなふうにするかしらね」

安は楽しそうに言って、今度はれんの手を取り、「キ・ワ」と一度だけ綴った。

「あー！」

ひと声、叫んで、れんは隣に座っていたキワに抱きついた。

「あれっ、れんさ……れんさ、どうしただか」

れんが一生懸命抱きつくので、キワはびっくりしたようである。

「ね？　れんは、ちゃんと知っているのよ。『キワ』という文字が、キワを示しているってこと」

「ほんとに……？」

キワは不思議そうな顔をした。

「ほんとうよ。だから、れんも、あなたも、もっとたくさん文字を覚えたらいいわ。そうしたら、勉強もできるし、もっといろんなことを知ることができるはずよ」

キワの顔に明るい光が射した。

「せんせ。そったら、れんさの文字コ、教えてけろ」

乞われて、安は、キワの手を取り「レ・ン」と綴った。キワは、すぐに、安の手のひらに同じように綴り返した。

「そう、その通り。よくできたわね。今度は、れんの手に書いてあげて。それから、思いっきり抱きついていいわ」

それからしばらくのあいだ、ふたりの少女は、お互いの手に「レン」「キワ」と綴り合い、抱きつき合って、ほがらかな笑い声を立てていた。


キワが介良家別邸で暮らし始めてから二週間が経った、とある宵。

金木村では、川倉地蔵尊の夏祭りが行われるため、村人たちが浴衣を着て、地蔵尊へと馬に乗り、あるいは徒歩で、一族郎党こぞって出かけていった。

介良家では、れんは母から贈られた真新しい浴衣を着て、キワも一着、新たに安の浴衣を仕立て直したものを身に着け、朝から大はしゃぎであった。

安もひさも早めに湯浴みを済ませ、ぱりっと糊がきいた浴衣に着替えて、出かける準備をした。れんとキワは、お互いの手のひらに「マツリ」と綴り合って、大喜びだった。れんにとってはこれが初めての祭りだったし、キワは、幼い頃からのどを披露する場だっただけに、純粋に祭りを楽しむのは、やはりこれが初めてということだった。ふたりの少女に、ちょっとは落ち着きなさいと言ったところで、聞き入れるはずもない。

「先生さま。お迎えの馬車が、着きましだなす」

表玄関で、ひさの声がした。

「いま行きます」

安は大きな声で返事をして、座敷を走り回っているふたりの少女に声をかけた。

「れん、キワ。行きますよ。キワ、いつまでも走り回っていないで、れんをちゃんと連れてきてね」

はあい、とキワは返事をして、れんの手を取ると「マツリ」「イコウ」と文字を綴った。れんは、あーあー、とうれしそうな声を出して、キワとともに、おとなしく安に手を引かれて、表玄関へと出ていった。

れんは、キワとともに文字を学習するようになってから、驚くべき早さで新しい言葉と文字を習得していた。

もう五十近くもの名詞と動詞を覚えたはずだ。キワも同様だった。キワは、耳が聞こえる分、意味を理解するのも早かった。「歩く」「眠る」「食べる」など「行為」を表す言葉は「動詞」なのだということも早々に理解した。一方で「赤い」「白い」「まぶしい」「暗い」など、「状態」を表す「形容詞」はなかなか理解できない。生まれてから一度も目で見たことがないのだ、想像することもできないだろう。

しかし、安は、キワに言葉や文字を教えることによって、見えない上に聞こえず、しゃべれないれんが、いかにして言葉を理解するか、そのきっかけをつかめるような気がしていた。キワが理解できることは、絶対にれんにも理解できるはずなのだ。聴覚が機能しているかしていないかの差はあれど、ふたりの能力はほぼ等しい。従って、キワが勉強に励めば励むほど、れんも自然と彼女に追いつこうとする。ひとりのときにはなかった能力の目覚めが、明らかに感じられるようになっていた。

キワが介良家を去るまでに、あと二ヶ月近くある。

秋がくるまでには、必ず、何らかの大きな変化を遂げるに違いないと、安は期待を膨らませていた。

四人は、馬車に揺られて、金木の村はずれにある川倉地蔵尊へと出向いた。

「お堂の匂いがする。……おら、お地蔵さのお堂に、お父《ど》とお母《が》と泊まってただ」

地蔵尊に着くと、鼻をくんくんと動かしてキワが言った。キワの言う「お父とお母」とは、もちろん、彦六とスエのことであった。

川倉地蔵尊は「賽《さい》の河原《かわら》」のほとりにあるとして、亡くなった子供たちを悼む親が、大小の地蔵を建立して寄贈するならわしがあった。また、子供があの世で遊べるようにと、風車を地蔵に手向け、それが地面のあちこちにささり、彼岸花が地面からにゅっと生えているのにも似ている光景だった。その風車が夜風にときおりからからと回って、物寂しい音を奏でていた。

お祭りの宵は、何百と佇んでいる地蔵の前にろうそくが灯されて揺らめき、幻想的な風景を作り出していた。地蔵尊の門前には、たくさんの提灯が下げられ、冷やしあめやところてんを売る露店が立ち、金魚すくいの周りには子供たちが賑やかに集っていた。れんは、安とキワと両手をつないで、珍しそうに頭をあちこちに動かし、鼻をくんくんさせ、あーあーと声を上げて、いかにもうれしそうにしていた。「祭り」というものがどういうものかわからないものの、長い時間待ちこがれて、ようやくそのとき、その場所にやってきたのだという喜びを、れんは全身で表していた。

安たち一行が歩いていくと、目の前の人々がすうっと立ち退《の》いていく。避けるようにして脇道へ行き、ひそひそと噂をする声が、安の耳に届いた。

(あれが、金木のお殿さまんどごの、盲《めしい》のお嬢さだ)

(盲なばっかりでねえ、耳も聞こえね、口もきけねだ)

(一緒にいるのは、東京から来たハイカラなおなご先生さまだで。ご苦労なこってな)

（もうひとりのこんまいのは、はあ、たまげだな、乞食《ほいと》のボサマの子だそうだ）

ひそひそ、くすくす、嘲り笑いが押し寄せてくる。キワはそれに気がついたのか、体を固くして、急に立ち止まった。

「どうしたの、キワ。あっちへ行きましょう。水飴《みずあめ》を買ってみましょうか」

安が声をかけると、キワは、首を横に振って、

「おら、お堂に行く」

消え入りそうな声でつぶやいた。

「おら、れんさと、こんなふうに一緒にいたら、いけねえ。れんさまで、意地悪言われる……おらは、慣れっこだども……れんさは……れんさは、見せ物じゃねえだ」

そう言って、突然、れんの手を振り切り、人ごみの中へ駆け出した。

「──キワ！」

安が叫んだ。異変を感じたれんが、あー、と声を上げた。

キワの小さな後ろ姿は、そのまま、祭りの人ごみの中へ消えてしまった。

5

「キワ！　行かないで、戻ってきて！」

安は必死に叫んだ。あたりを照らすのは、ぼんやりと灯った石灯籠《いしどうろう》と夜店の提灯の光だけである。安の視力ではキワの行方を確かめることができない。

キワがいなくなってしまったことに気がついて、れんが顔を上げた。そして、安の手を引っ張り、「あー、あー」と言いながら、安の腰のあたりをしきりに叩いた。キワはどこにいるのかと尋ねているのだ。

安は、自分が迷子になってしまったように、どうしたらいいのかわからず、呆然とその場に立ち尽くした。

そこへ、夜店へ行っていたひさが水飴を片手に戻ってきた。

「さあさあ、飴コ、買ってきだはんで。お嬢《じょ》さ、召し上がってけろ」

飴の絡まった棒を差し出されても、れんは受け取ろうとしない。そこでひさは、キワがいないことに気がついた。

「先生さま。キワはどこさ行っだですか」

安は血の気の失せた顔をひさに向けた。

「どうしましょう、ひささん。キワがどこかへ行ってしまったの。迷子になったんじゃなくて、自分がれんと一緒にいたら、れんが意地悪なことを言われるからって……」

ひさの顔に驚きが浮かんだ。

「あのわらしが、そったらこと……」

つぶやいてから、頭を巡らせてあたりを眺めた。そして、

「先生さま。こっちへ」

安の手を取って、暗がりのほうへと歩き出した。

「どこへ行くの。そっちは暗くて、私、よく見えないわ」

右手をひさに引かれ、左手でれんの手をしっかりと握って、安はおぼつかない足取りでついていった。

ひさが向かったのは地蔵尊のお堂だった。その周辺には、四方に立てた竿に筵を被せただけのごく粗末な掛け小屋が立ち並んでいる。その前には人々が列をなしていた。掛け小屋の中からは、ぶつぶつ、ぶつぶつ、老婆の声が低く響いている。小屋と人々の影を認識した安は、小屋の中で何かただならぬことが起こっているようで、背筋が寒くなった。

「あれはイタコの小屋掛けでごぜえます。お祭りのときだけ、やっとります」

安の心中を察したのか、ひさが言った。

津軽には、昔から「イタコ」という盲目の巫女《みこ》が存在していた。イタコは、長く苦しい修行を経て霊感を宿した神の語り部である。依頼者の要望に従い、神や死者の霊を呼び寄せて、それらになりかわって依頼者に話をしたり、諭したりする。これを「口寄せ」という。親しい人を亡くした者が、イタコの口寄せによって慰められるのだということを、ひさは歩きながら安に教えてくれた。

安がイタコの存在を知ったのはこれが初めてだった。それにしても、また盲目の女性……。

ボサマといい、この地域には盲目の女性ならではの生きる術がある。決して楽な道ではない上に、誰にでもできるものではなく、ある種の才能が必要とされる特殊な職業だ。安にはそれが不思議でもあり、興味深くもあった。

三人は、イタコの掛け小屋の前を通り過ぎ、お堂の近くへと歩んでいった。

「キワは、ボサマの家族と一緒にここで寝起きしてらはんで……まんず、ここまではたどり着けるはずです」

ひさが言った。案の定、お堂の中から女の子のすすり泣く声が聞こえてきた。

三人は石段を上り、ぴったりと閉ざされている木戸の前に立った。安は木戸の向こう側へ声をかけた。

「キワ。迎えにきたわ、一緒に帰りましょう。大丈夫よ、何も気にしなくていいから

……」

すすり泣きの声が、ぴたりと止まった。

「開げでみますが」

ひさが木戸に手をかけて、がたがたと横に押し開けた。

堂の中は真っ暗だった。そこに誰かがいるのかいないのかも、安の目には定かには見えなかった。が、人の気配があった。

キワひとりではない。――もうひとり、誰かがいる。

「誰がいねが。キワ、返事しろ」

ひさが問いかけた。暗闇の中で小さな影が動いた。

「おら……ここに泊まると思ったけんど、婆《ばば》さがおってだ」

消え入りそうなキワの声がした。それを聞いて、やはりここにいたのだと、安はようやくほっとした。

「婆さまって、誰のこと？」

闇に向かって安が尋ねると、

「……おらだ。川倉のイダゴの、えいだ」

しゃがれた低い声がした。安は、はっとして目を凝らした。

「そぢさいるのは、金木の御殿のひさだが」

微動だにしない岩のような黒い影が暗闇の中にあった。その影はえも言われぬ磁力を放って安を引きつけるようだった。

「川倉のイダゴの長老です」

ひさが小声で安に囁いた。それから、影に向かって言った。

「ああ、婆さ、おらはひさだ。キワを連れに来た。そのわらしは、いま、金木の御殿で面倒をみてるだ」

キワの匂いを感じたのか、れんが、安と結んでいた手を振り払って、闇に向かって両手を突き出した。安が止めるまもなく、そのまま堂内へとまっすぐに歩み入り、まるで見えているかのように、キワに思い切り抱きついた。

「れんさ……おらと一緒にいだら、いぐね《よくない》。いぐね……」

キワが涙声で言った。れんをしっかりと抱きしめているようだった。安は、声が聞こえてきたほうに向かって優しく言った。

「キワ、そんなことはないわ。れんは、ひとりでいるよりも、あなたといたほうがいいの。ここにいたら婆さまのお邪魔でしょう。さあ、一緒に行きましょう」

キワはすすり上げるばかりで返事をしない。どうしたものかと安は困り果てた。

じゃら、じゃら、と数珠《じゅず》をこする音がする。イタコのえいが、手にしているのだろう。

安は耳をそばだてた。

お堂の中は不思議な空気が満ちていた。

いま、この場所、この瞬間に、偶然居合わせた、年齢も立場も違う五人の女性たち。

自分とひさを除いた三人は、目が見えない。自分もまた、この漆黒の闇の中では見えないに等しい。

えいと、れんと、キワと、そして自分。視力を奪われた四人のあいだには静かな波動が通っていた。

親しみ、ではない。共感、とも違う。理屈ではない、言葉にもかたちにもできない、もっと深くて親密な何かが、確かにあった。

じゃら、じゃら、じゃら。ゆっくりと、立て続けに数珠をこする音が続き、やがて、低くつぶやく呪文のような声が聞こえ始めた。安は、自然と目を閉じて頭を下げた。背後でひさも低頭する気配があった。

しばらくして、ごく静かな、しかし威厳に満ちた声が聞こえてきた。

〈……介良れん。この人には、とてつもない力がある。……去場安。あなたにも〉

安は思わず顔を上げた。

いま、はっきりと、去場安、と聞こえた。

この場所に来てから自分は一度も名乗っていない。さらに不思議なことに、えいの言葉にはまったく津軽訛りがなかった。まるで、えいではない誰かが話しているようだ。

安は目を凝らして暗闇をみつめた。みつめればみつめるほど闇は濃さを増すようだった。

すすり泣いていたキワも、いつもはじっとしていないれんも、存在を消してしまったかのように、しんとして身動きひとつしない。

じゃら、じゃら、じゃら。じゃら、じゃら、じゃら。

長い沈黙のあと、えいの口を借りた誰かが、ごく静かに安に語りかけた。

〈いままでとは異なる手段を考えよ。……そののち、きっと奇跡が起こる〉

安は、はっとした。そして、もう一度大きく目を見開いた。

暗闇の中にぼうっと立ち上る靄《もや》のようなものが見えた。

いや、はっきりと感じた。

かすかな光のような、何か。しかしそれは、すぐに立ち消えてしまった。

「――安せんせ！」

突然、キワが安の胸めがけてすがりついてきた。キワが離れてしまったからか、ああっ、と叫ぶれんの声が、堂内の静寂を破って響き渡った。

どくんどくん、どくんどくん、心臓が激しく高鳴っている。安は、片手でキワを、もう片手でれんをかき抱いた。

じゃら、じゃら、じゃら。じゃら、じゃら、じゃら。

考えよ、安。

れんの目は、耳は、口は、どこにあるのか、もう一度、考えよ。

あなたにしか、できない。

あなたこそが、奇跡を起こす人なのだ――。


夏祭りが終わり、介良家別邸に再び穏やかな日々が戻った。

れんと一緒にいてはいけないと、一度は安の手を振り切って逃げ出したキワであったが、安とれんが捜し出してくれたことが心底うれしかったのだろう。祭りからの帰り道は、れんの手をずっと握りしめていた。

まだほんの十歳のキワが、れんを思いやり、自分がいたら迷惑をかけると気がついて、とっさに「身を引く」行動に出たことが、安には無性に悲しく、またいじらしく思えるのだった。

そして、地蔵尊のお堂で偶然出会った老イタコ、えい。何ものかが憑依《ひょうい》したかのように、突然、預言めいた言葉を口にした。まったく不思議な体験であった。あのときのことを思い出すと、何か足の下から震えが上がってくるような気がする。

あのとき、えいに取り憑いていたのは、なんだったのか。

霊的な何かが暗闇の中に降臨したような、厳かな空気があった。確かに、安はそれを感じ取った。

あれを、「神がかり」というのだろうか。

日本の宗教、そして日本人の宗教観をほとんど知らずに大人になった安は、日本における「神」に関して深く思いを巡らせたことはなかった。

ただ、安の実家にも「神」はいた。神棚が設けてあり、そこには、今上天皇の御真影が掲げられてあった。安の両親は、毎朝毎晩、神棚に向かって柏手《かしわで》を打ち、拝礼をしていた。安も、実家にあっては彼らのしきたりに合わせ、朝夕、神棚へ手を合わせた。

キリスト教と違って、神道には、十字架のようなシンボルもなければ、「父と子と聖霊」、すなわち三位一体のようなわかりやすい教義もないように安には思われた。

朝に夕に、人々は手を合わせ、拝礼をする。この世の森羅万象に宿る「神」に向かって。その簡素さと清潔さには好感を持った。

日本各地に土着的な信仰があることもわかっていた。イタコはその一例であろう。ただ、ひさが教えてくれた、イタコの「口寄せ」――神や精霊や死者が巫女に憑依して預言させたり語らせたりする――というのは、にわかには信じ難かったが、実際に目の前でそれが為されたことに少なからず動揺した。一方で、不思議なほどすんなりとそれを受け止めることができた。

「天にまします我らの父」ではない。が、ここにはここの神さまがいるのだ。

安は、アメリカに留学しているあいだ、十二歳になったとき洗礼を受けた。

当時、世話になっていたホイットニー家は、上流の家庭らしく、家族全員が敬虔なキリスト教徒であった。安は、その文化の中で成長したこともあって、宗教というものをはっきりと意識できる年齢になったとき、自ら望んで洗礼を受けたのだった。

帰国して自分がキリスト教徒になったことを両親に話したが、両親は理解を示してくれた。むしろ、洋行帰りの娘の素養のひとつくらいにとらえているようだった。

そんなこともあって、安は、アメリカにいたときと同様、神とイエスとマリアとを心に宿し、ときに励みとし、しかしそれによりかかることなく生きてきた。

そして、あの夜、偶然まみえた――いや、イタコを通して感じた「霊的な存在」。

その「存在」は、安に向かって言った。

いままでとは異なる手段を考えよ。……そののち、きっと奇跡が起こる。れんの目は、耳は、口は、どこにあるのか、もう一度、考えよ。

いままでとは異なる手段……？

夏も終わりかけた夕暮れどき、座敷でいつものように戯れるれんとキワを見守りながら、安は、あの夜の「霊的なメッセージ」を胸の裡《うち》で反芻していた。

えいが語った——語らされた——言葉を、安は、密かに「霊的なメッセージ」と名付けて、繰り返し思い出していた。

ひょっとすると、えいは、何かの折に村人から自分の名前を聞く機会があったのかもしれない。金木の御殿の三重苦のお嬢さまを教育するために、はるばる東京から遣《つか》わされた人物であると。

それにしても、えいは——いや、「霊的な存在」は、そのとき安がひそかに思い悩んでいたことをすらりと指摘したのだ。

安は、このところずっと、ただひとつのことに思いを巡らせていた。

いままでの教え方でいいのだろうか。もっと違う手段があるのではないか——と。

れんに言葉を教えるのは、少しずつだが進歩している。彼女は、着実に「言葉」とその「もの」、あるいは「動き」を一致させている。

けれど、わかっているわけではない。この世のすべてのもの、すべての行為、すべての事象には「名前」があることを。そしてそのひとつひとつが、密接に繋がり、意味を成して、この世界を構成し、表していることを。

安は、いつも、れんの手のひらを取って、その上にカタカナで文字を綴る。れんは、面白がって、それを模倣する。そう、すべての子供の学びの一歩は「模倣」することなのだ。

どんなに幼い子供でも、大人の模倣をすることから始まる。生後十ヶ月頃になれば、赤ん坊は大人が手を振るのを真似て手を振る。名前を呼べば、手を上げて応える。パパ、ママ、ミルク、トイ（おもちゃ）、自分に身近で親しみのあるものの名前から覚え始め、大人が語りかけるのを真似て言葉をつなぎ、そうとは知らずに母語を自然と身に付けるのだ。

いまのれんは赤ん坊と同じだ。違うのは、目が見えず、耳が聞こえないこと。彼女の脳にはなんら障害はない。

赤ん坊と同じように、教えられさえすれば、日照りのあとに降り注ぐ慈雨を吸う大地のように、驚異的な速さであらゆる知識を吸収し、我がものにすることができるはずだ。どこかに、きっかけがある。

どうすれば、彼女というランプに、明かりを灯すことができるのだろうか。

その火をつける、マッチはどこにあるの？

オイルも、薪《まき》も、紙も、燃えるものはたくさんある。

ただ、マッチだけがないのだ――。

安は、漫然と考えを巡らせながら、何気なく、キワがれんにしてやっていることを眺めていた。

最初、ふたりは、お互いの手を絡ませて、押し合いっこをしていた。そのうちに、キワがれんの両手を取って、丸く握った自分のこぶしを触らせた。そのまま、くいっ、くいっと二度、ひねる動作をした。

――あ。

安は目を見張った。

キワは、その動作の直後に、壁に立てかけてあった三味線を持ってきて、れんに触らせたのである。

れんは、三味線を端々まで触り、うれしそうに、あー、と声を出した。

そのあと、またすぐに、キワはれんに自分のこぶしを握らせ、さっきと同じようにひねる動作をした。れんの両手が何かを捜すように宙をさまようと、その手にもう一度、三味線を触らせた。

これは——手話だ。

安は立ち上がると、ふたりのそばへと早足で歩み寄った。安の気配に気づいたキワが、顔をこちらに向けた。

「キワ。あなたいま、れんに何か教えてあげたの？」

キワは、こくんとうなずいた。

「『三味線』って、教えだ」

「どうして？ れんは、『シヤミセン』って綴りを、知っているのよ。いつものように、手のひらに指で綴ってあげたらいいでしょう？」

キワは、「だども……」と、うつむいた。

「れんさ、もちょこちえはで《くすぐったくて》、手、引っ込めるだ。『シヤミセン』で綴るの、めんどくせがら……」

ばちで弦をかき鳴らす動作を、「三味線」ということにした。もちろん、れんとキワのあいだでしかわからない「サイン」だ。

どくんどくん、どくんどくん。あの夜と同じように、激しく高鳴る心臓の音が体じゅうに響き渡った。

安は、れんの手を取って、いつものように「シ・ヤ・ミ・セ・ン」と手のひらに綴ろうとした。

すると、れんはそれを振り払って、その代わりに安の手を握った。そして、何かを待っているような顔つきをした。

れん。——ああ、そうだわ。

そうだったんだわ——！

安は、思わずれんを抱きすくめた。れんは驚いて、手足をじたばたさせた。安は、れんを離すと、今度はキワを思い切り抱きしめた。

「安せんせ……？」

キワは、突然の抱擁に不思議そうな顔になった。

「ああ、キワ。ありがとう。……わかったわ、ありがとう」

とうとう、みつけた。火をつけるマッチを。

れんの目と耳と口は、「手」にある。

れんに「触手話」を教えるのだ——！

6

よく晴れた空に鰯雲《いわしぐも》が広がっている。

野原では、いちめんのすすきの穂が風に揺らぎ、田んぼでは稲穂が徐々に黄金に色づきつつあった。

介良家別邸の座敷では、安が、れんとキワのふたりを相手に「当てっこ遊び」の真っ最中である。もちろん、遊びという名の授業中だ。

安は、まず、ふたりの少女に順番に自分の手を握らせる。それから、指のかたちをさまざまに変えて、そのかたちを手で触らせる。指のかたちの組み合わせで文字を表す「手文字」だ。

五十音図には四十七文字ある。一方で、アルファベットは二十六文字だ。安は、アルファベットを組み合わせて日本語の発音を表す「ローマ字」に着目した。

「ローマ字」であれば、アルファベットのうち二十二の指のかたちを組み合わせて言葉を綴ることができる。これならば、わずか二十二の指のかたちを、まずは覚えればよい。

母音である「A‐I‐U‐E‐O」の五文字、五十音を作る「K（か行）」「S（さ行）」「T（た行）」「N（な行）」「H（は行）」「M（ま行）」「Y（や行）」「R（ら行）」「W（わ行）」と、濁音「G（が行）」など、半濁音「P（ぱ行）」、そして拗音「KY（きゃ行）」など。これら二十二文字の組み合わせをれんに覚えさせ、それが実際の「ものの」を示しているのだということを体得させる。言葉を自分のものにするための、最初の一歩だ。

手文字の授業を始めるにあたって、その基本形になるものが日本にあるのではないかと、安は調べたかった。が、金木にいては手も足もでない。手文字を実践している人物が日本のどこにいるかを探し当てるまでに、とてつもない時間を浪費してしまいそうだ。

手話については、国内ですでに実践している人物が存在することを知っていた。京都に日本で唯一の盲聾《もうろう》学校「京都盲唖院」があり、その院長、古河太四郎《ふるかわたしろう》が生徒との会話を「手話」で行っている、という話を、東京にいるときに耳にしたのだ。

れんの教師になると決心してすぐに、安は古河に手紙を書き送った。古河先生が行っている手話とはどのようなものであるのか、できるだけ具体的に教えてほしいと。

古河からは、すぐに懇切丁寧な返信がきた。学校に所属するもの同士、互いにわかる「サイン」を手で示して、会話を成立させているとのことだった。しかし、それは聴覚が不自由でも視力は健全な者同士には有効であるが、れんのように視力を奪われた者にとっては理解するのは難しい手法だった。

先達《せんだつ》を探し出して教えを乞うている時間はない。

それよりも、私にできる方法で、手文字を創り出せばいいんだわ。

そうして、安は「アルファベット」と「ローマ字」を基本にした手文字会話を編み出した。

アルファベットの手文字は、アメリカにいるときにすでに習得していた。安は、ローマ字表を作って、まずは自分の指にその基本形を叩き込んだ。

たとえば、「人形」であれば、ローマ字では「NINGYOU」と綴る。「三味線」は「SHAMISEN」、「おにぎり」は「ONIGIRI」。実際の「もの」と、指のかたちが表すものが一致していることを、根気よく教えていく。

この手文字が、れんの未来を作る大切な「書物のもと」になるのだ。

安は、繰り返し思い出した。あの夏祭りの夜、地蔵尊のお堂で偶然出会ったイタコのえいの言葉を。……いや、えいではなく、「霊的な存在」の言葉を。

えいの口を借りて、なんらかの「霊的な存在」が安に語りかけた。

考えよ、安。

れんの目は、耳は、口は、どこにあるのか、もう一度、考えよ。

考えて考えて、考え抜いて、安が見出した答え。

それは、「れんの目と耳と口は、手にある」ということだった。

この手を通じて、れんは世界をみつめ、言葉を聞き、自分の思いを語りかけることになるだろう。

手文字を習得して、さらに、世界中のすべてのものには、ひとつひとつ、名前があるという真実を知ったそのときにこそ、奇跡は起こるはずなのだ。

「さあ、キワ。当てっこ遊びの続きをしましょう。私の手を握ってちょうだい」

畳の上や座卓の上にさまざまなものを置いてから、安が声をかける。キワに先に教えるのは、れんの興味を喚起するためだ。

れんと一緒にいたキワが、安のほうへと歩み寄る。それだけで、れんは「当てっこ遊びが始まる」とわかる。キワの後を追って、れんも安のもとへと来る。

キワが安の手をしっかり握ると、安は、「K-I-M-O-N-O」と手文字を作る。

その一文字一文字をじっくり触るうちに、キワの顔にゆっくりと微笑みが広がる。

「……キモノ」

キワが言うと、

「当たり」

安がにこやかに返す。キワは嬉しくて畳の上を飛び跳ねる。すると、れんが、あーあー、と言いながら、待ち切れない、というふうに安の手を握る。

安は、もう一度ゆっくりと指を動かす。K－I－M－O－N－O。

一文字、一文字、れんは、全神経を指に集中させて安の指をなぞる。それから、畳の上に四つん這いになると、手探りで落ちているものをひとつひとつ手に取り、着物がみつかると、それを拾い上げ、安に差し出す。

安は着物を受け取って、れんの手を頬に当て、うんうん、と二回、うなずく。すると、れんは、キワの真似をして、躍り上がって喜ぶ。

手文字の授業を始めて二週間余り。れんは驚くべき速さで「文字」を「体得」しているのだった。

れんは、繰り返し繰り返し、指のかたちを触ることによって、かたちの連続性を記号のようにとらえ、それが実際の「もの」を示していることを、おおざっぱに理解しているようだった。もちろん、それが「名前」であることや、指のかたちが「文字」を示していることなどには、まったく気づいていないのだが。

「TABI」と綴って、畳の上にある足袋を触らせ、「HASHI」と綴って、卓上の箸に手をやる。こうして、「手文字」と、実際の「もの」が一致するように確認させながら、安は授業を進めた。

しかし、その逆はなかなかできない。たとえば、さきに足袋を触らせて、それが何であるのか、指で示すことはできない。「足袋」が「TABI」であるというように、自分の指でアルファベットのかたちを作ることができないのだ。

れんは、指のかたちの連続がなんらかの「もの」を示している、ということは体得したようだが、それがアルファベットであること、二十二文字の組み合わせであること、自分もそのかたちを作れるのだということには、まだ気づいていない。

一方で、耳が聞こえるぶん、キワは安が教えることをよく理解した。

キワは、指のかたちひとつひとつが、「アルファベット」という外国の文字を表していること、外国の文字だけれどそれを組み合わせることによって、日本語の言葉を作れるということを覚えた。

キワは二十二文字をすっかり覚えて、自分で「TATAMI」「SHAMISEN」「UTA」などと手文字で綴っては、安に触らせて確認してもらった。「ORA UTA UTAU（おら、歌うたう）」と、文章を作るまでにもなった。

盲目の上にまったく学習の機会を得ることなく成長したキワが、ローマ字で文章を作ることを習得したのだ。これは、同世代の良家の子女ですらも学んでいないことだった。

――やはり、子供の能力には計り知れない可能性がある。

安は、キワがみるみる手文字を習得するのを目の当たりにして確信した。

学習能力には貴賤などない。学習の機会さえ得られれば、どんな子供も等しく伸びるんだわ。

れんも同じ。視覚や聴覚が失われているというハンディキャップはあるけれど、地道に教えていけば、何かのきっかけで、彼女がもともと持ち合わせている能力が一気に目覚めるはず。

そのきっかけを根気強く待つほかはない。

一歩、一歩、着実に。そして、どんなささいなきっかけであれ、もしもそれが訪れたときは、決して見逃さないように。それをじゅうぶんに活かせるように――。

そう思いつつ、れんが覚醒する「きっかけ」が、いつ、どんなかたちで訪れるのか、見当もつかなかった。

また一方では、焦る気持ちもあった。

弘前から金木へと移り住んで、すでに三ヶ月が経過していた。れんの父親、介良貞彦と、母親のよしには、十日に一度、手紙を書き送っていた。れんが元気で暮らしていること、以前にくらべると格段に行儀がよくなったこと、手のひらに綴る文字と「あるもの」や「ある行為」を一致させていること、新しく覚えた単語など、学習の状況をくわしく書き綴ったが、毎回、あまり大差のない内容だった。最近、ローマ字の手文字を教え始めたことを書いたので、ようやく新しい取り組みが始まったと、ふたりは期待を募らせているに違いない。

貞彦からは一切返事はなかったが、よしからは、毎回必ずていねいな手紙が返ってきた。何か必要なものはないか、困っていることなどはないか、さびしがってはいないか。子を思う母の愛情が随所に感じられる文章であり、しかも、安が読みやすいようにと、大きな文字で書いてくれていた。よしからの文《ふみ》を読むたびに、安は、ふと胸が詰まるのだった。

春先に弘前へやってきて、無事に到着したという一報を両親に宛てて送ったきり、安は実家との音信を絶っていた。そのただ一度きりの手紙に、安は自分の決意を書き綴った。れんとの授業が一段落しない限りは、今後手紙を送ることはない。手紙がない限りは元気であると思ってほしい。それは未《いま》だ何事も為し得ず、奮闘を続けている証拠であると。

伊藤博文公のご紹介で、男爵家の令嬢の教育係となったのだから、お役目をきっちりと果たしてほしいと、父はその一点のみを願っていた。

——母は、どうだろうか。

弱視の幼い娘を、海の彼方の異国に渡らせ、十数年も離ればなれに暮らして、ようやく帰ってきたと思ったら、今度は重く困難な任務を負って、地の果てのごとき津軽へと行ってしまった。

心休まらぬ人生を、自分は母に強いてはいまいか。

自問をすれば、れんの教育に集中できない。弘前に赴任してからというもの、安は、母への思いにふたをして、考えぬようにと努めてきた。

故郷の母の沈黙は、我が子への肯定にほかならないのだ。

自分がやりたいことがあるのなら、そしてそれが人さまのお役に立つのであればなおのこと、しっかりとその道を歩んでいきなさい。

声なき声で、母はそう励ましてくれているような気がした。母からの手紙がこないのは、そういうことなのだ。

だからこそ、よしからの手紙を読めば、そこに自らの母の面影を重ねて、ふいに涙がこみ上げるような、せつない気持ちが押し寄せるのだった。

一日でも早く、奥方さまのもとにれんをお帰しできるように――。

けれど、それがいつになるのか、安にはわからなかった。

のどかな秋の午前中、介良家別邸の庭先では、萩の花が咲き乱れ、とんぼがその枝先をかすめて飛び交っていた。

表玄関の引き戸がガラガラと開く音がした。続いて、中年の男の声が響き渡った。

「おはよごんす。ひさぁ。ひさ、いねがあ」

いつもの奥座敷で、れんとキワとともに「当てっこ遊び」をしていた安は、はっとして顔を上げた。

聞き覚えのある声。誰だったか……。

ばたばたと板の間を走る足音がした。ひさが急いで玄関へ行ったようだ。安は何ごとかと思ったが、キワのほうを振り向いて、

「急なお客さまがお見えになったようだから、ここにれんと一緒にいてくれる？　私が戻ってくるまで部屋から出てきてはだめよ」

そう告げて、着物の襟と袴を直し、表玄関へ向かった。

玄関の上がり框で、ひさが床に額をこすりつけて低頭しているのが見えた。その瞬間、安はすぐに悟った。

——介良男爵が来られたのだ。

「あんれまあ、旦那さま、どへばえんず《どうしましょう》……こった急に、なんもお知らせもねで、おいでになるとは……」

「この家《え》はおいの家《え》だ。急に帰《け》ってきて、何が悪い」

案の定、介良貞彦が、何人かのお付きの者とともに玄関先に立っていた。さっき、ひさを呼び出したのは、弘前の屋敷で貞彦の身の回りの世話をしていた男衆だった。それ

で、声に聞き覚えがあったのだ。

安は、急いでひさの横に正座すると、三つ指をつき、深々と頭を下げた。

「ご無沙汰いたしました、男爵さま。ご機嫌麗しく存じます」

指先が震え、胸が早鐘を打っていた。

「ああ、これは、先生。娘がお世話になりまして……」

貞彦は、和装にソフト帽というでたちだったが、帽子を右手に取ると、

「いやなに、こっちの方面にちょっとした用事がありましてな。ついでに、当家の所有する田畑の出来具合を見るために寄ってみたのですが……授業中でしたか」

さりげなく言った。

安は、なかなか顔を上げられずにいた。貞彦の真意はわかっていた。

――抜き打ちで様子を見にきたのだ。

れんがどのくらい進歩したか。……あるいは、していないのか。

「はい。授業の真っ最中でして……ただいま、したくを整えて、れんをお連れいたしますので、大広間にて、ごゆっくりとおくつろぎくださいませ」

声が震えてしまわないように、安は細心の注意を払って答えた。

いま、奥の座敷に行かれてはまずい。れんとともに、キワがいるのだ。

「ただいま、お湯コをお持ちするはんで、まんず、おみ足、洗わせでくだせえまし」

ひさがそう言って立とうとすると、

「え、え。すぐど、れんさ会うはんで。れんはどこさいる？」

待ち切れないように、貞彦《よい》は草履を脱ぎ捨てて、ずかずかと家の中に上がっていった。

安は、あわててその後を追った。

「お待ちください。準備が整っておりませんので、しばらくお待ちを……」

貞彦は、ぴたりと足を止めて振り向いた。そして、射るようなまなざしを安に向けた。

「何か、私が急に娘に会っては困るようなことでもあるのですかな」

安は、一瞬、体をすくめたが、

「そのようなことはございません。ただ……たとえ父上さまでも……いえ、父上さまにまみえるのであればなおのこと、良家の令嬢らしく、準備させていただきとうございます」

貞彦は、眉毛をぴくりと動かして、安をみつめていたが、

「よろしい。では、あちらで待つとしよう。しかし、そう長くは待ちませんぞ」

そう言って、踵を返すと、大広間へと去っていった。

安は、ほっと息をつくと、れんとキワがいる部屋へと足早に向かった。

部屋では、ただならぬ空気を察したのか、キワが顔を強ばらせ、息を潜めて待っていた。れんも、キワに合わせるかのように、口をつぐんだまま、人形を胸に抱いて静かに

座っていた。

安は、キワの前に膝をつくと、小さな肩に手を置いて言った。

「キワ。……急に、れんのお父さまがいらっしゃったの。いま、大広間でれんが来るのを待っていらっしゃるわ。私は、これかられんを連れていってお父さまに会わせるから、あなたは、ちょっとこの家を出て、お寺に行って待っててちょうだい」

邸の近くに、雲祥寺《うんしょうじ》という寺があった。安は、れんとキワを連れて、ときどき寺の境内へ遊びにいった。キワは、その場所までは手引きがなくともいけるのだった。

「お寺に……？」

キワは不安そうな表情を浮かべた。

「私かひささんが迎えにいくから、ちょっとのあいだそこにいてほしいの。いいわね」

安に言われて、キワはうなずいたが、心細げな顔つきだった。安は、れんがじっとしているうちにと、キワをこっそりと部屋から連れ出し、勝手口から外へ出した。

「せんせ……おらの三味線、持ってっても、えが？」

下駄を履いてから、キワが訊いた。

「三味線？　どうして？」

「あんまり、弾いでねがったから……お寺で、練習する」

それから、手文字で「R-E-N-S-H-U-U」と、綴ってみせた。安は、「わかったわ」と微笑んだ。

奥の座敷に三味線を取りに戻ると、ひさが、晴れ着をれんに着付けていた。れんは、おとなしくされるがままになっている。安は、三味線を手にすると、再びこっそりと部屋を出た。それから、急いで厨へ行って、ひさがこしらえていた昼食用の握り飯をひとつ、手ぬぐいに包んだ。

安は、キワに三味線と握り飯を渡すと、言った。

「これは、お弁当よ。お腹が空いたら食べてね。お昼を過ぎてしまうかもしれないけど、必ず迎えにいくから、心配しないで待っているのよ」

キワは、こくんとうなずいた。それから、にこっと笑顔になると、

「ありがとうござんした」

そう言って、ぺこりと頭を下げた。安は、くすっと笑って、

「さあ、行ってらっしゃい」

キワの背中をやさしく叩いて、送り出した。

奥の座敷に足早に戻ると、着付けを終わらせようとしていたひさに、急いで言った。

「後は私がやります。早く、旦那さまにお茶菓子をお出しして」

へえ、とひさは、あわてて厨へ戻って行った。安は、晴れ着を着たれんを見て、

「すてきよ。キ・モ・ノ」

囁いて、手文字を綴った。れんは、安の指を触ってから、自分の着ている着物を、ぱんぱん、と叩いた。安は、れんの手を取って頬に当て、うんうん、とうなずいた。たちまちれんの顔に微笑みが広がった。

——よかった。キワが出ていったことに、気を取られていないようだわ。

「さあ、行きましょう。お父さまがお待ちかねよ」

安は、れんの手を取って、貞彦が待つ大広間へと廊下を歩いていった。

大広間の次の間に入ると、安は、広間へと続く襖の前にれんを立たせた。れんの膝小僧をとんとん、と指先でつつく。すると、れんは膝を折って正座する。この「正座の合図」を、安は最初にキワに教えた。れんは、キワの真似をして、合図をすると正座するようになったのだ。

キワがいてくれたおかげで、れんは行儀も習得したのだ。手文字だって、競い合う相手がいるからこそ、驚くべき速さで覚えることができる。キワの影響力は計り知れない。

——ごめんなさい、キワ。ちゃんと、男爵に話すからね。

あなたがいたからこそ、れんの能力を引き出せた、ということを。

安は、正座したれんの額を指で二度、つついた。これは「お辞儀」の合図だ。れんは、すぐに両手を畳について、頭を下げた。そのまま動かない。

「失礼いたします」

厳かに声をかけてから、安は、ぴっちりと閉じられた襖を静かに開けた。

「おお……これは」

襖の向こうの上座に座していた貞彦の顔に、驚きと喜びとが同時に浮かんだ。

「信じられない。……娘が……れんが、正座して、頭を下げている……」

安がそっとれんの肩に手を触れた。それを合図に、れんは顔を上げた。そして、焦点の合わないふたつの目を、父に向かって静かに向けた。

貞彦の目にうっすらと涙が浮かんだ。

「よくぞ……よくぞ」

あとは、言葉にならなかった。

父と娘の三ヶ月ぶりの再会。その瞬間を、安はただ静かに見守っていた。

7

大広間の上座に座している父、介良貞彦に、れんは、口をきゅっと結んだまま、見えない目を向けていた。眉の上で切りそろえた前髪は艶やかで、うっすらと頰を紅潮させ、まっすぐに前を向く様子は、彼女が美しい少女であると同時に賢い娘でもあるということを、父に悟らせたのだった。

「なんとも……信じられぬ。……まるで、生まれ変わったようだ」

前のめりになり、瞳を潤ませて、貞彦はつぶやいた。

安は、れんの手を取って立ち上がらせ、しずしずと足を進めさせた。そして、父の目の前まで連れてくると、膝をついて、もう一度正座をさせた。

すかさずひさが、塗り椀が載った膳を脇から差し出し、れんの目の前に置いた。ちょうどれんの手が届く絶妙な位置に。れんは、鼻をくんくんと動かすと、右手を出し、膳の手前に載せてある箸をつかんだ。それから左手を出して、椀を探り当て、持ち上げて、器用に箸を使って汁粉を啜った。甘味が口いっぱいに広がったのだろう、飲み込むと、にっこりと笑顔になった。

貞彦は、その一部始終を固唾《かたず》をのんで見守っていた。

弘前の屋敷では、両手で食べ物をわしづかみにし、乱れた着物もそのままに、足を放り出して食べていた「けものの子」が、きちんと正座をした上に、箸を器用に使って食事をしている。その所作にはたどたどしさがなかった。それは、れんが健常者と同じような所作で食事ができるようになったことを示唆していた。

貞彦は、安のほうへ顔を向けた。その顔には喜びの光が広がっていた。

「いったい、娘は、どうやってこのような行儀作法を身につけたのですか」

貞彦の質問に、安は頬を緩めた。

「毎日、規則正しい生活をして、根気よく覚えてもらいました。もともと、れんは高い学習能力を持っていると思われます。ですので、一度行儀作法を覚えてしまえば、何も難しいことはありません」

もちろん、れんがこの別邸へやってきた当初は、家族と離れた寂しさや未知の場所への不安もあった。そのために、ぐずったり暴れたりもした。

しかし、行儀よく行動すれば何事もすんなりとうまく運ぶと知ってからは、不安も恐れもなくなったようで、正座やお辞儀の合図も覚え、きちんと挨拶もできるようになった――と安は話した。

貞彦は、さも感心したように、両腕を組み、右手であごひげを撫でて、見違えるようになった娘をつくづくと眺めた。汁粉を食べ終わったれんは、椀をもと通り膳の上に戻して、安のほうへ顔を向け、あー、と声を上げた。

行儀作法を身につけたとはいえ、長時間、何もせずに正座をしているのは、やはり苦痛であるようだった。遊ぼう、と安を——そして、安のそばにいるはずのキワに向かって誘っているのだ。

「れんは、手文字を覚えました。いま、ご覧に入れます」

そう言って、安は、れんの目の前に自分の手を差し出し、「K－I－M－O－N－O」と綴って、れんに触らせた。れんにはもはや馴染みの言葉である。指のかたちを皆まで確認せずとも、れんは、自分の着ている晴れ着の胸もとを、ぱんぱん、と手のひらで叩いた。次に「T－A－B－I」と綴ると、今度は、正座を崩して、足を前に出し、自分の履いている足袋をつかんで見せた。その都度、安は、れんの手を取って自分の頬に当て、うんうん、と二回、うなずく。れんは、嬉しそうに、きゃっきゃっと声を上げて笑う。

「はて……その所作は、いったい……？　れんは、何か言葉を理解しているのですか」

貞彦が問うた。安は、はい、と自分の手を貞彦に向けて、「T－E－M－O－J－I」と指を動かして見せた。

「いま、私は『手文字』という言葉を指で表しました。この指の形はひとつひとつが外国の文字である『アルファベット』を表しています。そのアルファベットを組み合わせて、日本語を表すことができるのです。それを『ローマ字』といいます」

ほう、と貞彦が興味深そうな顔になった。

「では、そのアルファベットとやらを、れんは習得したのですか」

「そうです。アルファベットの組み合わせで、いくつかの言葉を覚えました。さきほど私が『キモノ』『タビ』と綴ったのを、れんは手で触って、それがいったい何を指しているのか、ちゃんとわかっていましたでしょう？　最初に着物を叩いて見せましたし、次に足袋をつかんで見せました」

貞彦は、ふーむと唸った。

「すばらしい。やはり、伊藤博文公にご推挙いただいただけのことはある。先生、あなたは、たいした女子《おなご》だ」

れんの教師として着任して以来、介良貞彦の口から褒め言葉を聞いたのは、これが初めてのことだった。安は、畳に両手をつき、低頭した。

「もったいないお言葉、真にありがたく存じます。ですが、私は、もともとれんが持ち合わせていた能力を引き出したにすぎません。男爵さまのお褒めの言葉をちょうだいすべきは、私ではなく、あなたさまの娘御、れんでございます」

貞彦は、はっとしたように、れんを見た。

れんは、放り出した足をそのままに、あー、あーと小さな声を上げながら、畳の上をしきりに手で叩いている。早く遊ぼう、と催促しているのだ。そのうちに、正座をし直すと、右手で三味線のばちを動かすような所作をし始めた。

れんにとって、三味線の「ばち」は「キワ」と同義であった。れんはキワを捜している。キワと遊びたいと訴えているのだ。

——そろそろ、キワと離しておくのは限界かもしれない。

そう悟った安は、いよいよ貞彦にキワの存在を打ち明けなければ、と決心した。

同年代の友だちの存在にれんがどれほど助けられたか。キワがいなければ、学習にもっと時間がかかっていただろうことも含め、きちんと話さなければ。

本邸には秘密で、キワがこの家で一緒に暮らしていたと知ったら、男爵は立腹するかもしれないが——れんにとっては生まれて初めての友だち、そしてかけがえのない存在なのだ。

すべて打ち明けて、お許しいただこう。そして、できるなら、これからさきもずっと一緒に暮らせるようにお願いするのだ。

安は正面に貞彦を見て、眉を上げ、意を決して口を開いた。

「男爵さま。実は、お話ししなければならないことが……」

すると、じっとれんをみつめていた貞彦が、

「決めました」

突然、言った。

安は、口にしかけた言葉をあわててのみ込んだ。一方、貞彦は、れんから目を離さずに言葉を続けた。

「れんを弘前へ連れ帰ります。すぐにでも」

えっ。

意外なひと言に、安は驚きを隠せなかった。

「お……お待ちくださいませ。すぐにでも……とおっしゃいますと……？」

戸惑いながら尋ねると、貞彦は、安の驚きに気をとめるでもなく答えた。

「すぐにでも、とは言え、さすがに今日というのは無理でしょう。今日のところは泊まって、れんの身支度をさせ、明日の早朝にでもここを発つことにします。もちろん、あなたもご同行いただけますな、先生？」

安は、返す言葉を失った。

まさか……そんな。

いくらなんでも、急すぎる。

いま、れんを弘前の屋敷に戻すのは時期尚早だ。連れ帰れば、母のよしが以前と同様

に溺愛し、甘やかすだろう。せっかく学習したことを忘れて、以前の状態に逆戻りしかねない。

弘前の屋敷には、れんの存在をよからず思っている人たちもいる。女中たちや――そして誰より、介良家の長男の辰彦が。

自分の縁談を阻むのは妹であると、辰彦は思い込んでいるふしがある。誰の仕業か定かではないが、「毒入り飯」の一件で、れんの命を狙う者が屋敷の中にいることもわかってしまった。

確かに、れんは以前にくらべれば格段に変化した。しかし、弘前の屋敷を取り巻く状況は何ひとつ変わっていない。――変わりようがない。

れんがもと通りに弘前へ帰れるとすれば、彼女が「言葉」をしっかりと身につけ、理解し、自分で考え、行動できるようになってからが望ましい。どんな環境の変化にも動じず、他者と通じ合い、自分の意志を伝えられるようになってから。「自立」した人間として、誰にも認められるようになってからでなければ。

ああ、けれど――けれど、れんが自立を果たすその日はまだ遠い。それは明日ではないのだ――！

「恐れ入りますが、男爵さま。れんを弘前のお屋敷へお連れになるまでに、もう少しお時間をいただけませんでしょうか」

安は、声が震えてしまうのを必死にこらえながら申し入れた。

「男爵さまのお目にれんが見違えるように映ったことは、喜ばしく存じます。そして、れんは間違いなくこの三月《みつき》で成長し、学習しました。手文字も覚えました。しかし、まだじゅうぶんではございません」

この世に存在するものには——たとえ目に見えず手にも触れぬものであっても——すべてに「名前」があり、意味があり、それぞれが密接に繋がっている。それを理解しなければ、そして「言葉」を自分のものにしない限りは、ほんとうの意味でれんの教育が完結したとは言えない。

安は心を尽くして説明をした。

貞彦は神妙な顔つきで聴き入っていたが、やがて、

「先生の言っておられることはわかります。しかし、これがそこまでになるには一朝一夕では済まぬでしょう」

と言った。

「何年かかるかわからぬのでは、さすがに待ち切れない。これほどまでに行儀作法を身につけたのであれば、それでよい。このさき見えるようになるわけではなし、聞こえるようになるわけでもなし……『言葉』を理解して、他者と通じ合えるようになるなどとは……そんな奇跡のようなこと、私たちは期待しておりません。もう、じゅうぶんで

す」

父の声が聞こえたかのように、れんが、ああー、と大声を発した。そろそろ我慢の限界のようだった。

貞彦は目を細めて、

「おお、んだんだな、退屈だなや。ひさに遊んでもらえば、え。おい、ひさ。れんをあっち連れでげ」

そう言って、ひさを促した。ひさは、へえ、と答えて、れんの手を引いて立ち上がらせると、大広間を出ていった。

「ほんとうに、あなたには世話になりました。明日、一緒に弘前へ帰り、しばらく様子を見たのち、落ち着いてから東京へ戻りなさるがよい。馬車と下女をつけましょう。当然、礼金もたっぷりと弾みます」

貞彦はすっかり上機嫌で、安をねぎらった。

安は再び低頭したが、胸中には荒波が激しく押し寄せていた。

——どうしたらいいの。

いったい、どうすれば……。

貞彦は、すっかり黙りこくってしまった安の様子を眺めていたが、

「辰彦の件であれば、ご心配には及びません」

安の胸中を見透かしたように言った。

「あなたは、れんを連れ帰れば辰彦の縁談に影響を及ぼすとお思いなのでしょう。違いますかな？」

「は……はい、さようでございます」

安は、藁《わら》にもすがる思いで答えた。

「れんが他者と通じ合えるほどに学習したとなれば、それ以降、よからぬ噂は立たなくなるでしょう。辰彦さまにおかれましても、良縁に恵まれるように、もうしばらくのあいだ、金木にて、授業を続けさせていただければと――」

「辰彦の縁談は、もう決まりました」

きっぱりと貞彦が言った。安は、またしても続く言葉をのみ込まざるを得なかった。

ついさき頃、辰彦の縁談が調い、ひと月後に祝言が行われることとなった。

その相手が誰であるかを聞いて、安は、驚きのあまり声も出せなかった。

辰彦の妻になると決まったのは――藤本吉右衛門の娘、千栄であった。

一度は破談を申し入れてきた藤本家であったが――そしてその理由は、吉右衛門が安への私信に書き綴ったところによれば、れんの存在を千栄が気に病んだからとのことだった――その後、吉右衛門が妻や娘とよくよく話し合い、やはりこれ以上の良縁はこのさきあるまいと結論し、破談を撤回したいとの申し入れをしてきた、ということだった。

――一度はお断りしておきながら、失礼を顧みずに申し上げれば、病弱な娘ではあるものの、それでもよしと思し召されるのであれば、どうかもらっていただけますまいか。娘は、貞彦さま、よしさまに従い、辰彦さまに尽くし、妹御のれんどのを血を分けた妹と思ってかわいがるつもりであると誓っております。

吉右衛門の心を尽くした親書を読んで、貞彦と辰彦は、即座にこの申し入れを受け入れると決めた。よしも、涙を流して心から喜んだ。藤本家の人々には、三重苦の娘がいることをなんら隠し立てしなくともよいのだ。よしには、何よりもそのことが嬉しかったに違いない。

「最初に断りを入れられたとき、吉右衛門さまは、千栄どのが病弱であるからと理由を述べられた。決して、れんのせいにはなさらなかった。しかし、私は、心のどこかで、れんの存在が邪魔をしたのだ……と思わなかったと言えば嘘になる。あれが当家にいる以上は、もう辰彦の縁談もあきらめるほかはないのかと……。辰彦もそう思っていたのでしょう、自暴自棄になっていたのです。だからこそ、このたびの藤本家との縁談復活は、まさしく願ってもないことでした」

貞彦は、感慨深げにそう語った。

安は、うつむいたまま、胸がどうしようもなく熱くなるのを感じていた。

ああ――藤本さま。

なんとおやさしい、誠実なお方なのでしょう。一度は破談にしてしまったことを悔やみ、きっと、全身全霊で千栄さまを説得なさったに違いない。

れんどのは美しく、賢く、すなおな女子だ。はかりしれないほどの能力を秘めておいでなのだ。

お前は、介良家の奥方となって、れんどのが立派に成長していくさまを見守るがよい。覚えているだろう。お前の妹は、れんどのと同じような年頃で亡くなってしまったのだよ。だから、お前は、れんどのをほんとうの妹だと思って、終生かわいがりなさい。

それが、あの子の供養にもなるはずだ——。

千栄を諭す吉右衛門の声が、どこからか聞こえてくるような気がした。

「私も、よしも、そして辰彦も……祝言にさきだって、れんを連れ戻したいと思っていたのです。が、もしも、あれになんら変化が見られないようであれば、連れ戻すのはあきらめざるを得ないだろう、とも思っていました。しかし——」

貞彦は、両手を膝に置いて、安をまっすぐに見た。その目は、再び潤んでいた。

「あの子は、見事に変わりました。想像以上に。……あなたのおかげです、先生。御礼を申し上げます。——この通り」

そして、安に向かって深々と頭を下げた。

その瞬間、安は悟ったのだった。

これ以上、れんを金木に引き止めておくことは、もはやかなわないのだと。

その日の夕刻。

安は、ようやく屋敷を抜け出して、近くにある雲祥寺へとやってきた。

お寺へ行って待っていてほしいと言って、キワを勝手口からこっそりと外へ出してから、だいぶ時間が経ってしまった。

しかも、その間に思いがけない方向へと事が動いてしまったのだ。

介良男爵とともに、れんが、明朝、弘前へ帰ることになった。あなたもご一緒に、と言われ、いまの安の立場としては、れんとともに行かざるを得ない。

そうなってしまえば、キワまで連れていくことはできない。

かくなるうえは、キワの「両親」である彦六とスエが迎えにくるまで、屋敷にキワを匿ってやってほしいと、ひさに頼もう。

そして、いつか必ず、弘前へとキワを呼ぼう。介良家のお屋敷へ、れんを訪ねてくるようにと。

キワ。れんは、絶対にあなたのことを忘れないはずよ。

だから、信じて、その日がくるのを待っていてちょうだい――。

出発まえにキワに会って、そう伝えなければならない。

安は焦っていた。

午餐を貞彦とともに取ってから、ついさきほどまで、安は、なんとかだましだまし、れんを食事の座に着かせ、その後は座敷で「当てっこ遊び」を続けて、キワの不在をれんに気取られまいと努めた。れんは、食事をしたり遊んだりしているときは、集中しているので、さほどキワのことを気にとめていないようだった。が、ひとつのことが終わり、次のことに移行するとき、ちょっとでも間が空くと、すぐにばちを握る所作をして、あーあー、と不満げな声を出すのだった。

キワは、どこ？

キワに、会いたい。

キワを、連れてきて。

れんの声なき声が、安を焦らせた。

ひさは、明朝の出立の準備に忙しくしていたが、夕刻近くになって、貞彦に早めの湯浴みを勧め、そのあとで、れんを風呂に入れる用意をした。そして、

「キワどごへお行きくだせえまし。今夜は、キワはお堂で寝でもらうしか、しょうがね。明日、皆さまが出発されだあとで、私が迎えに行ぐでなす。そう伝えでくだせえ」

小声で安に言った。安はうなずいて、れんをひさに任せ、勝手口から外へ出た。

カア、カア、けたたましく鳴きながら、からすが茜空を横切っていく。これ以上暗くなったら、よく見えず、帰り道を見失ってしまう。

「キワ。——キワ。どこにいるの。答えてちょうだい」

寺の境内をあちこちしながら、安はキワの名を呼んだ。が、いっこうに返事がない。安は次第に不安を募らせた。

名前を連呼しつつ、お堂の周辺を捜し回っていると、

「おろ、先生。どしたべな」

寺の住職がやって来た。この住職とは、れんとキワを境内で遊ばせているときに立ち話をする仲であった。安は一礼して尋ねた。

「ご住職さま、キワをお見かけなさいませんでしたか」

住職は、「ああ、昼前に挨拶に来たけんど」と答えた。

「挨拶？」

安が聞き返すと、住職はうなずいた。

——自分は今日限りでこの村を出る。そして、もう来ることはないと思う。いままでお世話になりまして、ありがとうございました。

そう告げて、三味線を担ぎ、小さな手ぬぐいの包みを提げて、どこへやら行ってしま

った――。

「嘘でしょう……」

安は、青ざめた唇を震わせた。

嘘よ。……そんな。

キワ。――あなたは。

あなたは、悟ったというの？　れんのお父さまが、れんを連れ帰るためにやってきたことを。

そして、自分がれんと一緒にいてはいけない、ということを。

キワ。――ああ、キワ。

あなたは――あなたは、なんという――。

安は両手で顔を覆った。涙がこぼれてしまいそうだった。

夕闇が迫っていた。金木で過ごす最後の夜が、まもなく始まろうとしていた。

8

出立の朝、金木の空をどんよりと厚い雲が覆い、いまにも雨が降り出しそうな冷たい色が広がっていた。

まっすぐでなめらかな黒髪をとかし、秋草の刺繍《ししゅう》の入った着物をまとって、れんは、不安そうな表情を浮かべ、安とともに寝起きしてきた南向きの座敷に座っていた。

もちろん、れんは、ふるさとの弘前にこれから父とともに帰ることなど微塵も気づいてはいない。昨夜かられんが気にし続けているのは、彼女の唯一の友だちがそばにいなくなってしまったこと、その一点ばかりだった。

突然やってきた父の前で、れんは行儀よく過ごし、最初のうちは特に機嫌の悪い様子も見せずにいたのだが、なかなかキワが帰ってこないので、そのうちに落ち着かなくなってきた。

三味線を弾くそぶりを繰り返し繰り返しして見せて、しきりに安に問うていた。

キワはどこにいるの？

キワを連れてきてほしいの。

声なき声が耳に響いてくるようで、安はいたたまれない思いになった。

キワ。——まさか、ほんとうに行ってしまうなんて。

どんなに悔やんでも、もうキワは戻らない。そして、キワが戻ってこないことをれんに伝えるすべもなかった。

あと少し。——もう少しだったのに。

れんが言葉をひとつひとつ覚え、やがて言葉の断片をつなぎあわせて、会話ができるようになる気配を感じていたところだった。

生まれて初めて得た「友だち」、キワとの交流を通じて、れんはまもなく理解するに違いない。この世界を満たす「言葉」をつないで、自分の気持ちを相手に伝えることができるのだ、ということを。

その瞬間を迎えるためにも、キワはなくてはならない存在だった。

それなのに——。

「先生さま、旦那さまのご出立のご準備が整いました」

襖の向こうから、ひさが声をかけてきた。安は、小さくため息をついて立ち上がった。

「さあ、れん。行きましょう。お父さまがお待ちかねよ」

れんの手を取ると、自分の手を触らせ、ゆっくりと、「BASHA（馬車）」と手文字を作った。れんは小首をかしげている。「当てっこ遊び」で一度も綴ったことのない言葉だから、わからないのだ。安は弱々しく微笑した。

門前に、二頭立ての馬車と随行者が乗る馬が四頭、列を成している。近隣の人々や子供たちが、物珍しそうな顔をして、馬車の周辺を囲んでいる。

介良貞彦はすでに車中に座して、安とれんが来るのを待っていた。安は、近隣の人々、ひとりひとりに挨拶をしたかったが、「お早く」と下男に急かされ、れんの手を引いてさきに乗せた。振り返ると、ひさが、玄関先で小さく身を縮めるようにして立っているのが見えた。

「……ひささん」

安は、思わず駆け寄ってひさの両手を取った。ひさは、震える瞳を上げて安を見た。

「れんは、ここへ来てから驚くほど進歩しました。あなたのお手伝いがあったからこそよ。ほんとうにありがとう」

ひさは、じっと安をみつめ返したが、何も言わなかった。安は、ひさの耳もとに口を寄せると、

「もしも、キワが帰ってきたら、あたたかく迎えてやってください。そして、いつか必ず弘前の家を訪ねるようにと、伝えて」

そう囁いた。ひさは、黙ったままで、ひとつ、うなずいた。

ピシリと鞭の音が響いて、馬車が動き出した。ひと夏を過ごした金木の家が遠ざかっていく。

れんは、自分がいまからどこか遠くへ行くのだということを悟ったかのように、ただ静かに安の隣に座っていた。そして、ときおり思い出したように、三味線をばちで叩くそぶりを繰り返すのだった。

弘前の介良家本邸に到着したのは、翌日の昼過ぎのことであった。

途中、宿に一泊し、朝早く出立して、昼には弘前の町中に入った。れんは、疲れが出たのか、車中ではずっと眠っていたのだが、弘前の町中に入った直後に、急に目を覚まして、窓から顔を突き出し、さかんに匂いを嗅いでいた。

それまでは、具合が悪いのではないかと安が心配になるほど、妙におとなしかったのだが、家に到着する直前には、すっかり落ち着きがなくなって、さかんに足をばたばたさせたり、父の膝の上を平手で叩いたりしていた。

「おもしろいことだ。弘前に帰ってきたというのが、娘にはわかるんでしょうかな」

貞彦が目を細めてそう言った。

「ええ、そうですわね」と安は応えたが、胸中には不安が募っていた。

弘前の家では、母、よしが、れんの帰りを待ちわびている。ひさしぶりに会う娘を思いきり甘やかすのではないか。いや、きっとそうなるだろう。母の心情としては当然のことだ。家族から離れて、三月《みつき》もがんばってきたのだから、褒めてやりたいだろうし、好きにさせてやりたいだろう。

けれど、そうなってはまずい。

庇護者である母のもとを離れて、れんの精神的な自立を促すことが、今回、金木へ行った目的のひとつだった。つらいことがあっても、甘えて逃げ込む母の膝がないということは、れんには大きな試練となったが、逆に、困難な環境に置かれることによって強くなったのも事実だ。さらには、キワという友だちを得て、いつまでも母だけに頼って生きる赤ん坊ではないという気持ちも、彼女の中に芽生えたはずだ。

あと少し。ほんとうに、あと少しでよかった。金木で、キワとともに生活し、一緒に学ぶ日々を続けることができたなら――。

介良家本邸の門前に、大勢の人々が集まっていた。介良家の使用人たちが、あるじと令嬢の帰還を総出で迎えた。馬車の中から貞彦が現れ、続いて安に手を引かれてれんが降り立つと、全員、深々と頭を下げた。

「旦那さま、お嬢さま、おかえりなせえまし」

女中頭のしづが声をかけると、全員が、おかえりなせえまし、おかえりなせえまし、と口々に言った。まるで殿さまと姫君の帰還のようだ、と安は内心寒々しく感じた。れんに密かに体罰を与えていた女中のまさや、辰彦付きになったテルは、安と目が合うと、あわてて視線を逸らしていた。

貞彦が先に、安に手を引かれたれんが後に、表玄関へと続く敷石を歩んでいく。戸は両側に広々と開かれ、上がってすぐの取次の間によしが正座をして待っていた。

玄関先に貞彦が現れると、両手をついて迎えはしたが、その後ろに我が子の姿を見るや、足袋のままで外へ走り出てきて、涙声で叫んだ。

「――れん!」

聞こえるはずはないのだが、れんは、ふいによしのほうへ顔を向けた。母の気配を感じ取ったのか、しっかりとつないでいた安の手を振り切ると、両手を母に向かって突き出した。

よしは、思いの丈、れんを抱きしめた。そして、そのまま、声を殺して泣いた。

――おかえりなさい、れん。

このときを、どれほど待ちわびていたことでしょう。

お前が私の胸に帰ってくるこのときを――。

安にはよしの心の声が聞こえてくる気がした。そしてそれが、一瞬、自らの母の声に重なるようだった。

ふっとこみ上げた涙をこらえて、安はうつむいた。

……私は、なんと冷たい、容赦のない人間になってしまったのだろうか。

慈しみ合う母と子を引き離し、会わせるのはまだ早過ぎるといら立つなんて。

それでも……それでも、やっぱり。

いま、れんをもとの生活に戻してはいけない。せっかくの進歩を、後退させてはいけないのだ。

勇気をもって申し上げなければ……。

「長々と留守をいたしまして、ご無礼いたしました。奥方さまにおかれましては、ご機嫌うるわしく……」

安が低頭して挨拶すると、よしは、れんを抱きしめたままで言った。

「れんを連れで帰ると、電報を受げだどきは、まんず、驚きましだ。先生のご教育の甲斐《かい》あってのごどだど存じます。ありがどうごぜえました」

「ああ、ほんどに先生のおかげだ。金木の家で、れんは、言葉も覚え、たまげるほどおとなしぐなっだ。とにかく、今宵は祝宴だ。先生とれんの帰りを、大いに祝うぞ」

取次の間へ上がりながら、貞彦が言った。

「さ、よし。れん連れでけ。おめの部屋どごで、ゆっくり休ませてやれ。おめ、れんが帰《け》ってきだら抱かせるだで、いっぺえ人形コこしらえでらんだべ。抱がへでやれ、抱がへでやれ。テル、辰彦呼んでけ。先生のご帰還だ、ご挨拶させねばならね」

貞彦はすっかり上機嫌である。よしも、うれしそうにうなずいて、

「れん、おっ母《かあ》と一緒にこいへ《おいで》。人形コ、あるはんで。さあ、さあ」

聞こえないことをすっかり忘れたかのように、よしはれんに話しかけ、娘の足もとにひざまずいて草履を脱がせた。

れんは頭を巡らせ、鼻をひくひくと動かし、なつかしい家に帰ってきたのだと急に悟ったのか、取次の間へ上がると、突然、廊下を走り出した。あんれまあ、お嬢《じょ》さ、あぶね、と口々に叫びながら、何人もの女中がぞろぞろと小走りについていく。よしもまた、その後を追っていった。

「――お待ちください、奥方さま！」

安は思わず叫んだ。そして、すぐさま追いかけようとすると、

「まあまあ、先生。いいじゃないですか」

と貞彦に制止された。

「あれも、帰ってきたのがさぞやうれしいのでしょう。今日のところは、大目に見てやっても……」

安は、貞彦をきっと見た。

「お言葉ですが、男爵さま。そうやって甘やかしては、いままでれんが苦労して積み上

げてきた学習のすべてを一瞬にして壊してしまうことになりかねません。……どうか、今しばらくのあいだは、私とれんとを、もう一度北の蔵でふたりきりにさせてください」

「これはまた、何を言い出すかと思えば……」

安の申し出を、貞彦は一笑に付した。

「せっかく帰ってきたのに、また娘をあの蔵に押し込めようと言うのですか。そもそも、娘を蔵から出してほしいと言ったのは、あなたではなかったですかな、先生？」

安は、ぐっと返答に詰まった。

「確かに……そうです。ですが、あのときは……」

「娘は成長して帰ってきたのだ。辰彦の縁談もまとまって、嫁御前《ごぜ》はれんを血を分けた妹のごとくかわいがると約束もしてくれている。何を恐れることがあるのか」

貞彦が、ぴしゃりと言った。

「あなたは少々、娘に関して厳しすぎる。とにかく今日は祝宴だ。れんにも晴れ着を着せてやります。よしが、この日のために、京の呉服屋から取り寄せたものを……あなたもたまには晴れ着を着てみてはどうですか。あなただとて、いい年頃なのですから」

高らかに笑いながら、奥の間へと行ってしまった。その後にまたぞろぞろと使用人たちが続く。

安は、ひとり、取次の間に佇んで、奥歯を噛みしめるほかはなかった。

大広間の上座に、紋付袴を身に着けた介良貞彦が座した。

貞彦の席を正面に見て、右側によし、その隣にれんが座った。よしと向かい合うようにして、介良家の長男、辰彦が座る。その右隣に、安がいつもと変わらぬ袴姿で正座した。

家に到着した直後から、れんはすっかり落ち着きをなくし、手足をばたばた動かし、さかんに声を出して、よしの髪の毛や着物を引っ張ったり、肩や膝を叩いたりしていた。一方のよしは、叱ったりなだめたりするでもなく、好きなようにさせている。

――やっぱり。

安の不安は的中した。

れんを「最たる保護者」である母から引き離し、金木の家で学習に集中させることによって、精神的な自立を促すのに成功した――それはつまり、傍目から見ると「おとなしく、行儀がよくなった」ことに表れていた――が、実家に戻って甘やかされれば、好き放題にしていた以前の状態へと逆行してしまう、と安はにらんでいたのだ。

いかなる環境の変化にも適応できるほど、れんはまだ自立していない。彼女にとって都合のよい状況を作ってしまうことは、すなわち、いままで積み上げてきたすべてを崩してしまいかねない。発達途中のれんは、進歩するのと同じくらい、後退してしまう可能性も併せ持っているのだ。

キワがいなくなった上に、突然、実家に帰ってきた。ふたつの大きな環境の変化が、少女の精神を一気に退化させたとしても不思議ではない。

「……まんず、おどなしぐなっだで聞いだけども、私の目には、なんも変わっだようには見えねが？」

よしの隣で立ったり座ったり、落ち着きなくしている妹の姿を眺めて、呆れたように辰彦が言った。

「や、や。そんなごどは、ね。見違えるようにおどなしぐなっだ」

貞彦もまた、金木の家で見たのとはまるで違うれんの様子に、内心不安を覚えているに違いなかったが、息子の言葉をあわてて否定した。

「きっと、急に実家に帰《け》ってきだがら……うれしくて、はしゃいでるに違いね。なあ、先生。そうでしょう？」

安は、正面を向いたまま、何も答えなかった。

女中たちが列を成して、脚付きの膳を掲げ、大広間へ入ってきた。それぞれの前に膳を据え、畳に両手をついて頭を下げた。安は、じっとれんに視線を注いでいた。

れんは、鼻をくんくんさせ、食事の時間だとわかったのか、ぱっと顔を明るくした。そして、手探りで膳の上にある小皿に手を伸ばし、焼き魚の切り身をわしづかみにすると、そのまま口へ押し込んで、むしゃむしゃと食べ始めた。

「——奥方さま！」

安は、突然、よしに向かって呼びかけた。

「やめさせてください！　れんに、ちゃんとお箸を持って食べるように……手に、お箸を握らせてやってください！」

「まあまあ、先生。今日のところはいいじゃないですか。れんもうれしくて、箸を持つのをちょっと忘れているんだろう。今日は無礼講だ、かまわん」

塗りの杯で酒をあおりながら、貞彦が言った。

「いけません。そんなことでは……いままでしてきたことが、すべて無駄になってしまいます」

安は、色をなして言った。

「奥方さま、どうかお願いです。ほんのちょっとのことです、れんの手にお箸を握らせてやってください」

よしは、うまそうに魚をほおばるれんをいとおしげにみつめながら、

「主人の言っだ通りです。今日のところは、えでねが。こうして大きくなって、めんこ

くなって、帰ってきてけで……まんず、うれしいことでごえす」

そう答えた。そして、

「いままでは、先生には言わねがっだけんど、この子は、病気になって見えねぐ、聞こえねぐなる一月《ひとつき》ぐらいまえに、もう、ちゃーんと言葉をしゃべれたんでなす。もどもどは、そんぐらい、賢い子でした」

と言った。

れんが、なんらかの病に罹《かか》り、高熱を出して視力と聴力を奪われてしまったのは、一歳になるかならぬかのときだった。それ以前に、れんは、ある「言葉」を理解してしゃべったという。

それが事実だとしたら驚くべきことだ。ふつう、生まれてまだ十月《とつき》という時期に言葉らしい言葉を口にするのはまれだからだ。

「――それは、なんという言葉ですか?」

いぶかりながらも安が尋ねると、

「『水』です」

よしが答えた。

……水?

安は、ますますいぶかしく思った。学習の過程で、れんが覚えた言葉の中に「水」はまだなかった。――喉が渇いたときには、自分の喉を叩くそぶりをするのだが、手文字で「MIZU」と綴りはしない。

「どうして『しゃべった』と感じたのですか？」

重ねて訊くと、

「何《な》も教えたわけではないけんど、湯呑みに水を入れで飲ませだときに、まんず、はっきり、『みず』と言いました。そりゃもう、たまげたはんで、よーく、覚えとります」

よしは、微笑を浮かべて答えた。

「偶然でねが」

辰彦が意地悪く言うと、

「いんや、偶然では、ね。そんどぎ、儂《わし》もいだ。確かに、『みず、みず』と言っだ。二回続けて」

貞彦が口を挟んだ。

ちょうどそのとき、女中たちが二の膳を持って現れた。最初の膳の横に、もうひとつ膳を置くと、女中たちは再び両手をついて低頭した。――その瞬間。

膳の上に載っていた塗りの椀に手を伸ばしたれんは、その椀を、思い切り女中の頭に向かってひっくり返したのだ。

汁を頭から被った女中は、ひゃあっと叫んでその場に伏せた。ほかの女中たちが驚い

てその周りに集まりかけると、

「放っておけ」

貞彦の冷徹なひと言が飛んだ。

安は、青ざめた顔でとっさに立ち上がった。そのまま座敷を横切って、つかつかとれんの前へ歩み寄ると――無言でれんの頰を平手で打った。

よしが、あっと声を上げて、れんに覆い被さった。れんは火がついたように泣き出した。安は、容赦なくれんの手首をつかみ、よしの膝から引き離そうとした。

「何をするんです、やめてけろ!」

よしが必死で叫んだ。が、安もまけじと声を張り上げた。

「出てってください! ――いますぐに、全員、ここから! 私とれん、ふたりきりにしてくださいっ!」

安は、燃え上がる火の玉になっていた。

なんとしても、れんの中で始まってしまった「退化」を止めなければならない。

無駄にしてはならぬ。――この闘いを、決して。

9

怒りに燃え上がる安の叫びに、さしもの介良貞彦もその身をすくませた。よしは全身で我が子に覆い被さり、安の憤怒からかばおうとした。

「どいてください。そんなことをしたって無駄です。その子の役に立ちません。なんのためにもなりません。奥方さま、れんをこちらへ渡してください!」

よしに向かって、安は激しく言葉をぶつけた。もはや、雇い主と雇われ教師という立場の垣根は完全に破壊されたかのようだ。

れんは手足を激しくばたつかせ、大声を上げて泣いている。尋常ならざることが起こりつつあるのを察知して、庇護者である母にすがっているのだ。よしは、安に向かって背を向けて、震えながられんを必死に抱きしめている。

「まあまあ、先生、そんなに怒らねくても、えでねが。れんが手づかみで飯コ食べるんで、いづものごどですから……」

辰彦が立ち上がって言った。安は辰彦のほうへ振り向くと、

「あなたは黙っていてください！」

一刀両断に言った。辰彦は、泥玉を投げつけられたかのようにびくりと体を震わせて、その場に棒立ちになってしまった。

安は、呆然としている貞彦の前へつかつかと歩み寄ると、立ったままで言い放った。

「いますぐにここを出ていくとおっしゃらないなら——私は、この場で自害します」

そして、いつも懐に忍ばせていた母から譲り受けた短刀を取り出し、胸に向けて突き当てた。

貞彦が息をのむのがわかった。貞彦ばかりではない。よしも、辰彦も、女中たちも——その場にいた誰もが、安の本気を悟ったようだった。

このときを逃しては、れんの未来を開くことはできない。

もしも許されなければ、ほんとうにこの胸を刺し貫いてもかまわない——。

短刀を持つ両手がかすかに震えていた。けれど安は、心の中で必死に自分に言い聞かせた。

恐れてはだめ。……逃げてはだめ。絶対に。

これが、れんと私に残された最後の「チャンス」なのだから——！

貞彦は、安の真剣な瞳をみつめながら、ようやく口を開いた。

「わかりました。——出ていきましょう。ですから、その物騒なものをどうか納めてください」

安は、止めていた息をようやく放った。そして、震える手で短刀をさやに納め、もと通り懐に入れた。

静かに立ち上がると、貞彦は、妻に向かって言った。

「れんを、先生に渡せ」

よしは顔を上げて夫を見ると、なおも首を横に振った。

「ええがら、言う通りにしろ！」

一段大きな声で、貞彦が言った。雷に打たれたかのように、体をびくりとさせると、よしは、ようやく我が子から両腕を放して立ち上がった。

自分を守ってくれていた母鳥の羽が突然なくなって、れんの不安が爆発した。

アア――――ッ！　と大声を放ち、両手をばたつかせて、母の後を追おうとする。よしは、それを振り切るようにして、貞彦、辰彦とともに、大広間を出ていった。

五つの据え膳が残された座敷。そこに、安とれん、ふたりきりが残された。

れんは、出会った頃と同じように、両手両足を力の限りばたつかせ、どすんどすんと繰り返し尻を畳に打ちつけ、その場にひっくり返って、体じゅうを激しくよじらせて泣きわめいた。

安は、少し離れたところから、無言でその様子をみつめていた。

――れん。

思う存分、泣きなさい。叫びなさい。怒りなさい。

あなたを守るのは、最後にはあなた自身しかいないことを、知らなくてはだめ。

自分の足で立つのよ。自分の手で探るのよ。

あなた自身の心の目で見、心の耳で聞くのよ。

そして、自分の言葉で語りかけるのよ。

あなたには、それができる。

その真実を、今日こそ知ってちょうだい。

やがて、暴れ疲れたのか、れんは仰向けにひっくり返ったまま、ぴたりと動くのをやめた。

うつろな目を宙に泳がせ、口を半開きにして、ぐったりとしている。捨てられた人形のようだ。

安は、畳の上をすり足で進み、横たわるれんに近づいた。そうっと、そうっと。

そして、あらためて「手文字」で語りかけようと、手を伸ばした瞬間。

れんの手が安の手首をばっとつかんで、ものすごい力で引っ張った。安は、体ごと脚付きの膳の上に勢いよく引き倒されてしまった。

ガシャ――ン！

膳の上に載せられていた皿や椀が飛び散った。れんは、瞬時に体を起こすと、そのまま走り去ろうとした。

「――待ちなさいっ！」

安はすぐに起き上がり、れんを背中から抱きとめた。れんは両手両足を激しく動かし、体をよじって逃げようとする。安は小さな体を上から押さえ込む。れんは悲鳴を上げながら、必死に安の頭を、顔を叩き、爪で引っ掻こうとする。その手を両手で押さえつけ、畳の上をずるずると引っ張って、もともと座っていた座布団の上に戻す。

座布団を取り上げ、安に投げつけるれん。安は微塵もひるまず、れんの右手を取って、箸を握らせる。その箸は、すぐに投げ捨てられる。それを拾う。握らせる。また捨てられる。また拾う。握らせる。何度も何度も、繰り返し繰り返し。

負けない。絶対に負けない。

負けないで、れん。絶対に負けないで。

あなたを、何も知らなかった頃に引き戻そうとする退化の力に。

あなたはもう、何も知らない子供じゃないのよ。

あなたは、これから、この世界のすべてを知るのよ。

誰よりも、開かれた人になるのよ――。

そうして、どのくらいの時間が流れただろう。

すらり、と大広間の襖が開いた。

中から、安が現れた。

痣だらけの顔で、口もとは裂け、血がこびりついている。結い上げた髪はぼさぼさに乱れている。着物も袴も、すっかりはだけてしまっている。

安は、ひとつ、ため息をつくと、襟元を合わせ、袴の裾を伸ばして、隣室に向かった。

そこでは、貞彦、よしと辰彦が、安が何ごとか報告しにくるのを待ち構えているはずだ。

隣室の襖を開けると、不安そうな三つの顔が、いっせいにこちらを向いた。

「……っ」

乱れ髪に痣だらけの安を見て、三人が息をのむのがわかった。安は、その場に正座すると、畳に両手をついて、頭を下げた。

「お三方さまにはご退出いただきまして、真に申し訳ございませんでした」

貞彦は、身を乗り出して、かすれた声で問うた。

「……何があったのですか。れんは……？」

安は、顔を上げると、三人の目を見て、答えた。

「……正座をして、お箸を使って、お椀を手で持って……食べました」

よしは、両手で口を押さえた。見る見る、その目に涙が浮かんだ。

貞彦は、膝に両手をついて、低く唸った。辰彦は、視線を畳に落とした。三人とも、ひと言も発することができなかった。

安は、あらためて三人を大広間へと連れていった。

襖を開けると、そこには、膳の前にきちんと正座をしたれんがいた。

右手に箸を持ち、その先で皿の上の焼き魚を探って口に運んでいる。着衣は乱れ、やはり顔には痣を作っていたが、先刻と同じ少女とは思えぬほど、楚々とした姿であった。

「これは……」貞彦は、驚きを隠せないようにつぶやいた。

「いったい、どうやって教えたのですか……?」

「教えたのではありません。思い出したのです」

安は、静かな声で答えた。

「自分がいったい、どんな人間に変わりつつあるのか。れんは、ただそのことを思い出したのです」

よしは、涙ぐみながらも、今度ばかりは我が子のもとへ駆け寄って抱きしめるのをこらえた。そして、少し離れたところにそっと正座した。

その隣に、貞彦が座った。辰彦も。

三人とも、息を詰めて、見違えるようになったれんにまなざしを注いだ。

ふと、れんが、左手で喉もとを、とんとん、と二回、叩いた。

それに気づいた辰彦が、

「おかしなしぐさ、しでるけんど……何か、意味あるんでしょうか」

と訊いた。れんに近づいた安は、うなずいて、

「喉が渇いたのでしょう。どなたか、水を持ってきていただけますか」

廊下に控えていた女中たちに向かって言った。ひとりが立ち上がって、ガラスの水差しいっぱいに水を入れ、コップとともに盆に載せて運んできた。

「ふうむ。そうやって、自分の気持ちを伝えるごどができるようになっだだか……」

辰彦は、そこで初めて感心したように言った。安は微笑した。

「まだまだ、こんなものではありません。れんは、かなり的確に意思表示ができるのですよ。『手文字』を使って……」

そう言いながら、女中から盆を受け取った。そして、れんの手を取ると、自分の手に触らせて、「MIZU（みず）」と綴った。

れんは、おとなしく安の手を触り、何かを確かめているようだったが、また自分の喉を手で叩いて見せた。

「早く飲みたいのでしょう。れんは、自分でちゃんと水差しからコップに注いで、飲み

ますよ。こうして……」

安は、盆ごと水差しとコップをれんの手の届く範囲に差し出した。れんは、にこっと笑うと、両手を差し出して水差しをつかんだ。そして——。

バシャッ。

次の瞬間、何が起こったのか、安にはわからなかった。

乱れた髪の先からぽたぽたと水がしたたり落ちている。——れんは、水差しの水を安の頭にぶちまけたのだ。

貞彦と辰彦は、あっと息をのんだ。貞彦の形相がたちまち険しくなった。

「……れんっ、お前というやつはっ！」

立ち上がって、大股でれんに近づくと、手を振り上げた。

きゃあっとよしが金切り声を上げた。

しかし、貞彦の平手を受けたのは、安だった。とっさに、れんをかばった安は、思い切り頰を打たれ、その場に倒れ伏した。

「……先生⁉」

驚いた貞彦が、安を抱き起こそうとした。その手を振り払って、安は声の限りに叫んだ。

「触らないで！　私にも、れんにも！」

髪から水滴をしたたらせ、唇から血を流しながら、肩で息をつき、安は、燃えるような目で貞彦を見た。貞彦はその場に凍りついてしまった。

安は無言で立ち上がると、れんの腕をつかんで引き起こした。そして、そのまま、何も言わずにれんを大広間の外へと連れ出した。

「先生⁉　……どこへ行くのですか⁉」

背中で貞彦の声がした。けれど、安にはもう何も聞こえなかった。

頭の中では、よしが言ったひと言がこだましていた。

——この子は、病気になって見えねぐ、聞こえねぐなる一月《ひとつき》ぐらいまえに、もう、ちゃーんと言葉をしゃべれたんでなす。

——何《な》も教えたわけではないけんど、湯呑みに水を入れで飲ませだときに、まんず、はっきり、「みず」と言いました。

もし、それがほんとうなら。

ほんとうにあなたが、一歳になるまえに、そのひと言を、それと知って口にしたのなら。

あなたの心が、それを、きっと覚えているはず。

安は、いやがるれんの手を問答無用で引っ張りながら、口を一文字に結んだまま廊下を突き進んだ。そして、そのまま、まっすぐに厨へ入っていった。

安がれんの手を引いて突然現れたので、厨にいた女中や男衆はあわてふためいた。が、安は彼らに目もくれず、厨を突っ切って、草履も履かず、れんにも履かせずに、足袋のままで勝手口から外へ出た。裏庭を突っ切って、どんどん進んでいった。

ほどなく井戸にたどり着いた。そこで、ようやく安は足を止めた。れんを引っ張って、ポンプの吐水口のところに無理矢理ひざまずかせた。そして——。

安は力の限りポンプを動かした。たちまち、れんの頭めがけて勢い良く水が噴き出した。れんは、目を、口を大きく開けて、激しく水に打たれ、しぶきの中にさらされた。

手を止めると、安は肩で息をついた。そして、いつのまにかしたたっていた額の汗を拭った。

れんは、びしょ濡れになって、びくとも動かない。「驚き」を人のかたちにしたら、きっといまの彼女がそれに違いなかった。

見えない目を見開き、両手を宙に浮かべて、れんは——立ち尽くしていた。

安は、なおも荒い息をしながら、ただただみつめていた。れんの顔が、少しずつ、少しずつ、変わっていくのを。

……れん？

それは、不思議な瞬間だった。

れんの顔が内側から光を放つのを、安は確かに見た。

光は、初めはごくかすかなものだった。けれど、その光は、だんだんと、はっきり、明るく、強さを増した。

輝いている——。

輝いている。

れんの顔が……！

あてもなく宙に浮かんでいた両手が、何かを探るように、ふわり、と動いた。

安は、ごくりと喉を鳴らした。それから、そっと、自分の手を差し出してみた。——祈るような気持ちで。

れんは、ゆっくりと、おぼつかない様子で、安の手を触った。まるで、生まれて初めて母親の指を触る赤子のように。

それから、右手で、ゆっくり、ゆっくり——綴ったのだ。

M－I－Z－U

安は、目を見張った。

手が、震えている。いや、れんの手、ではない。自分の手が、震えているのだ。

れんは、あー、うー、と苦しげな声を出した。それから口を、何度も何度も、ぱくぱくと動かして……言葉を放った。

ンみ……ンみ……み……。

み、ず……。


そして、両手を、ポンプの吐水口の下に、静かに差し出した。

安は、驚きのあまり、しばらく体が動かなかった。が、震える手で、ポンプのハンドルをどうにか握ると、ゆっくり、ゆっくり、下に押した。

ざっ、ざっと水が吐き出される。それを両手で受けて、れんは、もう一度、はっきりと言った。

――み、ず。

安は、ポンプを動かすのをやめた。

れんの目の前にひざまずいて、小さな両手を取る。そして、自分の両頬に当てると、大きく二回、うん、うん、とうなずいた。

涙が、こぼれ落ちた。あたたかな涙だった。

安の頬を包むれんの手を伝って、涙のしずくが落ちていった。

れんの顔いっぱいに、笑みが、光が広がった。小鳥が翼を広げてはばたくように。

れんは、安の首に抱きついた。なんの迷いも、わだかまりもなく。

安は、力いっぱい、びしょ濡れの小さな体を抱きしめた。

この世界を埋め尽くす、ありとあらゆる言葉が、光をまとってれんのもとに舞い降りてきた。その瞬間を、安は、れんとともに分かち合った。


長い、ながい、旅の終わり。

いや、違う。これは、新しい冒険の始まり。

これからも、あなたと一緒に、どこまでも行きましょう。

れん。——私の生徒。運命の少女。


あなたが、大好きよ。

昭和三十年（一九五五）十月　東京都日比谷《ひびや》公園

夏のあいだ豊かな緑陰を作っていた日比谷公園の木々の葉は、しだいに黄色く色づき始めていた。

公園の一角、日比谷通りに面した場所に日比谷公会堂があった。「文部省指定　重要無形文化財　第一回認定者　演奏披露会」と書かれた看板が、正面の出入り口に立てかけてある。その横を正装した大勢の人々が出入りしてにぎわっている。

柴田雅晴は、建物の真横にのびる階段のいちばん下に佇んで、日比谷通りの向こう側を眺めていた。

せわしなく腕時計を見る。午後二時五分まえだった。柴田はため息をついた。

――あと五分で開演だ。……これはもう間に合わないな。

「柴田さん、そろそろ始まりますよ」

声をかけられて振り向くと、文部省の同僚の小磯英夫《こいそひでお》が階段を駆け下りてきたところだった。

「小野村先生は、まだいらっしゃらないんですか」

小磯の問いに、柴田はあきらめ顔でうなずいた。

「一時間もまえからお待ちしていたんだが……きっと到着が遅れたか、何かあったんだろう。仕方がない、もう中に入ろうか」

ええ、と小磯がうなずいた。

「文化財保護委員会の副委員長ですし、小野村先生には是非ともご覧いただきたかったところですが……開演まえに、関係者全員着席している必要があります。文部大臣も見えていることですし……」

ふたりは連れ立って階段を駆け上っていった。

その年、文部省による史上初の重要無形文化財が認定された。

「重要無形文化財」とは、歌舞伎や能、神楽、太鼓や笛の演奏などの芸能、染色や機織り、糸紡ぎ、陶芸、木工、金工、漆工などの工芸技術、これらの「作品」ではなく、「作り手の技」を指す。伝統文化の継承者として、その技術の保持者または団体を、文化財に認定し保護するという、まったく新しい国の文化財保護として制定されたのだ。

かたちのある事物ではなく、「無形」の技を文化財とみなす。つまりは、その技の担い手こそが文化財である。一部の新聞が、技の担い手たちを〈人間国宝〉と呼び始め、この耳慣れない、しかし画期的な呼び名によって、広く一般の人々が、日本にはすぐれた伝統、文化、芸能が、それにまつわる技術が脈々と継承されているのだということを認知することとなった。

日本屈指の民俗学者であり、文化財保護委員会の副委員長である小野村寿夫は、重要無形文化財制定のためにひたすら尽力した人物であった。戦前から文化財保護にかかわってきた文部省の職員、柴田は、小野村の情熱と行動力に押され、また引っ張られるかたちで、制定実現のために奔走した。その甲斐あって、その年、ついに日本初の〈人間国宝〉三十名が決定されたのだ。

〈人間国宝〉となったのは、歌舞伎役者、工芸家、演芸家等、様々な分野から選ばれたその世界の第一人者だったが、中でもきわめて異例だったのが、津軽三味線の狼野キワであった。

キワは、もとは津軽地方でボサマと呼ばれる盲目の旅芸人だった。戦争を境に三味線を弾かなくなり、世捨て人のような暮らしをしていたのを、津軽地方の伝統芸能とボサマの研究をしていた小野村が見出した。

三味線といえばキワ婆《ばば》だ、キワ婆の三味線を聴けば泣けて泣けて、と地元の人々の噂を聞きつけ、また、津軽地方の伝統文化に詳しいとある人物の推挙を受けて、青森の金木町というところにある地蔵尊の堂で、小野村はキワと面会した。当初、キワはなんと言われてもがんとして三味線を弾かなかったが、小野村が何度となく通ううちに、彼の熱意にほだされて、一度だけ弾いてくれたのだった。その清らかな音色に、また激しさとやさしさとに、小野村は涙した。父が、母が亡くなったときですら流さなかった涙を流したのだった。

この音を、日本人は忘れてはならぬ。この人がこの国に生を享けたことを、日本は無視してはならぬ。

キワの三味線を聴いたことをきっかけに、小野村は、重要無形文化財の制定を文部省に働きかけることとなった。

小野村は、重要無形文化財第一号として、狼野キワの三味線を強く推挙した。あれこそは残さなければいけない、伝えなければいけない芸術なのだと、委員会で熱く語った。しかし、どこの誰とも知れぬ人物をやすやすと認定するわけにはいかない。委員たちは、最初のうちは皆渋っていた。

候補者を重要無形文化財に認定するためには、委員会の決定が必要になる。委員会で決定するためには、いったいそれがいかなる「文化財」なのか、推挙者が具体的に説明をしなければならない。舞台芸術であれば委員たちに見てもらう必要がある。工芸ならばその作品を持ってくる。しかし、キワの場合は、津軽の寒村にある地蔵尊の堂に引きこもってしまっており、委員たちの前で三味線を演じてもらうことなど到底無理であった。

かくなる上は、録音機を持っていって三味線の音を録音し、委員会で聴いてもらうほかはなかった。小野村は、省内の担当者である柴田を伴って、真冬の金木町の地蔵尊へ出かけていった。ひどい地吹雪にさらされ、柴田は、ほんとうにこんなところに「人間国宝」となるのにふさわしい人物がいるのだろうかと、半信半疑であった。

はたして、小さな堂の中に、その人はいた。

あなたを重要無形文化財に推挙したい、そのためにも、もう一度三味線を弾いていただけませんか。小野村の説得を、キワは頑なに拒否した。凝り固まった八十歳近い老婆を翻意させるのは容易ではないだろう。これはもう無理だと、柴田はほとんどあきらめかけて、ふたりのやり取りを傍観していた。

しかし、小野村のある「ひと言」が、氷塊のようなキワの心を動かしたのだ。

——あなたの三味線を、私に紹介してくださった人物が……あなたの三味線を、もう一度聴きたいとおっしゃっても?

キワの表情が見る見る変わった。驚きと歓喜がその顔に広がり、突然輝きを放ったのだ。

——あのお方は……生きておいでだか?

——ええ、生きておいでです。……あの「奇跡の人」は。

それから、小野村は、おそらくはこの瞬間のために用意してきたであろうとっておきの提案をしたのだった。

――もしもあなたが重要無形文化財に認定されたら、あなたがいちばん会いたかったその方に、必ず引き合わせましょう。

あなたがいつか、私に教えてくださった「奇跡の人」に。

そうして、とうとう、小野村と柴田は、狼野キワの三味線を聴いた。

小さな堂の底冷えする板の間、三人の真ん中に録音機が置かれた。堂の片隅に追いやられて埃を被った三味線を、キワは取り上げげた。糸巻きをきりきりと回しながら、三本の糸を調整した。ばちを右手に持ち、胴を据え、静かに息を吸い込んで――弾き始めた。

愛宕山　ホーハイ　ホーハイ　ホーハイ
高けりゃナーエ　雲に橋かけて
稲の花　ホーハイ　ホーハイ　ホーハイ
白けりゃナーエ　白い花実る
リンゴの花　ホーハイ　ホーハイ　ホーハイ
赤けりゃナーエ　赤い花みごと

婆《ばば》の腰ァ　ホーハイ　ホーハイ　ホーハイ
曲がたナーエ　稲の花実る

あの感動を、どんな言葉にしたらいいのだろう。

柴田は、いまでも、あのときのことを思い出すと涙がこみ上げてくる。

三味線からほとばしる旋律。しゃがれた、しかし、しみじみとした情感に満ちた声音。

聴き入るうちに、世界から完全に隔絶された小さな堂の中に、津軽の山々が、雪の荒野が、波しぶきを飛ばす大海原が、突如として出現した。そして、森羅万象の中を、手に手を取って駆けていく幼いふたりの少女が浮かび上がった。ふたりは、笑いながら、じゃれ合いながら、花咲き乱れる春の野をどこまでも遠く走って、やがて消えていった。

小野村は、録音テープを委員会で再生した。委員の誰もが黙りこくった。ある者は両腕を組み、じっとうつむいたまま動かない。ある者は天井を仰ぎ、涙が流れ落ちるのをこらえようともしなかった。その場にいる全員が深い感動を共有した。

そして、今日。

ここ日比谷公会堂で、重要無形文化財の演芸部門の認定者が、その芸を披露する。狼野キワも出演することになっていた。

華々しいことは一切避け続けてきたキワだったが、もしも日比谷公会堂の舞台に出演してくれるのであれば、「いちばん会いたかった人」をそこへ連れてくる、と小野村はあらためて提案した。キワは、思案の末に、とうとうそれを受け入れたのだった。

キワが、長い、長いあいだ、心に懸け続け、死ぬまでにもう一度会いたいと願い続けた人。

その人は、目が見えず、耳が聞こえず、しゃべることもできない人なのだ――と、柴田は小野村から聞かされた。

――じゃあ、たとえキワさんと会っても、わからないんじゃないですか？　三味線も聞こえないのなら……。

柴田の疑問に、小野村は、即座に首を横に振った。

――いや、わかる。きっとわかるはずです。その人も、長い、長いあいだ、キワさんのことを忘れずにいたのだから。

そして、小野村は、「その人」について、柴田に語って聞かせたのだった。

――数年まえに、弘前大学と共同で、津軽地方の研究にあたっていたとき、偶然、女子教育の世界でとてつもない人物がいたことを知ったんです。

それは、ふたりの女性でした。

ひとりは教師で、ひとりは生徒。生徒のほうは、全盲で、聴覚障害があり、しゃべることもできない。一歳に満たない時期に、後天的にそうなったようです。教師のほうは、最初は弱視だったらしいが、やがて全盲になった、ということでした。

しかし、驚くべきことに、この教師の献身的な教育のもと、生徒は言葉を理解し、「しゃべる」ようになったということなんです。

いや、もちろん、口でしゃべるというのではない。「手文字」を使って、他者と会話ができるようになった。その手文字を考えついたのは、その教師だったのです。

教師は、東京出身で、わずか九歳の頃に、かの岩倉使節団の一員として、アメリカの首都ワシントンに留学を果たした才媛です。日本語と同じくらい、英語をよくしたそうです。

二十歳を過ぎて帰国し、日本の女子教育普及のために尽力したいと考えていたところ、岩倉使節団の副使であった伊藤博文公の紹介で、弘前在住のとある少女の教師として雇われた、というわけです。

その生徒となった少女は、弘前の裕福な家の長女で、父親はのちに貴族院議員も務めた名士でした。多くの使用人にかしずかれ、普通なら何不自由ない生活を送って、同じような名家へ嫁入りしたことでしょう。しかし、運命は少女をそうはさせなかった。

幼少の頃の病気ゆえ、三重苦になってしまった少女は、言葉を覚えることもなく、六歳になるまで蔵に閉じ込められて、ただ呼吸して食べて寝て排泄して、まるでけものの子のような生活を送っていたということです。

当時はいまよりもずっと「家」を重んじる風潮が地方にはありましたから、三重苦の娘がいることを、その名士はひた隠しにしたかったに違いない。少女の前で閉ざされていた扉がいったいどれほど重かったか、想像に難くありません。

生きていても、なんの得もない娘。犬ですら、番犬となって人間の役に立つだろうに、少女にはなんの役割もなく、存在価値すらもない。生きながら、死んでいるのも同然です。さらに悲しいことには、少女自身、「生きる」という意味を理解することも、体得することもなかった。少女には、そうする言葉も智慧もなかったのです。

ところが、少女の前で固く閉ざされていた岩の扉をこじ開けた人物がいた。それが、その教師です。

教師は、どこまでも生徒の能力を信じた。いかなる子供にも生まれ持った学習能力がある、この子にそれがないはずはないと。生徒の家族は、半信半疑だったそうです。彼女の教育方針が家族に納得してもらえず、東京へ送り返されそうになったこともあった。けれど、彼女はあきらめませんでした。

彼女は、自分の教え子のことを、のちに、こんなふうに語ったということです。

あの子は、樹木なのです。

樹木は、聞くことも、見ることもない。話すことも、もちろんかなわない。けれど、太陽の光を受け、風に枝をそよがせながら、全身で表現しているのです。――生きていることを。生きる喜びを。

あの子は、まさに、若葉萌えいずる樹木そのもの。青空へ、光射すほうへと、枝を放ち、どんどん伸びていく。その力、その輝き。すべてが若木のよう。

さらに、樹木にはない底知れぬ可能性を、あの子は持っているのです。

あの子には、感情がある。学ぶ能力がある。人間らしく生きていく権利がある。言葉を知り、それを操って、自立する必要性がある。

人を愛し、信じて、誰かのために祈る。

そういう人に、あの子はなる。

それが、介良れんという人間の運命《さだめ》なのだ。

れんは、不可能を可能にする人。……奇跡の人なのです――と。

そう、生徒の名前は介良れん。教師の名前は去場安、といいます。

驚くべきことに、れんさんは、安先生の献身的な教育によって、言葉を習得し、その後は人間らしく生きることができたのです。

れんさんは、安先生の指導のもと、誰よりも努力し、勉強に励んで、女学校へ進学しました。そして、安先生から英語を学び、二十歳のときに、安先生とともにワシントンへ留学し、大学への入学も果たしたということです。

アメリカでは、ちょっとした有名人で……もちろん日本でも、女子教育の分野では、このふたりはよく知られた存在だったようですが……さきの大戦の際も、ふたりは、捕虜収容所に入れられることもなく、特例として、むしろアメリカ政府に守られて暮らしたようです。

私は、弘前大学の協力を得て、点字で安先生に宛てて手紙を書きました。彼女の教育法について興味があったからです。ところが、返ってきた手紙は、なんと介良れんその人からのものでした。安先生は戦後まもなく亡くなった、自分でよければ先生の代わりにあなたの研究のお役に立ちたい——と。

そして、自分と安先生の人生について、つぶさに書き送ってくれたのです。

彼女の手紙は、非常に理路整然としているのですが、ときにユーモアに富み、ときに感動的な表現が随所に現れ、点字翻訳者の協力を得ながら読んでいた私は、何度もうなずいたり、ぷっと噴き出したり、涙があふれたりして、まあ、ほんとうに忙《せわ》しかった。

そして、気がついたのです。

介良れんという人物は、おそらく、去場安そのものなのだと。

どれほど険しい茨の道を、私たちは歩み来たことでしょう——と、彼女は手紙に書き綴っていました。
けれど、どんなに険しい道であっても、先生は、決して私の手を離しませんでした。
れん。立ち止まってはいけません。あなたは、もっともっと遠くまで歩いていける。
思う存分、歩きなさい。恐れることなく。
私は、いつも、あなたとともにある。なぜなら——そう、私はあなたが歩いている道。
道、なのです。
あなたが歩いていく限り、私はどこまでもあなたを導きましょう。
どこまでも、遠くへ。
安先生がいてくださったからこそ、いまの自分があるのです。たとえ先生が天に召さ
れても、私の命と心とは、いつまでも先生とともにあるのです。
そして、もうひとり。生涯、忘れることのできなかった人がいます。
私の、初めての友だち。名前は、狼野キワ、と言います。
私が、まだ言葉というものの存在を知らなかった時分に、金木という村の別邸で、キ
ワと出会いました。
キワは、旅芸人の娘で、目が不自由でした。けれど、三味線と唄は、言葉にできない
ほどすばらしかったと、あとから先生に教えられました。私は、キワの三味線も唄も聞
くことはできませんでしたが、それでも、それがどんなにすばらしいものなのか、わか

ります。

私は、キワを感じることができたからです。

私の初めての友だち。彼女のことが大好きでした。でも、私には「大好き」という気持ちを表現するすべがなかった。そして、それを伝えられないまま、キワは、私のもとを去ってしまいました。

自分が私と一緒にいることを、私の家族に知られてはいけないと、黙って家を出ていってしまったのです。

私は、それからも、どうにかしてキワに会いたいと思い続け、言葉を学んでからは、彼女にもう一度会って、この気持ちを伝えたいと願い続けてきました。

ずっと言いたかったけれど、言えなかった言葉。

もう一度、たった一度だけでいい。もしも、キワに会えたなら。私は、その言葉を伝えたいのです。

ありがとう、大好きよ――と。

小野村先生。もしも、どこかでキワに会うことがあったなら――どうか、どうかお伝え下さい。

れんは、元気でいると。あなたに、ずっと会いたかったと。

たったひと言、伝えたいのだと。

ありがとう、キワ。

大好きよ。


会場の照明が、ふっと落ちた。

潮騒のようなざわめきが、波が引くように消えていく。

前列右手に座っている柴田の隣の二席は、空いたままだった。

柴田は、もう一度だけ、後方のドアを振り向いた。ドアはぴっちりと閉められていた。

やはり間に合わなかったか、と小さくため息をつく。

小野村は、羽田《はねだ》空港へ介良れんを迎えにいったきりだった。狼野キワと引き合わせる、という約束を果たすため、彼は私費でれんを日本へ招待したのだ。れんは、ワシントンからサンフランシスコへ、そして東京へと飛行機を乗り継いで、今朝方到着しているはずだった。

——生涯に一度だけ、私も、こんなことをしてみたくなったのですよ。

れんに送る航空券を買ってきた、と小野村は、意気揚々として柴田に言った。ひと月まえのことである。

——「ありがとう」のひと言を伝えるために、海の向こうから飛んでくる。そのひと言を伝えるまでに、七十年近くかかってるんです。そして、安先生とれんさんの、努力と、忍耐と、愛情と。そのすべてが、「ありがとう」のひと言に、いっぱいに詰まっているんだ。

舞台の上に司会者が歩み出た。式次第と演者の紹介をしている。一番手が、キワだった。

スポットライトが当たった舞台の中央に、助手に手を引かれて、キワが現れた。片手に三味線を持ち、小さく小さく縮こまっての登場だった。椅子に座ると、割れんばかりの拍手が会場いっぱいに鳴り響いた。

ふと、柴田の隣の席に、人が座る気配があった。はっとして、柴田は右隣を見た。白髪、洋装の、品のいい老婦人が静かに座っていた。

まぶたを閉ざした顔を、まっすぐに舞台のほうへ向けている。いまからそこで始まるすべてを、全身で感じようとしているかのように。

うっすらと紅をさした横顔の向こうに、小野村の顔があった。柴田と目が合うと、微笑んで見せた。その瞳にはかすかに涙が光っていた。

拍手が鳴り止むと、会場は水を打ったように静まり返った。

広い舞台の中央で、ちんまりと縮こまった老婆が三味線を抱えた。小さく息を吸って、止める。それに呼応するかのように、柴田の隣で、老婦人が静かに呼吸を整えるのがわかった。

ふたりは、確かに、響き合っていた。

三味線の音が流れ始めた。どこまでも清らかな、はるかな旋律だった。

［協力］

角田 周
九戸眞樹
中村タケ

弘前市
金木町
恐山菩提寺

解説

大矢博子（書評家）

フィクションだからこそ、できることがある。

それを証明しているのが、本書『奇跡の人 The Miracle Worker』だ。

物語の始まりは、昭和二十九年の冬。東京から役人が青森の寒村にやってくる場面だ。吹雪の中わざわざ足を運んだのは、まもなく制定される重要無形文化財制度の候補として、三味線の名手である盲目の老女に会うためである。

だが、狼野キワという名のその老女は、もう三味線はやめた、と言う。そんなキワの心を動かしたのは、彼女の三味線を聴きたがっているある人物の存在だった……。

そこから物語は明治二十年に飛ぶ。

青森県中津軽郡弘前町（今の弘前市）に、東京からひとりの若い女性がやってきた。幼い頃から弱視というハンデがあったものの、アメリカに留学して最高級の教育を受けた女性である。帰国後、伊藤博文伯爵の紹介で弘前に住む少女の家庭教師をすることになったのだ。しかしその少女は生まれて間もなくの大病のせいで盲聾唖の三重苦だという——。

少女の名前は、介良《けら》れん。

家庭教師の名前は、去場安《さりばあん》。

原田マハが本書で何をやろうとしているのかは、読者も容易に気づくだろう。ヘレン・ケラーとアン・サリヴァンの物語が、明治の津軽で展開されるのである。名前や設定だけではなく、時代も揃えている。安とれんが出会ったのが明治二十年、一八八七年の春というのは、ヘレンとサリヴァンの出会いと同じだ。

そこからは、ヘレンとサリヴァンの軌跡が舞台を津軽に翻案したかのような形で綴られていくことになる。

まるで動物の子のように本能だけで食べ、動き回り、泣き叫ぶれん。箸で食べるという習慣も、厠で排泄するという習慣もない。安はれんに「気品と、知性と、尊厳を備えた『人間』になってもらうために」言葉を教えようとする。れんの手を自分の頬に当て、うなずく・首を振ることでイエス・ノーを覚えさせる。指文字を真似させる。おとなしくなったれんを家族に見せると、甘やかされて退行。そこで家族と離し、れんと安のふたりだけで金木の別邸に移り、教育をやり直す……。オリジナルのエピソードも挿入されているが（これがとても大事なので後述する）、話の大枠は、ヘレン・ケラーが言葉というものの意味を理解する「ウォーター」のエピソードまでの、あの「奇跡の人」の流れそのままと言っていい。

——それならヘレン・ケラーの伝記を読めばいいのではないか？

もしもあなたがそう思ったなら。そういう人にこそ、本書を読んでほしいのだ。なぜ原田マハがこの物語を日本に、いや、津軽に置き換えたのか。そこにこそ、フィクションの持つ力がある。それを、ふたつの〈奇跡〉から読み解いていこう。

まずは日本の家族制度、社会制度の描写に注目していただきたい。

れんは、手に負えないという理由と長兄の結婚の邪魔になるという理由で、蔵に閉じ込められていた。私宅監置《したくかんち》いわゆる座敷牢は、一九五〇年まで存在していた〈制度〉である。障碍者《しょうがいしゃ》の人権を認めず隔離して隠すという発想が、ずっと続いていたのだ。いや、これらは決して昔話ではない。障碍者は役に立たないなどという動機で起きた残虐な犯罪は、まだ記憶に新しい。

また、安の立場も象徴的だ。弱視というハンデを抱えながら留学までして勉強したのに、帰国したら〈良い家に嫁ぐ〉という道しか用意されていない現実。現代でも、法律上は男女平等のはずなのに、当時から続くさまざまな暗黙の慣習が残っている。

本書は日本に実在した（する）そんな障碍者差別、女性差別に立ち向かったふたりの物語なのだ。ヘレン・ケラーの物語を日本に置き換えることで、どこか遠い国の感動的な偉人の伝記ではなく、身につまされる闘いの記録へと変貌するのである。

ではなぜ津軽なのか。そこで大きな意味を持つのが、著者が挿入したオリジナルエピソード――れんとキワの出会いだ。

キワは当時十歳。津軽地方でボサマと呼ばれる、盲目の門付け芸人（家の前で三味線を弾くなどして食べ物や金銭をもらう）だった。れんはキワになつき、文字の存在を知らなかったキワは安の指導を受け、語彙《ごい》を増やしていく。れんとキワの幼い友情が本書の大きな読みどころである。

これ以前より日本では、盲目の人々が生きていくには、按摩《あんま》か音曲の芸人といった、ごく限られた道しかなかった。そんな門付け芸人たちを津軽ではボサマ（坊様と書くという説がある）と呼び、最下層の者として扱っていたという。だがその一方で、ボサマがくればなにがしかのものを与えていたし、家に入れて三味線を聞き、食事を振る舞うことが有力者の証だったとも伝えられている。またボサマたちもその腕を磨き、祭りなどでは団体で演奏を披露した。それが津軽三味線の起源なのだそうだ。

また本書には盲目の女性の生き方として、イタコが登場する。長く苦しい修行の末に霊感を宿した語り部で、盲目か弱視の女性しかなれないとされていた。

ボサマとイタコ。これが本書の舞台が津軽に設定された理由だ。

盲目の少女が三味線を片手に物乞いをしたり神を宿すための辛い修行に耐える、と書いてしまえば確かに悲惨だが、これは見ようによっては福祉のシステムとも言える。限られた道ではあるし、学ぶ自由も職業選択の自由もそこにはないが、少なくとも、技術を磨けば自立して生きていく手段が、津軽の盲目の女性には用意されていたのだ。

蔵に閉じ込められていたれんを彼女たちに出会わせることにより、女性でも、障碍があっても、自立できるのだということを描く。そこに弱視ながら外国で学んだ安を入れることで、さらに可能性は広がるのだということを描く。だから本書の舞台は、津軽でなくてはならなかったのである。

ひとつめの〈奇跡〉は、障碍者の進む道が限られ、女性の幸せがひとつの枠に押し込められていたこの国で、れんと安がその仕組みから外に出ようとしたことである。今、現実には種々の問題はあるとはいえ、明治の昔とは社会も概念も大きく変わった。それは多くの安とれんの闘いがあったからこそなのだ。

原田版『奇跡の人』は、そんな多くの奇跡の人たちへの讃歌であり、抵抗の歴史への感謝なのである。

そしてこのキワの存在が、本書を読み解くもうひとつの〈奇跡〉を生む。

本家ヘレンとサリヴァンの物語は（少なくとも有名な部分は）ヘレンとサリヴァンのふたりのドラマとして描かれることが多い。けれどそこにキワという他者を介在させることで、本家の物語にはなかった〈友だちとのかかわり〉が描かれるのである。それは〈言葉は何のために存在するのか〉という大きなテーマへとつながっていく。

れんがキワと出会ったのは、まだ「ウォーター」の前。指で文字を綴れば意思が通じるというのはぼんやりわかっても、まだ言葉というものを真には理解できていない頃だった。れんとキワは、互いの指や顔や体に触れ合い、気持ちを通じあわせていく。けれど蜜月は続かない。とあるきっかけで離れてしまったふたりは、再会までに気の遠くなるような歳月を経ることになる。

言葉は何のためにあるのか。伝えるためだ。思いを、考えを、伝えるためだ。れんは、言葉というものが何かを知る前にキワと別れてしまった。あのときに感じた気持ちは何だったのか、キワに対してどんな思いを抱いていたのか、それを自分でも理解できなかったし、いわんや伝えることもできなかった。

エピローグでれんが綴ったキワへの思いを、どうか嚙み締めていただきたい。ありふれた言葉だ。けれど、そのありふれた言葉を〈使える〉ことの尊さが、そこにはある。

ふたつめの〈奇跡〉は、言葉である。

言葉をもって、伝えたい思いを、伝えたい相手に伝える、ということである。そんな当たり前のことがどれだけの奇跡の上に成り立っているか、言葉で思いを伝えられることがどれほど幸せなことか、本書は高らかに謳《うた》いあげているのだ。

奇跡の人とは、三重苦を克服したヘレンのことだと思っている人も多いようだが、実際には〈奇跡をもたらした人〉サリヴァンを指す。ここでは安だ。原田マハは安の闘いを通して、決められた枠を意志をもって壊すという奇跡と、言葉で思いを伝えるという奇跡を、見事に描いてみせた。

これは実話の舞台を明治の津軽に置き換えるというフィクションだからこそ書き得た、崇高で強靱な物語なのである。

本作品は二〇一四年一〇月、小社より刊行されました。
作中に登場する人物、団体名は全て架空のものです。

双葉文庫

は-26-02

奇跡《きせき》の人《ひと》

The Miracle Worker

2018年1月14日　第1刷発行
2025年2月21日　第22刷発行

【著者】
原田《はらだ》マハ
©Maha Harada 2018
【発行者】
箕浦克史
【発行所】
株式会社双葉社
〒162-8540 東京都新宿区東五軒町3番28号
［電話］03-5261-4818（営業部）　03-5261-4831（編集部）
www.futabasha.co.jp（双葉社の書籍・コミックが買えます）
【印刷所】
大日本印刷株式会社
【製本所】
大日本印刷株式会社
【カバー印刷】
株式会社久栄社
【DTP】
株式会社ビーワークス

【フォーマット・デザイン】
日下潤一

ISBN978-4-575-52071-2 C0193
Printed in Japan